龙飞荷舞

田家村 著

浙江文艺出版社
Zhejiang Literature & Art Publishing House

图书在版编目(CIP)数据

龙飞荷舞 / 田家村著. -- 杭州 : 浙江文艺出版社,
2025. 1. -- ISBN 978-7-5339-7781-8

Ⅰ. I25

中国国家版本馆CIP数据核字第2024HF7504号

责任编辑 丁 辉
责任校对 唐 娇
封面设计 吴 瑕
责任印制 吴春娟

龙飞荷舞

田家村 著

出版 浙江文艺出版社
地址 杭州市环城北路177号
邮编 310003
电话 0571-85176953(总编办)
0571-85152727(市场部)
制版 浙江新华图文制作有限公司
印刷 浙江新华数码印务有限公司
开本 700毫米×980毫米
字数 250千字
印张 18.75
插页 7
版次 2025年1月第1版
印次 2025年1月第1次印刷
书号 ISBN 978-7-5339-7781-8
定价 65.00元

百叶龙表演

田家村 摄

百叶龙代表性传承人:(左起)王长根、谈春根、谈小明

1959年,天平村百叶龙演员在老县委门口合影

天平村鸟瞰

长兴县文化馆 供图

2003 年 8 月，央视《走遍中国》拍摄组在原人民广场取景。池文海辅导舞龙队员

池慎芳 摄

2000年后的百叶龙编导代表性人物邵小眉(左二)在排练中

长兴县文广旅体局 供图

百叶龙道具制作省级非遗代表性传承人石玉楼(中)

长兴县文化馆 供图

2000年前使用的演出服

近期使用的演出服

2009年首都国庆60周年联欢晚会，百叶龙在天安门前表演　　马毅行 摄

2019年2月，百叶龙在长兴县东鱼坊历史文化街区表演

2023年9月，百叶龙参加杭州第十九届亚运会开幕式仪式前表演

长兴文旅集团 供图

2004年9月12日，百叶龙参加第七届中国艺术节开幕式大型文艺晚会演出

长兴县文广旅体局 供图

2015年8月，百叶龙与中国人民解放军军乐团同时受邀参加爱丁堡皇家军乐节演出

张杰 摄

2021年6月，百叶龙赴浙江省人民大会堂参加《富春山居图》合璧十周年纪念活动演出

长兴文旅集团 供图

2008年，百叶龙参加奥运火炬传递巴黎站演出活动
钱初生 摄

2012年9月1日，百叶龙在莫斯科红场参加第五届国际军乐节演出
长兴文旅集团 供图

2014年7月26日，百叶龙参加瑞士第九届巴塞尔军乐节闭幕式演出
梁奕建 摄

谈小明辅导天平小学舞龙队

林城镇 供图

林城中心幼儿园萌宝舞龙队队员在训练中

林城镇 供图

天平小学舞龙队队员在训练中

周洪峰 摄

龙行天下　意气飞扬

——序田家村报告文学《龙飞荷舞》

梁鸿鹰

去年底，我到太湖图影参加浙江湖州长兴县举办的一个全国性大型文学活动，有幸认识了本书作者田家村。其实我们神交已久，未见面之前，他的作品我就拜读过。他是长兴这方“有龙则灵”的水土养育起来的作家协会主席，创作面宽，勤奋严谨，甘当服务文学的志愿者。他是那次活动举办地太湖图影旅游度假区管委会的“文化特派员”和“文艺村长”，在他的带领下，大家参观了龙之梦旅游综合体、太湖图影湿地、小沉渎村和十里银杏长廊。我行走在被众多河流、小溪簇拥的田间小道上，感受着这里的灵山秀水，对长兴这方土地和这里的文学氛围、传统文化有了更多的感性认识，对田家村创作的认识也更深了。不久，我拿到了他反复打磨的报告文学新作《龙飞荷舞》，感慨良多。

龙是中华民族的象征，是中国文化的重要图腾。非遗传承和创造，始终与中华文明历史进程唇齿相依，汇入构筑中华儿女共有精神家园的浩荡长河。《龙飞荷舞》写的是独属于长兴人的非遗传承创造。所谓“积土成山，风雨兴焉；积水成渊，蛟龙生焉”，长兴地处江南，柔美多水，云蒸霞蔚，必然会有龙生长。百叶龙的民间故事很神奇。它告诉我们，这条龙于大旱之年诞生于长兴天平村的一个荷塘里，龙的母亲是当地的一位有名有姓的村姑。后来，这条龙在惊心动魄、生死攸关之际得到一只蝴蝶的帮助，然后一跃入云，成长为一条守护长兴大地的报恩龙。它总是会在恰当的时候回到家乡耕云洒雨，保证这里的农田庄稼能获得好收成。

中国有很多种龙，乍一看，大多数龙都长得大同小异。如果你仔细观察，就会发现龙各有特点，差异巨大。龙背后有感人的故事，与当地的文化、精神、习俗、风土人情，甚至是历史社会发展有着千丝万缕的联系，承载着一代又一代人的梦想、憧憬和希望。龙的不同传说生发出不同样式的龙的制作。长兴的百叶龙独一无二，被列入首批国家级非遗名录，对其巧夺天工的神奇性，国家非物质文化遗产专家委员会委员梁力生教授曾这样概括，百叶龙缘物寄情，集清雅高洁的荷花和吉祥平安的蝴蝶于一身，隐喻着百姓良好的祝福；结构精巧，一瞬间的荷龙变幻，展现出高超的制作工艺和令人称绝的表现手段；造型华美，硕大的龙体由绚丽的花瓣连缀而成，动则流光溢彩，静时娇艳可人，显示了百叶龙独有的工艺价值和审美价值。

对于长兴百叶龙的制作技艺，之前尚缺乏系统的文学表达。古人云：“山不在高，有仙则名。水不在深，有龙则灵。”既已有龙，更会人杰地灵。作家田家村因为和这条龙同饮太湖水，更能感知这条龙的内心世界与喜怒哀乐，更能对这条龙背后的故事有细致入微的了解。于是，他经过多年准备，创作了一部以“龙”为主题的报告文学。

在田家村笔下，长兴百叶龙很美丽。它似乎从娘胎里出来就自带超然高雅的艺术品质，以荷花变龙，以荷叶伴舞，这种民间舞蹈创意既有来自乡野的小清新，又呈现出阳春白雪般的奢华美丽，实在是潜力无限。在75年的发展过程中，在王长根、谈春根、谈小明等几代非遗传承人的努力下，它变“舞龙”为“龙舞”，更加精妙，更加完美，堪比国宝级的艺术品，在国内外各种舞台上大放异彩，尽展中国传统文化绰约风姿。在花开花落间，在世事流转中，在作者的笔下，龙的故事跌宕起伏、丰沛耐看，龙的生命勇敢顽强、不断超越，一段段珍贵的历史记忆尽在其中。

在田家村笔下，长兴百叶龙很神奇，居然两进中南海；在首都国庆60周年举国欢庆之夜，700人在天安门广场狂舞；在第十一届中国民间文艺山花奖民间艺术表演奖评活动中，获“山花奖”金奖。进入新世纪，百叶龙经历了“跌倒吴山”的大失落，又实现了“醉倒椒江”大逆转，夺得全国第十届“群星奖”舞蹈大赛金奖，将长兴新龙人自加压力、不断超越的勇气和中国龙绝不服输、积极向上的精神表现得淋漓尽致。在新西兰、法国、英国、瑞士、卡塔尔、埃及……百叶龙行走天下，化身展示浙江形象、传播浙江文化的形象大使，担负起新时代文化使命，为非遗文化走出国门、提升中国文化的国际传播影响屡建新功……

在田家村笔下，长兴百叶龙承载了一代又一代舞龙人的精神世界和可贵乡愁。作家深度挖掘了非遗传承人内心蕴藏的中华优秀传统文化精髓，他以承担者的勇气、真实的笔触，为一条龙、一批舞龙人与他们的故乡立传，书写了他们积极乐观的追求，为事业百折不挠荡气回肠的人生故事。个性执着的长兴农民王长根，在百废待兴的1949年，于一日三餐还没有着落的情况下，义无反顾地决意拯救失传多年的技艺。他扛着自家异常珍贵的稻米走了70多里路，到湖州城换取制作龙的材料，他把村上的年轻人召集到一起，虔诚拜师学艺，终于拯救了百叶龙。他那声“是龙还是虫，是龙就使劲舞起来！”的呼喊，将村民们紧紧团结在一起，在生产实践中发挥了前所未有的作用，体现出强大的精神执念的力量。

《龙飞荷舞》之所以生动感人，在于作者以朴素、坦诚的情感与文字，讲述了一段历史、一群人、一门技艺的前世今生。作品语言简洁有力，又不乏奔放热情，无声的文字下似有雷霆万钧，激发起读者对舞龙人的意志和信念的敬意，对家乡巨变的思念与向往。跟随作者的步伐，我们能领略岁月过往、乡村风物、山乡新貌，在他的行思中观照自我，获得坦然面对命运考验的各种旷达。在田家村的文字里，我们固然能够看到失败、孤独、悲伤、挫折、愤怒等精神困境，但更多的则是人生意义的展示，那些信仰、追求、奋斗、坚持、快乐。那些足可慰藉现代人疲惫灵魂，疗愈一切对财富、地位焦虑的人生追求，在作品中始终是昂扬的主导内容。王长根、池文海等汉子顶天立地，用他们的无怨无悔告诉我们，梦想与荣光，坚守与执着，风雨和泪水，必将成就人生辉煌。

民间传统文化是中华文明的结晶，蕴含着中华文化的精义，蕴含着重要力量，是增强民族凝聚力的纽带，是维系民族的独特情感，也是实现经济文化发展创新的不竭源泉。报告文学《龙飞荷舞》格局开阔，精彩大气，以传承和弘扬中华优秀传统文化为主线，不仅讲述了几代非遗传承人锲而不舍、创造奇迹的中国故事，更书写了百叶龙立足时代，与时俱进，创造性转化、创新性发展的接续攀登。作品提炼了百叶龙气贯长虹、勇往直前的文化品格与精神内核，描绘了国家级非遗百叶龙的传承与当地的经济社会和文化事业同呼吸、共命运、齐发展，为当地经济社会发展发挥激励作用的美好前景。

传承中华优秀文化非一日之功，写出属于时代的精彩力作，需要巧思匠心。为处理好这个题材，田家村独辟蹊径，不采用司空见惯的平铺直叙，而是以数条叙事线交织推进。一条叙事线讲述天平村传承人努力在龙的创造中获得力量的心路历程，与此呼应的另一条叙事线讲述一个外来民间文艺工作者池文海来到长兴，为百叶龙再攀高峰呕心沥血。作品深刻书写了龙的传人的精神气度。时代的历史跨越成就人精神境界的突变，从作者描写的一条龙的新变中，我们领略到了中国社会发展变化的恢宏壮丽。爱使文字有所附丽，爱使作者对笔下的

“龙”与人饱含情义，极尽柔情。全书图文并茂，生动的讲述使一个个鲜活的人物跃然纸上，让我们看到了舞龙人生活中不为人知的那些方面。全书既是龙的成长史，也是舞龙人的心灵史、奋斗史，更是长兴民间艺术的传承史和长兴经济社会的发展史。

历经数千年创造、演进、融合与涵育，龙升华为中华民族的精神象征、文化标志，也是我们的信仰载体和情感纽带。《龙飞荷舞》以小博大，滴水见太阳，作品的出版，能够有效地激励人们用喜闻乐见的形式继续讲好中国故事、讲好非遗故事，彰显中华民族精气神，增强中华文化的影响力，让非遗文化在世界舞台上绽放出更为绚烂夺目的光彩。

谨序。

2024年秋，北京

（梁鸿鹰，中国作协主席团委员，中国作协理论批评委员会副主任，中国报告文学学会常务副会长兼秘书长，《文艺报》原总编辑。主要从事文艺理论评论和文学创作等。出版评论集《守望文学的天空》等六部，译作《阿西莫夫诠释人类万年》等四部，散文集《岁月的颗粒》，诗集《对天真的结局严阵以待》，小说集《散装时间》等。）

目录

第三卷 龙腾荷舞

第四卷 龙行天下

龙引

太湖西南岸，繁花细草，落英缤纷。长兴县天平村，阡陌交错，河流水塘，袅袅青烟点缀着葱葱郁郁的山水田野。

韶光荏苒，转眼间村里的小伙秋生、姑娘百叶已经长大成人。秋生眉清目秀、英俊潇洒，百叶天生丽质、妩媚动人。两人自小青梅竹马，长大后佳偶天成。大喜之日，秋生撷一双含笑花戴在新娘头上，新娘更加娇俏。

夜晚，全村人都聚在青姥塘边新郎家门前的晒谷场上狂饮。子夜时分，头顶突然传来一声雷鸣似的巨响，众人抬头一看，只见星空中出现了一片宛如巨龙的金色云彩。

新郎秋生正在惊讶时，突然发现刚才还在自己身边给客人斟酒的新娘不见了踪影。他非常着急，到处寻找，最后竟然在洞房内的龙凤床上找到了酣睡的新娘。新娘面如桃花，睡得非常香甜。“百叶，百叶……”新郎叫了几声，她依然没有醒来。直到被秋生推醒后，她羞红了脸，竟说不上自己为何会提前进了洞房。

不久，百叶怀了孕，但十个月过去了，仍没有生孩子的迹象。十五个月过去了，依然不见胎动。过了三七二十一个月，正逢甲辰年盛暑，浙北大旱，田地开裂，蝉喘雷干，此时百叶才产下了一个龙非龙、人非人的怪胎，这可把全家人吓坏了。

俗话说，母不嫌儿丑。儿子尽管是个怪胎，却是母亲身上掉下来的骨肉。但为了不让家人难堪，百叶将儿子轻轻放在一只脚盆内，然后将脚盆端到了门前的青姥塘边。

因为干旱，塘里的水仅剩下一半，水中的荷叶焦黄发蔫，荷花也垂头丧气。百叶走下龟裂的河滩，将脚盆放入水中。想不到刚沾到水，塘里的水一下子猛涨起来，百叶赶紧退回岸边，回头一看，发现发蔫的荷叶已变得饱满挺拔，很多荷花在一瞬间爆开了。一阵轻风拂过，脚盆慢慢向荷叶深处漂去。

之后，百叶每次到塘边淘米洗菜，儿子栖身的脚盆总会适时从荷叶丛中慢慢向母亲漂过来。百叶给儿子喂饱了奶，儿子就依偎在母亲怀中撒娇，其乐融融。

就这样，日复一日，儿子的头顶上长出一对小角，鼻子也开始隆起，龙形日渐显现，但百叶一点都不害怕。

这天，百叶又到塘边洗菜，欢欣万分的小龙突然从水中“哗啦啦”游过来直扑母亲的怀抱，把蹲在百叶身旁杀鱼的老汉吓得差点掉进水里。老汉不知百叶与小龙的关系，还以为这个怪物要加害百叶，便拿起杀鱼的刀向小龙劈去，小龙立即转身朝塘中一跃，但龙尾巴已被劈了下来。

没有尾巴的小龙在塘中几个腾跃，身子一下子长到三四十米长。顿时，塘内水花四溅，荷花瓣满池翻飞，但小龙因为没有尾巴，只能在塘内无助扑腾，始终飞不起来。这可把百叶急坏了，她焦急万分，不知如何是好。

这时，塘边有一只巨大的粉蝶看到这一幕，立即飞起猛扑上去，将自己的身子牢牢嵌在龙的断尾上，成了小龙全新的尾巴。

刹那间，小龙披一身水珠、荷叶和粉色的花瓣，从青姥塘内“哗啦”一声腾空而起，越飞越高，呼啸着直上云霄。百叶看着天上的儿子，跌跌撞撞一路追赶，一直追到泗安塘边才停了下来。她连喊了三声“儿啊”，小龙听到呼唤后，折返飞回，在母亲上方连转三圈，播下久违的甘霖后，最终朝着西面天目山的方向飞去。

从此之后，浙北地区每逢干旱，这条龙总会适时出现，在这块土地上耕云洒雨，给这里的人民带来丰收和喜悦。

这个美丽动人的民间故事已经在长兴流传了几百年。这条龙的母亲是百叶，是长兴县林城镇天平村土生土长的村姑，百叶的儿子名叫百叶龙，是当地家喻户晓的吉祥英雄！

第一卷

龙生大地

青姥塘水下的秘密

太湖西南岸的长兴人与龙有缘，他们是龙的创造者和智慧的舞龙人。长兴城中心有一座葱郁雅致的龙山；长兴的太湖边，有一个总投资250多亿元的梦幻般的全球超大型旅游综合体——太湖龙之梦；在长兴，被列入市级以上非物质文化遗产名录的龙就有八条，当然，长兴还诞生了一条蜚声中外、被列入首批国家级非物质文化遗产代表性项目名录的龙——百叶龙。

1978年4月的一个中午，阳光很温暖，长兴县文化馆编印的散发着油墨芬芳的蜡纸刻印文艺刊物《红雨》新鲜出炉。文化馆简陋的排练大厅里，传来阵阵为百叶龙舞蹈伴奏的鼓点声。不久前，文化馆接到了携百叶龙去嘉兴地区参加比赛的通知，他们正在组织舞龙队员抓紧排练。

长兴县文化馆那时还在解放路上。新中国成立前，文化馆所在的这块地盘属于城隍庙，城隍庙拆除后，在这块弹丸之地上先后建起的前后两幢平房中，有长兴县文化馆、长兴县图书馆和长兴县博物馆三个单位。在相当长时间内，这里是长兴名副其实的文化中心。

后来，在两幢平房后造起了一幢三层的家属楼，不久，两幢办公建筑的东侧又造起一幢三层的办公楼。再后来，拆了前面的平房，造起了一幢两层的图书馆用房，那是20世纪80年代末的事情了。

在向更大的空间发展之前，老城隍庙地盘上文化馆的面积只有约500平方米，其中有一个排练厅，一个书画展览厅，还有三四间办公室。图书馆更加简陋，不到200平方米，藏书不过两万册，那时候的借书证像粮票、布票一般稀缺，一本证每次只能借一本书，而且七天内必须归还，如果你不还，下次就不能再借书了。博物馆在三个馆中的面积最小，只有100多平方米，受条件限制，办公、展厅和库房只能合在一起。经常会有一些淳朴的长兴农民在造房子挖地基时挖到金银器、玉器、青铜器、钱币等，特意从乡下赶到县城，坚决要把宝贝无偿捐给博物馆。

1984年，我当兵回来后被分配到文化馆创作室工作。当时，改革的春风正席卷大江南北，因为文化馆编印的内部油印刊物《红雨》已停办一段时间，这一年我着手创办了文化馆第一张用铅字印刷的《紫笋报》，一年出刊六期，到年底再出一期《紫笋》增刊。《紫笋报》创办之初在长兴印刷厂用普通白纸印刷，为了追求品质，后来专门送到牛头山长广报印刷厂用新闻纸印刷。在80年代的文学狂热时期，《紫笋报》编辑部平均每天能收到100多篇来稿。当时，能在《紫笋报》上登一篇文章，和现在上一次省级报刊所获得的“多巴胺”差不多。

1978年4月出刊的那期《红雨》上，刊登了一篇题为《百叶龙》的民间故事，令所有人读后浮想联翩。这个故事除了向我们展示百叶龙的神奇，还传递出一个确切的信息：百叶龙最早是从长兴县林城镇天平村的青姥塘中席卷一身荷叶荷花腾空而起的……

我第一次真正踏上寻访百叶龙故乡的道路时，已是1998年的秋天，当时，进村的道路依然很原生态，其中有一段路如老龙伏地，曲折而蜿蜒，凸于路面的顽石犹如龙之鳞片，坚硬无比。

我乘坐的农用三轮车行走在这条路上，有点像小舢板在大海的浪尖上航行，令人眩晕。但这并没有妨碍我探访百叶龙的兴致。

下车后我发现，村子风景很美丽，青姥塘的风情很雅致。

没有文化的风景，在人们看来只是工匠的画作。那些在文化土壤里生长出来的风景，才是真正的耐人寻味的艺术珍品。

青姥塘占地280亩，尽管没有太湖的浩渺宏阔，但自有其清新脱俗的美丽，甚至还有一丝神秘之感。塘边的茅草随风摇曳，黄金般的阳光在吹皱的水面轮廓中闪烁。虽然我没有像鱼一般潜入塘底去一探水中的秘密，但分明能感受到有很多快乐的肥鱼壮虾在水中穿行，或许水下还生活着一种长长的不为人知的生物。

时至深秋，早已过了赏荷的时节，但我从老绿的荷叶中依然可以感受到盛夏时青姥塘那碧叶连天、粉荷招展、蝴蝶翻飞的美景。

站在青姥塘边，我眯着双眼，让贫瘠的想象竭力复原那个民间故事所描绘的摄人心魄的瞬间：在很久很久以前，年幼的百叶龙就悄悄藏匿在这片荷叶丛林中，喝着母亲鲜美的乳汁慢慢长大。后被一个不明真相的老汉一刀断尾，千钧一发之际，得到了一只蝴蝶的帮助。最终，百叶龙披一身水珠、荷叶和粉色的花瓣，呼啸着直上云霄……

关于百叶龙的美丽传说发生的具体年代尽管已无法考证，但故事的发源地可以确信就在青姥塘周边两公里范围之内。百叶龙是由长兴天平村的村民创造的，或者说是在天平村村民的手里复活的。他们为这条龙的再生发挥了十分重要的作用，他们的名字是：姚申福、姚申林、王长根、赵顺风、唐景源、赵金苟、王秋如、谈春根、沈梅生、洪荣芳、张再新……

后来，在当地党委、政府的支持下，特别是在长兴本土民间艺术家池文海和省文化馆、省歌舞剧院专家余伯忠、孙红木、吴露生、邵小眉的精心指导下，在传承人谈小明、谈勇等人的手中，百叶龙茁壮成长。百叶龙两进中南海，先后获得全国第十届“群星奖”舞蹈大赛金奖、中国民间文艺“山花奖”、“陆家杯”全国舞龙邀请赛金奖、

“非遗薪传”——浙江传统舞蹈展演展评活动薪传奖、浙江省民间舞蹈精品奖等诸多相关领域的顶级奖项，还在长兴新一代的群文人和舞龙人的带领下，走出国门，行走天下……

东方苍龙与天平村农民

1949年11月8日，立冬。

此时，早晚的气温已挟带丝丝寒意。这天清晨5点多，下了一场阵雨。阵雨过后，茫茫田野上氤氲着一片白蒙蒙的雾气。这场阵雨并没有影响到庄稼人的心情，因为田里的稻子已经在前些日子被放倒，在谷桶中猛力摔打脱粒，又晒了几个完整的太阳后全部入仓。

家住天平村的王长根睁开了眼，发现窗外已经泛白。他把眼皮子眯成一条细线，本想在床上再烙个饼。突然，他似乎想起了什么，一骨碌起来用冷水洗了把脸，吃下一大碗咸菜泡饭后，抹了一下嘴，起身对堂客（妻子）杜秀珍说："我约了人要去一趟瞎子老头子家。"杜秀珍看着男人这张严肃的脸微微一笑，然后点点头，她感觉自家男人这几天有点像被龙下了蛊。

这场雨来得快，去得也快。不久前天上还是乌云密布，此刻云霞已占据天空，几丝阳光透过稀薄的云层照耀大地。王长根走在小路上，看到一群麻雀从远处飞来，"哗啦"一下落到左边的一块田里觅食，鸟的叫声从很远的地方传来。

新中国成立前，王长根家属于赤贫，家里只有三间稻草顶的泥墙房子，吃不饱饭是经常的事。有一天傍晚，暴雨倾盆，狂风像鬼魅那般哇哇大叫，把王长根家三间房子上的稻草全部刮飞了。全家人奋力追出门，跳起来把那些在半空中像乌鸦一般乱飞的稻草捉住，抱在怀里，以减少损失。那时，盖在屋顶上的稻草是很金贵的。

尽管家里穷，但父亲却坚持让王长根这根独苗读到了小学五年级。小学五年级文化水平，当时在村里算得上是一名知识分子了。王长根不仅是村里的文化人，而且政治觉悟比较高，集体的事他乐意积极参加。

1949年，解放军和国民党军汤恩伯部在苏浙皖地区打得天昏地暗。最后，解放军围歼汤恩伯残部7个军8万余人，至4月26日，太湖西南岸的长兴全境宣告解放。解放后，林城镇天平村的百姓欢欣鼓舞，但王长根欢腾的内心却萌生了一个和别人不太一样的想法，他要做一件不同凡响的事。

林城镇位于长兴县城以西约15公里处。镇南有一座烟雨朦胧的龙山，镇北有一座青翠叠耸的方山，两山之间，蜿蜒流淌着长兴的母亲河——泗安塘，其丰沛的河水自西向东流经林城，有12公里。

泗安塘流域的南北两侧是平原圩区，且圩圩相连，河塘星罗棋布。世世代代的先民就在这块土地上繁衍生息。

天平村位于泗安塘南侧，处长兴与安吉交界处的龙山山脉东麓北侧的长泗平原，东连雉城镇，南接安吉县，西依泗安镇，北邻小浦镇。辖沈村、仓里、杨湾、小湾、泥桥、地埔圩、青姥塘、桥头边、老街、塘埂、圩角、牌楼等12个自然村，总面积3.68平方公里，粮田面积3180亩，耕地700余亩，水塘287亩。

天平村圩区内阡陌纵横，河塘交错。生活在圩区的人，一年的全部收成都指望田里的稻子和塘里的鱼，不像山区，如果田里歉收，还有山上的竹子、笋、茶叶可以指望。种水稻完全是靠天吃饭，逢上大旱的季节，平时能走大船直通湖州的泗安塘也会因缺水见底，河蚌张嘴。所以，大家希望每年都能风调雨顺，田里的庄稼能养活一家人。

据《长兴县志》记载，长兴泗安、林城一带的旱涝灾害曾经非常频繁：

> 1934年，旱：亢旱成灾，田禾枯槁，长兴第五区泗安各乡为最重，农民秋收绝望，无以为生，遍野哀鸿，嗷嗷待哺。
>
> 1944年，旱：大旱，成灾田25.6万亩。
>
> 1946年，水灾：7月2日至12日，9月19日至21日，两次大雨成灾，倒塌房屋350间，第一次倒圩25处，淹没田9.74万亩，第二次倒圩72处，淹没田12.56万亩。
>
> 1953年，旱：6月下旬至8月底连旱70天，西部丘陵地区尤为严重，全县受旱面积14.24万亩，成灾面积12.74万亩，粮食减产1094万公斤。

水能载舟，亦能覆舟。水对农民来说是命，但它是一把双刃剑。当地人惧怕干旱，更害怕洪水。曾经，在这方土地上生活的百姓以不屈不挠、改造自然的决心，与自然灾害做不懈的抗争，但他们的力量是如此渺小，生活是如此艰辛。

我们的先辈为了读懂天象，把天球赤道和黄道一带的恒星分成二十八个星组，每七宿为一组，其中，“东方苍龙”包含的七宿，连起来的形状像一条龙。苍龙七宿的出没与降雨相互对应，所以，先辈认为龙就是掌管着降雨的神，而降雨又决定着农耕收成，农耕的收成则决定着人们的温饱安康，龙便成了农耕社会最主要的“图腾”。

200多年前，在长兴天平和安吉上舍交界处曾经流传过一种“九莲灯”。“九莲灯”又称“花灯龙”，清道光年间，在春节、元宵，庙会或久旱不雨之际，天平村人就会制作花灯龙开展舞龙活动，以感神灵，祈求风调雨顺、五谷丰登、国泰民安。

以前舞龙不单纯是龙的独舞，中间还会穿插多种其他表演形式。王长根还隐约记得，爸爸说这条龙的玄机就是能将一朵朵分开的花，突然变成一条完整的龙。但如何变龙，大家都不清楚。

都说一个人只有衣足饭饱了，才会有精神文化生活的追求。这个说法用在王长根身上肯定站不住脚。尽管生活依然十分贫困，但无法阻挡王长根想做一条龙的想法。“现在解放了，我一定要做一条龙。”他不止一次对堂客说。因为他相信，龙能调风雨，驱鬼魅，能让大家更自信、更团结、更勇敢，让天平老百姓的生活一天天好起来。

但王长根从小到大都没有亲眼见过龙的模样，单凭想象，是很难用一双手去还原一条龙的。天平村原来是个大村，有1500多人，因历经战乱，到了1949年，只剩下四五百人。经过打听，龙灯的制作方法只有村上的姚申福、姚申林兄弟两人知道。

王长根长着一张国字脸，浓眉大眼。解放那年他31岁，臂粗膀圆的他浑身有使不完的劲。这天早晨的阵雨过后，王长根叫上几个村里的年轻人，兴冲冲来到姚申福家里请教。

姚申福出生于1894年，新中国成立那年他55岁。尽管姚申福的外号叫“瞎子老头子”，但他却有一双雪亮的眼睛和勤劳的手。他是一名木匠，但吹拉弹唱样样在行。后来，他被当地文化部门认定为百叶龙的第一代传人。

百叶龙第二代代表性传承人王长根（摄于1980年）

姚申福的爸爸和爷爷都曾经是扎龙和舞龙的高手，姚申福和弟弟姚申林小时候给爷爷打过扎龙的下手，所以，这门活兄弟俩并不陌生。姚申林还会扎马灯、花瓶和猴子，这些都是舞龙时的最佳“搭档”。

姚申福、姚申林的家也在塘埂自然村，离王长根家只有300米远。兄弟俩的生活条件和王长根差不多，各有三间泥墙茅草屋，不过他们两家的门是木门，比王长根家的竹片子门强一些。王长根见到姚申福、姚申林就直言不讳地说：“申福、申林师傅，我们一早过来就是想向你们拜师学艺，想扎一条龙，表达一下我们翻身得解放的快乐心情。”

由于贫穷、战乱，姚申福、姚申林上一次扎龙、马灯、花瓶和猴子，已经是三四十年前的事了。现在解放了，日子太平了，村里的年轻人找上门来，他们有些意外，但很高兴。兄弟俩一高兴，就从屋里拿出几条板凳，让年轻人坐下，在家门口为大家讲起了花龙灯那些风光事。

姚申福不仅手脚勤快，而且也很会说。他说，有一年正月十五庙会，乡里请来了花龙灯队出场表演。那天的表演阵仗特别大，长长的队伍蜿蜒有百来米，一眼看不到头。走在队伍最前面的是“十二月花名”，后面是两匹马、两头牛、一只卖鱼篮、一只卖花篮、两个反穿皮袄举着画眉鸟笼的小丑、一个牵猢狲的扬州美女，还有六只大蝴蝶围花篮，再后面是八个长相俊俏的姑娘举着花灯。当然，马、牛、猴、卖鱼篮、卖花篮都是用竹篾和纸扎的，它们是整个花龙灯表演的一部分。

压轴的花龙灯走在队伍最后，十几个壮小伙把用布包裹的道具举过头顶。里面就是能变龙的荷花，用布包起来是为了装神秘不让大家先看见，这样才能在最后达到一鸣惊人的效果。

他们来到了庙会最热闹的地方，那里已经聚了很多看热闹的人，适合舞龙，舞龙头的队长就指挥12个小伙子分开站成一个大圆圈，相当于划定了一个宽敞的表演场子。

姚申福眉飞色舞地说："这时，马、牛、猴、卖鱼篮、卖花篮、蝴蝶、花灯先后来到圈子中表演，算是热场，营造气氛，它们有半个多小时的戏份。这些节目都很精彩，特别是举着画眉鸟笼的小丑和扬州美女牵猢狲的表演，又好看又滑稽，一上场就引得观众哈哈大笑，阵阵喝彩。花灯姑娘长得相当水灵俊俏，当她们圆场的时候，场边的小伙子们看得眼睛都直了，还嗷嗷起哄。

"这些节目表演完成后，演员退到四周围成了外圈，花龙灯才揭开了神秘的盖头，呼风唤雨地上了场，舞龙大戏由此正式开始。当然，他们一开始舞的是花，舞到一半才一下子变成龙，看得大家目瞪口呆。这龙就是我爷爷和我爸爸做的，那条龙真漂亮啊，真风光啊！全天下没有第二！"

说到这里，姚申福摇头晃脑，还忍不住抹了一下口水，简直有点自我陶醉了。他的这番描述，把大家听得骑毛驴吃豆包——乐颠馅儿了。

王秋如急急地说："姚师傅，快教教我们，花龙灯怎么扎？"

姚申福说："小伙子们，别急，别急，听我慢慢道来。一条龙有舞龙棍子、龙珠、龙头、莲心、龙身和蝙蝠龙尾这几个部分。要用上锯子、铲子、梳子、榔头、画笔、钳子、刨子、剪刀、竹刀、绵白纸、面糊、绳子、洋红洋绿等很多工具材料。以前，我们三个熟练工一起做，也要两个月时间才能做完一条龙。我们扎出来的龙头像个聚宝盆，身体是九朵叠起来的荷花，将荷花拉开就变成了一条龙。说实话，要扎好一条龙很不容易，你们看看，现在很多材料我们都没有，工具也不齐……"

"这么难啊！"有人开始叹息，有点泄气了。

"那我们就看菜吃饭，扎一条简单一点的龙。"王长根是个实在人。

姚申林搭话鼓劲说："以前有人用稻草扎龙，如果大家不介意，我们可以先扎一条简单的龙试试手，先不要管它好不好看。行不行?”

王长根看看大家，说：“行！万事开头难，只要开始就好办。我们就这么说定了，先扎一条简单的龙。”

姚申福一挥手说：“好！我们有什么就先用什么，大家一起想办法找材料，找工具。”

大家一商量，就分工领了任务，找材料的找材料，借工具的借工具，还约定三天后的下午一起到王长根家去扎龙。

头胎纸壳龙

2300多年前，诗人屈原在洞庭湖畔仰天咏叹，写下《天问》一诗。在诗中，屈原提出了很多关于“龙”的问题，龙是怎样形成的，是鳄，是蛇，是蜥蜴，是闪电，还是由彩虹演变而来。

从古到今，龙一直处于人类的创造过程中。这一过程的起点为新石器时代，后经商周时期的不断发展，到秦汉时期，龙形才基本定型。这里所说的“基本”，就是说龙的外部特征、框架要素在秦汉时已形成了。但因为没有活物可以参照，在历朝历代，龙的形态依然在不断丰富、变衍。

新中国成立初期，不仅龙道具制作工艺粗放，舞龙的动作也十分简单，没有规定的舞龙人数，配舞也比较随意。后来，在专家们的辅导下，龙舞出场时有了正式的舞蹈动作，还有了专门的伴舞，手持花灯配合龙舞的姑娘少则六至八人，多则十几人，甚至二三十人。当然，表演的人越多，场面就越大、越好看。花灯可以分作两半，正面是祥云，反面有十二个月份的花朵，每盏花灯设有两个月份的花朵，如正月梅花、二月杏花、三月桃花……待龙舞动时，花灯便绕着龙起舞，同时还会根据需要用各种动作展示灯、云、花的美丽。

20世纪之初，制作一条百叶龙道具需要采用80多种材料，130多道制作工序，三五个民间艺人忙上两三个月才能完成。如今，百叶龙的制作材料更加丰富，制作工艺也与时俱进，创新的脚步从未停止。

扎龙最主要的材料就是铁丝、胶布和布，但那时这几样东西可是稀罕物。铁丝，很多老百姓从小到大都没有见到过；胶布，只有医院里才有；布，当时要凭票供应，自己做衣服都不够用。

那天从姚申福家回来后，几个年轻人分头寻找做龙的工具和材料，第三天下午到王长根家一归拢，工具有锯子、铲子、梳子、榔头、砍刀、剪刀，但材料只有竹子、木棒和草绳三样。姚申福一看，苦笑着用手抓起了头皮："这，这点材料可怎么办?"

此时，王长根从里屋拿出了一大卷绵白纸、两斤细麻绳和一支湖笔。姚申福一看，笑得合不拢嘴："太好了！长根，你太有办法了。有了这几样，我们就好办了!"

赵顺风对湖笔能派什么用场不懂，拿在手里左看右看。还是姚申福一语道破："长根，这支笔你买来是给龙身涂洋红洋绿的吧，你想得可真周到啊!"一句话把王长根说得不好意思起来。

大家有所不知，这几样东西，是王长根扛着50斤米，早上4点多出门，花了15个小时，来回走了70多里地，到湖州城里换来的。他知道，绵白纸、细麻绳和湖笔，普通人家都拿不出来，即使有，也不会多。没有这几样东西，扎龙就会变成一句空话，或最多只能扎一条稻草龙。在湖州街上，他眼前一亮，看到了一圈圈的铁丝，但一问价格吓了一跳，只能作罢。

在姚申福、姚申林指导下，王长根、赵顺风、唐景源、赵金苟、王秋如等几个村里人，就此开始了第一条花龙灯的制作。竹子劈成竹篾，做成了龙的骨架，将龙的骨架与舞龙木棒用麻绳捆在一起，绵白纸刷上面粉糊后贴在龙骨架上，做成了龙的皮肤……

因为白天田里还有活要忙，扎龙的事只能在晚上做，在豆油灯下做。他们七八个人前后用了二十多个晚上，终于在1949年最后一天深夜扎出了新中国成立后天平村的第一条龙和六只花瓶。

王长根的堂客杜秀珍不仅人长得俊俏，而且心灵手巧，经常帮大家做贴绵白纸之类的细巧活。有时候看大家扎龙扎得太晚，就烧一锅咸菜泡饭给大伙当夜宵。

龙扎成后，大家左看右看，总觉得少了点啥。杜秀珍从灶膛里取出一块木炭，在木头龙眼上涂了几下，龙的眼睛一下子就有神了。她又拿起湖笔，蘸着洋红洋绿在龙身的绵白纸上画上几条龙鳞纹，龙的周身都漂亮起来了。大伙一看，激动坏了，竖起大拇指连连称赞。

受到材料的限制，头胎龙的头有点像牛头，又有点像蜥蜴头、鳄鱼头，或像姚申福所说的聚宝盆。龙的身体也就是将绵白纸上画着龙鳞纹的九个直筒子用绳子连接在一起，很难解开，龙尾上的蝙蝠像两片合在一起的风筝……这条龙的形象有点怪异，像是来自另一个星球或远古时代的物种。

好在龙的形象在天平村老百姓的心里较为模糊，大家的要求也不高，大致像条龙就行。如今我们进入了5G时代，但稻草龙、布龙、板凳龙尽管土得掉渣，却依然很活跃，深受人们喜爱。也许，这才是原汁原味的非遗魅力。

再说，人的审美观并不是天生的，而是靠后天培养形成的，接受长期的教育，在看过很多类似的物品之后才慢慢形成了自己的审美观。当时，大多数人都是第一次看到传说中的花龙灯出现在自己眼前，所以，大家满是新奇、激动。

王长根请姚申福、姚申林、赵顺风一起舞，但他们表示，自己年纪大了，还是吹唢呐好，舞龙，你们年轻人带劲。姚申福说："长根，你是领头人，就舞龙头吧！"

就这么定了，王长根舞龙头，谈春根舞龙尾，唐景源舞龙珠，王秋如、赵金苟、张再新、洪荣芳、李珍山、李连法等舞龙身。

还有更令人惊喜的事，村上的老周看到了龙，想起自家的猪圈里还藏了一副新中国成立前留下来的锣鼓。他从稻草堆里把这些家当一件件挖出来清点了一下，有大锣、小锣、大镲、小镲、板鼓、铜鼓。老周抓起一把稻草把锣镲上结的灰垢使劲擦去，贼亮！

老周爽快地对王长根说："你们拿去用吧！"

怎么分工呢？姚申福、姚申林各拿出一把爷爷传下来的唢呐，说："我们就吹这个。"然后腮帮子一鼓，唢呐声嘹亮而高亢，唤起了人们对美好生活的期待。

王曾宝敲大锣，赵元兄敲小锣，王忠国敲板鼓……"咚咚锵，咚咚锵，咚咚锵咚锵咚锵，咚咚隆咚锵，咚咚隆咚锵，咚咚锵咚锵咚锵……"锣鼓声响，整个天平村的氛围马上就不一样了，顷刻间就有过新年的喜庆气氛了。

唢呐声、锣鼓声就是集合的号角声，把天平村的老老少少都吸引过来了，大家左看右看，对这条龙啧啧称赞。

其实，第一次舞龙，大家只是举着龙胆怯地慢慢走着，根本不敢舞，因为参与做龙的几个人心里都很明白，动作一猛，说不定这条龙的骨架和面皮纸就断裂了。

尽管小伙子们小心翼翼，不敢迈开步子，但有锣鼓烘托气氛，有手拿花瓶的六个姑娘左右转圈圈为龙伴舞，还有里三层外三层围观的村民，现场的气氛像烧开的水沸腾起来了。

此时，跳花瓶的杏花姑娘还边跳边唱了一段当地流行的歌谣：

你出一我对一，蜡烛开花在屋里。
你出二我对二，韭菜开花起薹儿。
你出三我对三，牛角开花尖对尖。
你出四我对四，鸡菱包子开花一包刺。
你出五我对五，石榴开花过端午。
你出六我对六，茄子开花紫蔸蔸。

你出七我对七，菱角开花水兜里。
你出八我对八，南瓜开花像喇叭。
你出九我对九，葡萄开花做好酒。
你出十我对十，竹子开花人背时。
……

唢呐、锣鼓伴奏，花瓶伴舞，还有姑娘伴唱，更有村民的热情围观，给这条简单、粗糙的新中国成立后的天平村第一龙撑足了面子，给刚刚翻身做主人的天平村人带来了扬眉吐气的全新感受，大家为这条龙的诞生欢呼雀跃，奔走相告。

大年初二早晨，舞龙的小伙子们甚至还举着龙到隔壁的安吉上舍村亲戚家去拜了年。那些天，王长根、赵顺风、唐景源、赵金荀、王秋如、张再新、洪荣芳、李珍山、李连法、谈春根这些舞龙的小伙子和很多天平村村民一样，激动到无法入眠，连睡觉时都会感到自己被舞动的龙掀起。

沈梅生的堂客对别人说："梅生这几天不知道发什么神经病，昨天晚上一脚把我从床上踢下来。我叫醒他问，他说梦里正在使劲舞龙。你舞龙就舞龙呗，用脚踢我干什么……"一番话把大家逗得哈哈大笑。

1950年正月十五大清早，周边很多村的村民都来到了天平村，要看看这条龙的表演，应大家的强烈要求，这条纸壳龙又一次来到村上游走。但大家都认为，大过年的，这条龙就这么小心翼翼走几下，有点挑脚的穿大褂——冒充斯文，不过瘾。

在围观群众"舞一下！舞一下！"的吆喝声涛中，王长根和他的舞龙队明明知道这纸糊的龙经不起折腾，但一激动就豁出去了。

龙啊！你是从青姥塘诞生耕云洒雨的吉祥物，是催人奋进的力量，是美好生活的象征，这种信任延续了几百年，从来没有发生过任何变化。不远处的龙山上奇异的天象，传说中从青姥塘荷花丛里一跃而起能遇旱降雨的百叶龙，给了人们无尽的遐想。百叶龙孕育诞生于静谧的荷塘，它腾空入云瞬间爆发的力量，正好与人们团结一致、勇敢拼搏、追求卓越、向往美好生活的最原始的动力和心灵期盼相吻合。

王长根大喊一声："是虫还是龙，是龙就使劲舞起来！"全体队员群情激荡，放开手脚奋力狂舞，把一碗咸菜泡饭舞出了白米饭加红烧肉的干劲。结果才"哗哗"舞了十几下，龙的纸皮肤就开始像蝴蝶般在空中翻飞起来，龙的筋骨也像一条被倒拎着抖了十八下的青蛇般散了架。到后来，举过头顶的龙身只剩下几段不完整的耷拉着的竹架子，引得大家哈哈大笑。

龙废了，但围观的群众却大呼过瘾，舞龙的小伙子们更是感觉神气，也很有意义，这个年过得特别开心。从此，舞龙开始成为天平人心有所念、奋勇向前的具体表现。

天平有龙初长成

1950年底，长兴的土改工作正式开始。为了迎接县里的土改工作组的到来，乡领导来到天平村，让王长根负责扎一条龙庆祝和欢迎一下。听到这消息，王长根乐得几夜都没睡安稳。

茶花开来正月中，无柴无米手头空，
上欠官粮下欠债，无计思量做长工。
杏花开来二月中，高田撬到低田止，
播沟上泥闹重重，压煞蚕豆骂长工。
桃花开放三月中，别人游在青山上，
清明时节闹重重，长工住在田当中。
……

曾经，王长根感觉这首在当地流传的歌谣中唱的“无柴无米手头空”的长工就是自己。今天，王长根是在土改中即将分得土地的贫下中农之一，他内心无比激动。乡领导让他再扎一条龙庆祝一下，这是对这条龙的认可，更是对他这位“龙头老大”的认可。有过第一次扎龙积累的经验，又有乡里的支持，这次他信心满满。

这一次，乡里帮忙弄来了一卷纱布和半斤铁丝。纱布可以做龙的衣裳，铁丝不仅可以对龙的主要部件进行连接加固，还能做成衔接每一节龙身的钩子，解决了短时间内让龙身可分可合、变花为龙的技术性难题。这可分可合、变花为龙的技术，实质上就是这条长兴花龙灯的秘密武器。

上一条纸壳龙，连自己都觉得有点拿不出手，这一次，王长根要扎一条全中国最漂亮的龙。他马上请来姚申福、姚申林师傅，再招呼原班人马来到家里，白天黑夜连着干。这帮舞龙队队员白天是庄稼地里的劳动好手，晚上全部变成了能工巧匠。而聚在王长根家门口看热闹的村民走了一拨，又来一拨，大家的眼神中满是羡慕。有几位村民想要挤进屋里帮忙，无奈屋里是螺蛳壳里赶场子——太狭小了，王长根只好让他们到外面去看，说："只要大家把田里的活干好，多关心集体的事，今后大家都有机会扎龙、舞龙。"一番话，把大家说得心里热乎乎的。

大家知道，最难扎的是龙头。龙头要先用竹篾编成一个龙头骨架，再在骨架上用面糊将纱布糊上。飘飘扬扬的龙须用麻线做成，扎在龙的下巴上。龙眼是木头制成的鸭蛋形木块，木头正中穿上一根小铁丝，把铁丝的两头扎在龙眼背后的骨架上。龙头基本完成后，姚申福站远了一看说："我们的龙嘴角应该微微往上翘，看上去像是在笑眯眯，不可给人凶猛的感觉，还要改一下。"经过改进，龙头终于达到了"笑眯眯"的效果。最后，姚申林扎了一朵碗口大的纸花，系在了龙额上，这条龙顿时喜庆起来。

龙身上的龙鳞，也就是荷花花瓣的制作较为复杂。一条龙有九节龙身，每一节龙身上有九个圆环，收起来为一朵花，拉开就是一段长长的荷花瓣龙身。但因为缺少铁丝，荷花花瓣的外形只能先用竹篾弯出花瓣的形状，然后在每片花瓣正中间，自上而下用一根单独的竹篾作为支撑。花瓣成形后，再用牢固的麻线扎紧，并在花瓣外面糊上纱布，最后涂一点洋红洋绿水，让这些龙鳞花瓣像盛开的荷花。

有了纱布做龙的衣裳，有了铁丝进行主要部件的固定，龙的抗拉强度大大提升，舞动起来绝对不会散架，也不会破身。再在龙身体内插上几支点燃的宫廷蜡，让龙的身子亮堂起来，就更漂亮了。

还要制作龙珠，先用竹篾编成直径16厘米的寿桃形骨架，与舞龙棍子的一端牢固地成为一体。桃叶形骨架周长有53厘米，每片叶的尖处弯一个小圈，用细线穿过四片叶的小圈，将线绳两头拉紧，将四片叶合拢，叶的下边扎在寿桃底部，但不能扎得太紧或太松，使其能上下自由活动。桃叶外面要糊上纱布，涂成粉红色。

龙尾，先用竹篾编成双翅可以张开合上的蝙蝠状骨架，再糊上纱布并绘上色彩，然后将其固定在木杆的一端。还要在双翅上沿正中各扎上一根约7厘米长的铁丝钩，以备接龙时使用。做成后，双翅张开时为蝙蝠，合拢时即为龙尾。

当然，舞龙棍子最好选用五六年以上的老杉木，还要用砂皮打磨得精光。

扎一条真正的漂亮的龙，活儿还真不少。几个小时干下来，小伙子们腰酸背疼，感叹道，扎这条龙真不容易啊！但没有一个人退缩或不干。有一天，他们一直扎到隔壁人家的公鸡都叫了，才发现自己一个晚上都没合眼。这批年轻人仅仅用了19个晚上，就扎成了第二条龙——一条非常漂亮的，可以变形的，能真正舞起来的龙。

心灵手巧的天平人，这一次简直创造了奇迹。果然，从天平村里舞出来的这条真正的龙，美轮美奂，一亮相，就让土改工作组的干部心花怒放，啧啧称赞。

那天表演结束后，土改工作组的张组长开玩笑问王长根："长根，这条龙这么漂亮，是男龙还是女龙？可有性格和理想？"

王长根思考了一下说："龙是不分男女的。我们天平村的这条龙当然有性格、有理想，就是：爱国，爱党，勇敢，不怕苦，为人民。今天我们舞龙，就是为了代表全体村民感谢共产党、毛主席，让我们老百姓能分到土地，能当家做主。”

王长根的这番话，让张组长竖起了大拇指，其他人也纷纷鼓掌。

任何一个国家、民族或社会群体的发展都需要凝聚力，而凝聚力最重要的来源是文化认同。天平村的青年们，在百废待兴的新中国成立初期，在进步青年王长根的带领下，以一条龙为载体，将村民们团结在一起，不仅在生产中发挥了前所未有的带头作用，还在人民群众中展示了积极向上的力量，为传承中华文明、增强民族凝聚力发挥了十分重要的作用，为花龙灯舞迈向更广阔的世界奠定了基础。

历史经验还告诉我们，传承人是传统文化薪火相传的首要条件。可以说，如果当年没有姚申福、姚申林、王长根等热心传承人的努力，就不会有今天的百叶龙。所以，今天我们在开展非物质文化遗产保护时，必须重视对非遗传承人的保护。

当时，以建设农村俱乐部为中心的群众文化活动，在全国广大农村中广泛开展起来。许多地方的青年农民开展了健康有益的跳舞、歌咏、读书等文娱活动，有力地推动了农村群众文化的繁荣。当时，在北京举办的全国第二届民间音乐舞蹈会演也正在积极准备中。那年，浙江省文艺辅导队派出了多位文化干部，到全省各地开展传统民间舞蹈的挖掘工作。

1955年秋天，一个稻子金黄的季节，长兴县文化馆的一位干部闻讯来到天平村，看到王长根家后面的晒谷场上，有几个年轻人正在舞龙。这个晒谷场属于民利、胜利两个生产队，有四五亩地那般大，晒谷场旁边，还有十几间存放粮食的仓库。

当时，晒谷场的地面是泥地，下雨以后，地上就会变得坑坑洼洼。晒谷前，生产队就会组织社员拉着石磙，把凹凸不平的地面重新

1994年，天平村百叶龙全体人员在天平中学训练时合影。后排左2王长根、左3谈小明、左8乡党委委员施正强、左9乡党委书记夏明祥

压平整。在相当长的一段时间里，晒谷场既是村民们晾晒一年收成的场所，也是生产队里开大会和舞龙队队员排练的舞台。后来有了露天电影下乡，这里又变成了村民们自带凳子观看露天电影的好地方。

当时，这位文化馆干部的双眼立刻被那条在晒谷场上狂舞的龙所吸引，都迈不开步了。回到县城，他马上向文化馆领导汇报了自己的发现。很快，在县文化馆的邀请下，王长根他们扎出的第二条龙第一次游出天平村，来到县城表演。

说来真巧，花龙灯在县文化馆做展示表演时，恰好被一个很关键的人看见了，此人就是浙江省文艺辅导队的民间文艺家余伯忠。这段时间，他正在全省各地到处奔波，苦苦寻觅参加全国第二届民间音乐舞蹈会演的优秀作品。

余伯忠一下子看出了这条龙的与众不同，这极富民间特色的龙舞表演让这位民间艺术家欣喜不已。他万万没想到，长兴天平村竟然蕴藏着这样一种独具匠心的民间艺术！

余伯忠后来在回忆录中这样写道：“我第一次见到它时，就感觉它的艺术风格像满池的荷花那样清香，带着浓郁的乡土气息，这正是我苦苦寻觅的民间艺术瑰宝。”

在县文化馆和余伯忠的推荐下，花龙灯将第一次离开长兴，前往嘉兴市参加浙江省第二届民间音乐舞蹈会演。

北京，北京

为了让花龙灯在演出中收获更好的效果，也为了让北京来的专家一眼就能看上这条花龙灯，浙江省群艺馆会同嘉兴地区群艺馆、长兴县文化馆的专家们第一次合作对花龙灯的动作和道具进行了改造提升。

首先，专家们为这条龙编排了一套适合舞台表演的舞蹈动作，包括游、滚、睡、卧、腾等。原来舞龙只有唢呐、锣鼓伴奏，现在用上了江南的民间小调为其伴奏。

除了动作，花龙灯的道具也进行了改造。专家们重点对做龙的材料进行提升，龙的外衣改为强度更高的大纱布，铁丝有粗有细规格齐全，尽管选用，龙头还用上了当时非常稀有的人造珠宝。材料丰富了，龙的身体上布满粉色的用细铁丝做成的有一定弹性的荷花瓣。龙珠由原来的“寿桃珠”改为“花苞含珠”，显得更加年轻有活力。

之前，龙尾巴是蝙蝠造型，寓意福从天降，是一种吉祥的预兆。从古到今，很多人会把蝙蝠图案放置在门窗之上，寓招财纳福、世代平安幸福之意。但蝙蝠在人们心里的形象却是两面的，有人认为它是好兆头，也有人认为它长得有点阴暗恐怖。

所以，专家们慎重考虑后，决定将龙尾的蝙蝠改为彩蝶。因为蝴蝶的形象光鲜美丽，不会引发负面联想。关键是蝴蝶在这条龙的民间传说中是一个非常重要的角色，当年小龙受难，千钧一发之际，是荷花塘边的一只大蝴蝶挺身而出，才成就了小龙的奋力一搏。所以，这一改动是有依据的，是与百叶龙传说的故事情节相吻合的。

特别值得一提的是，专家们决定将原来伴舞的花灯改为较为简洁的云彩牌。云彩牌的一面是荷叶，另一面是白云。龙还没有成形时，云彩牌呈现的是荷叶，象征小龙生活在荷花塘中。等到小龙腾空而起时，云彩牌就亮出了白云，寓意这条龙在蓝天白云上飞翔。这是一个十分大胆的改动，这一改动沿用了几十年，直到2000年百叶龙参加全国“群星奖”大赛，池文海等专家在这基础上作出了更大胆的改动——将木质云彩牌换成了飘飘然的绿色水母般的荷叶。

为了让龙的身体能亮起来，在晚上或舞台灯光暗的情况下更加漂亮，也为了安全，龙身内的发光部分也由传统的宫廷蜡，改为干电池加电珠泡，也就是把手电筒的罩壳去掉，将带电珠泡的电筒捆扎在龙的骨架上。

50年代中期，天平村的老百姓晚上还在用煤油灯照明，干电池、电珠泡既买不到，也买不起。但这一次，这些紧俏物品都由浙江省群艺馆提供。

如此一改造，龙的美观度和牢固度都有了全面的提升，这条以前习惯在田间地头和家门口自娱自乐的龙，具备了登上大舞台一展风采的能力。

在新中国成立初期，全国范围内的舞龙表演并不稀罕，但绝大多数龙是没有“户口”、没有“家谱”的，也就是龙的“户籍”并不清晰，大多是仿造，形式也十分单调，重复着一些力量动作。龙的道具造型也大同小异，缺乏新意，更谈不上什么文化内涵了。

长兴的这条花龙灯就不一样了，它从何而来，家住哪里，长兴人心里明明白白。龙妈名叫什么，龙在哪里长大，长兴人心里也清清楚楚。在表演中，这条龙不仅有荷叶姑娘伴舞，而且，出场时并不见龙，而是朵朵荷花，而这些荷花，却在观众的眼皮底下，变魔术般突然变成一条翻江倒海的巨龙，这正是长兴龙有别于其他中国龙的高妙之处。正是这一点，让很多专家看到了这条龙潜在的巨大艺术价值。

最终，在浙江省第二届民间音乐舞蹈会演中，以王长根为代表的长兴舞龙队的表演获得了一等奖。

还有一个更大的收获，北京来的文化部专家也为花龙灯的精彩表演拍手叫好，当场就决定邀请这条龙到北京参加全国第二届民间音乐舞蹈会演。

在此之前，长兴的这条龙并没有属于自己的名字，而是叫“花龙灯”，或干脆就叫“龙”。在浙江省第二届民间音乐舞蹈会演结束后，余伯忠对王长根说：“长根，你们马上就要上北京表演了，这是多么光荣的一件事啊！开心吗？”

王长根说：“开心到晚上做梦都梦到了北京天安门！当然，这还要谢谢余老师，没有您的推荐，我们去不了北京的。”

余伯忠笑了：“谢我就不用了。你们回去想想看，给这条龙取一个响亮一点的名字吧。”

王长根有点疑惑：“花龙灯这个名字不行吗？”

余伯忠很肯定地说：“这个名字不行，全国同名同姓的太多了，没什么特色，长兴的龙应该有一个属于自己的漂亮名字。”

王长根一听，觉得有道理。这条龙就像自家的孩子，怎么可以没有正式的、响亮的名字呢？

天平村土地庙尽管没有三进三殿，却有一种肃穆的静气。庙内香火缭绕，一树玉兰花开始凋零，在地上留下一片雪白。午后，放生池安静的水面上，有一纵滑出好远的蜉蝣，像有人在经年的宣纸上画过几笔细墨。

一张长长的案台上一尘不染，上面摆放着一盆菖蒲，泛着幽绿的光。青花瓷笔筒上，有几尾鱼停在了釉彩上。早晨，阳光缓缓地移过来，温暖的光线里，有半卷书还没有看完，和窗外的春景相比，书香也带有静气。

回到天平村后，王长根便带上谈春根等几个舞龙队员去了土地庙，向庙里那位弄文识字的当家住持请教。

当家住持道号摒尘，鹤发鸡皮，八十有二，熟读道教十三经，是方圆几十公里内最有文化的人了，王长根算是找对了人。

摒尘住持听了王长根对龙的介绍和想法后，手拿念珠，口中念念有词，迟迟没吭声。半晌，才慢慢睁开双眼说道："不是早就有一个龙的故事嘛，龙的母亲叫百叶，而且这条龙又是用青姥塘里的880片荷叶花瓣做的，那就叫百叶龙吧。"

王长根一听，先是愣了一下，然后一拍大腿，惊喜道："好名字！"

一起去的几个人也都说："好名字！"

百叶龙，这个响亮大气的名字就此诞生了。

1957年农历正月十五那天，浙江省几个进京节目的全部人马都被请到了杭州，在浙江省群艺馆关门集训，为3月进京参加全国第二届民间音乐舞蹈会演做准备。

第二届全国民间音乐舞蹈会演共有28个民族27个代表团参加，将演出290个地方特色鲜明的优秀民间音乐舞蹈节目，演职人员有1300多人，是一次超大型的活动。因为进京参演的节目和演职人员太多，北京组委会对进京人数进行了严格限制。为此，浙江省文化厅领导对挑选进京演员的条件也定下了基本方针：尽量做到一人兼两职。也就是说，一名演员必须在两个进京节目中都要有戏份，除了无法代替的主角。

此次浙江省进京参加会演的节目一共有三个，而百叶龙首次进京，大部分队员都属于省内的“外援”，六位为百叶龙伴舞举云彩牌的如花似玉的姑娘来自余杭滚灯队，十位男舞龙队员是温州进京节目《盾牌舞》的演员，而舞龙珠的队员则来自浙江省群艺馆。

长兴天平村当时只去了两个人——当然是最重要的两个角色，一个是舞龙头的王长根，还有一个是舞龙尾的才23岁的谈春根。

对于这种安排，一开始王长根心里还是有疙瘩的，甚至是闷闷不乐的。

天平村是王长根的小世界和大宇宙，这条龙只有在天平欢腾，才能让他踏实和安心。但是他又无法抑制带领这条龙到外面的世界去获得更多荣光的冲动，就像家里的黄毛丫头出落得越来越光鲜水灵时，当父亲的总会喜忧参半。当百叶龙不断在更广阔的舞台上展示它的才华与风姿，不断收获赞美和掌声时，王长根在激动和兴奋的同时，有朝一日失去百叶龙的担忧一直在这位“龙头老大”的心尖上萦绕。百叶龙是天平的，他很怕别人把百叶龙的做龙技术和舞龙本领学去后自己干。

省群艺馆领导了解王长根的担忧后，就给他做思想工作：“长根啊，因为要控制进京人数，我们也是不得已才这么做的。我向你保证，这条龙就是长兴的，有我们省群艺馆给你证明，谁也抢不去！过几天到北京去舞一下，大家都知道这是我们浙江长兴的百叶龙，就更抢不去了！”王长根这才放下了心。

为了提升百叶龙的舞蹈水平，浙江省群艺馆安排了一名经验丰富的编导，他主要负责编排队员的舞蹈阵形，至于如何把龙舞得圆润灵活、行云流水，需要王长根和谈春根两位师傅将技术传授给其他队员。毕竟，他们两个人才是真正的舞龙高手。

来自温州的舞龙队队员爱讲方言，王长根、谈春根和他们交流的时候，他们会先来上几句“温普”，但一转身，马上又说起了“叽里呱啦”的方言，把王长根和谈春根听得一头雾水。

温州话是一种吴语方言，民间称为瓯语。温州话是南部吴语的代表方言，属正统的古汉语“化石”，保留了大量的古语古音，很接近华夏祖先的语言。温州话发音、用词和语法等方面都与普通话有极大差别，和北部吴语也无法沟通。

温州话很难懂。如吃早饭叫“吃天光”，妻子叫“老安”“老宁”，少女叫“媛子儿”，早上读作“天光”，月亮读作“月光佛”，猪舌读作“猪口近”，房子读作“屋宕”。你能听得懂吗？

我当兵时，连队里也有几个温州兵，他们几个老乡聚在一起说话的时候，旁边的上海兵、山东兵、安徽兵、浙江湖州兵全都成了“傻子”，一个字都听不懂。有人说，温州人现在哪怕在骂我们，我们还会朝着他们笑哈哈。还有人说，以后打仗发电报根本不需要用密码，直接让两个温州兵在两头讲方言，敌人肯定干瞪眼。

语言不通，沟通受阻，王长根急了。他心里很清楚，百叶龙是长兴的龙，赛出了成绩，长兴人脸上有光。温州的小伙子们是来帮忙的，成绩可以和他们有关，也可以无关。王长根非常担心他们没有主人翁意识，不用心学。

最后，王长根只好找到导演，一脸严肃地对他说：“张编导，我们长兴话也是很难懂的，如果大家都说自家的土话，我们就无法交流了。”他提出：“排练时大家都必须讲普通话，讲不好也要讲，不然，舞龙没办法教了。百叶龙去北京得不到好成绩，您张编导没面子，我王长根没面子，我们浙江人都没面子。”

王长根的“大浙江”意识确实厉害，说到张编导的心里去了。

张编导认为有道理，就把“排练时必须讲普通话”作为一项人人都必须执行的政治任务规定了下来。

“我们长兴话也是很难懂的”，王长根说的可是大实话。

长兴话把蜘蛛说成“结珠亮网”，把半途而废说成“半里凉僵”，把无中生有说成“弯理胡啰”，把无声无息说成“咄静大吉”，把一点不剩说成“滑塌精光”，把油腔滑调说成“牙嘻离离”。温州人估计一句都听不懂吧。

后来，语言通了，沟通也就顺畅了，接下去的排练，效率就高了。

关门集训了几个月后，王长根、谈春根两个人本来就很发达的肌肉变成了真正的“大蒜头”。当然，温州小伙子们也非常认真，大家的音乐感、节奏感和舞龙技艺也大有长进，彼此的配合更加默契，长兴人民与温州人民之间的革命情谊也更加深厚了。

在排练中，王长根大喊一声：“是龙还是虫，是龙就使劲舞起来!”

温州的小伙子们马上就会一起大声用标准的普通话应道：“是龙不是虫！我们都是百叶龙！使劲舞起来!”

顿时，现场的气氛有点像往烧红的木炭盆里浇上一勺菜籽油，热闹非凡。

他来自荷花大队

长兴县鸡鸣三省，地理位置独特。长兴人与两个外省的隔壁邻居关系密切，交往甚繁，包括做生意，探亲访友，婚嫁结亲。这两个隔壁邻居一个是北边的江苏省宜兴市，还有一个是西面的安徽省广德市。

宜兴的紫砂产品很出名。宜兴的紫砂泥和长兴的紫砂泥属同一条矿脉，宜兴人挖紫砂泥做茶壶，在小小的山脚下挖呀挖呀，一不小心就挖到了长兴煤山人家的院子里。长兴的煤矿曾经也很出名，长兴人顺着黑漆漆的煤层挖呀挖呀，一不小心就挖到了广德人家的桌子底下。为了搞好邻里关系，也为了能继续挖煤，为国家建设出力，国务院出面当“老娘舅”，后来，这个煤矿就叫作“长广煤矿”。鼎盛时期，长广煤矿公司所在地牛头山的居民有5万多人。现在，那个地方已经变成了一处工业遗址，偶尔有人去那里拍照怀旧，再也看不到有人挖煤了。

长兴人本来是不吃辣的，但现在已经无辣不欢，传说教长兴人吃辣的师父就是广德人。广德人也说自己以前是不吃辣的，传说教广德人学会吃辣的是河南人。

广德清溪公社荷花大队有很多荷花塘，但并不是所有的荷花塘里都会藏着一条小龙。但在荷花大队这片土地上，有人向龙而生，长大后寻龙而来，从此与长兴百叶龙建立了情深意切、千丝万缕的关系。

1937年，农历十二月二十日下午，广德县飘起了小雪花，雪花像无数只洁白的小飞蛾，纷纷扬扬，从天而降。第二天，早起的人们发现地上已经积了一层厚厚的雪。荷花大队村民池惇风精通周易八卦，熟读四书五经。他似乎对很多事情都有先见之明，从前一天晚上开始，他已经在收拾逃难的家当，包括米饭、馒头、咸菜，把家里剩下的三十几斤米装进缸内，把缸埋入了地下。他还在一个腰子形的竹篮里放了一些稻草和一床小棉被。据他判断，他的妻子将在这一两天内临盆，日本鬼子也将在这一两天内杀到清溪，而有一个地方比较安全。

清晨起床后不久，他手挎着竹篮，背上简单的行李，就搀扶着大腹便便的妻子踏着积雪慢慢往附近的卢村乡中明村走去。中明村有一座不知名的山，山不高，只有200来米，但山上树木和杂草丛生。一条小路藏在杂草丛中，十分隐蔽。关键是山上还有一个山洞，洞里有一股泉水，池惇风认为这是一个避难和生孩子的好地方。

出门时，他还不忘招呼左右邻居，告诉他们，这两天会出事，不适合住在家里，要到山上去避避风。村民一听，也就不问原因，回家拿上一些重要的东西，紧跟着也上了山。因为池惇风在村民们眼里是个半仙，他说的事大家都相信。

上午10点，随着“砰砰”两声枪响，一队日本鬼子杀进了荷花大队，小村失去了安宁，一只惊恐的公鸡甚至飞到了房顶上。与此同时，随着一声响彻整个山巅的啼哭，池惇风的儿子在山洞里出生了，好在山洞离村子很远，山下没有人能听到婴儿的啼哭声。

用带点温热的山泉为儿子沐浴之后，池惇风将儿子用被子一裹，放进了铺着稻草的竹篮里，然后久久欣赏着安然入睡的眉清目秀的儿子。忽然，他决定为儿子取一个斯文的名字——池文海。

他认为文化是认知、是力量，有文化永远会受人尊敬。村里人说自己是半仙，其实自己只是多读了一些书而已。他没有别的要求，就是希望儿子长大后有文化，能从文，成为受人尊敬的人。

广德市内的河南人非常多。河南人为什么会路远迢迢来到广德?

太平天国运动时，宣、郎、广、宁地区是太平军与清军对峙争夺的主战场，尸横遍野。后来，这一带又发生大瘟疫，居民死的死，伤的伤，逃的逃，一派好山水的广德瞬间变成"室空无人"的荒凉地区。

后来，清政府为了激励百姓到这里来开垦，规定移民来此可以"插标划田，据室为家"，开垦的田地"三年不纳皇粮"。政策利好，又加上湖北、河南等地多次遭受水旱灾害，民不聊生，灾民就开始告别故土，陆续南迁，向着富庶的江南求生而来。

咸丰六年（1856年），广德这一带就开始有"客家"人定居的村落了。当时，移民多系宗族亲邻结伴南迁，时间前后达十多年，除皖南外，在苏南和浙北长兴、安吉等地定居安家的移民也有很多。

移民中当然也会有一些民间艺人。咸丰十年（1860年），民间灯会艺人徐老三来了；同治九年（1870年），民间花鼓戏艺人李菊香、花鼓艺人涂老五也来了，他们先后来到宣城农村开荒种田，农闲时参加演出。直到光绪年间，仍有花鼓戏艺人陆续南来。

移民定居皖南后，流行在湖北东南地区的民间花鼓调和河南光山、罗山一带的灯曲子，传入皖南。每到秋收和春节这些节日，移民们就会以族或村为单位，玩灯赛会，自唱自乐。于是，移民带来的好看好玩的歌舞旱船、高跷、花棍、推小车、花鼓、灯曲，以及马灯、彩灯、彩船、故事灯、绣手巾等各种艺术形式，便逐渐融入当地，在广德农村和移民较多的其他乡村广泛流传开来。

由此看来，来自湖北、河南的移民，不仅教会了广德人、长兴人吃辣，还带来了十分精彩的文化。

现在流行于皖南地区的地方戏——皖南花鼓戏，就是百年前湖北民间花鼓调和河南灯曲子随着移民进入皖南，与皖南地区的民间歌舞合流演唱，还吸收了徽剧、京剧等兄弟剧种艺术的有益成分，逐渐发展演化成长而来，如今是皖南人民所喜爱的、具有乡土风采的一个剧种。

很多地方都有自己的剧种。滩簧是长兴的地方戏，发源于长兴县小沉渎村。2022年起，我受长兴县委宣传部、县文联委派，到这个村当“文艺村长”，才真正了解滩簧。

滩簧中的“滩”是“路头戏”的意思，“簧”则是一种曲调。长兴滩簧兴起于清朝中叶，一开始，它是一种坐唱形式表演的民间曲艺，到清末才嬗变为戏曲、歌舞小戏。这种表演也称“打班”或“灯戏”，戏班子一般会选择在元宵灯节那天演出。乾隆年间，长兴开始出现职业性的灯班，并渐渐向周边地区扩演。

因为交通不便，当地农民很少有机会看到真正的演出，文化生活十分枯燥，于是，由农民自发组织的滩簧戏就应运而生。据老艺人讲，起初只有男子可以登台演出，直到绍兴的女子文戏出现，女子也能上台演出，才让滩簧得以效仿。生动可爱的女演员一加入，滩簧戏就更加有看头了。现在，长兴滩簧已被列入湖州市非物质文化遗产名录。

2023年11月27日，我陪同浙江省文化馆馆长阮静一行到小沉渎村进行调研，82岁的滩簧传承人强翠娥在村里滩簧戏苑小舞台上，精神抖擞地为阮馆长一行演唱了一段自己已经表演了近70年的经典滩簧段子《荡湖船》，让阮馆长一行大开眼界。

一些民间文艺作品的唱词内容，相当于一部历史书。

从皖南花鼓戏传统剧目《唐老三下江南》，我们可以了解当时灾民南迁的情况：

唐唱：昨日无事去把集赶，耳听得众人等讲说一遍。有人说江南好水田，一束稻子能打一大碗，粟谷米能长到一尺二三。棉花桃子赛鸡蛋，一串钱能买八十斤盐。葫芦长得水桶大，南瓜长得磨子圆。人人都说当年大乱，洪杨扎在九龙山。江南人儿发瘟死，全都是客家人种庄田。唐老三不信下河去看，背的背挑的挑都下江南。

唐妻唱：……一家人在湖北好不安然，下江南别了六亲卖了祖先。

唐唱：……我下江南你不愿，死在湖北受熬煎。种田种地租税重，前年遭旱去年淹。我请老板把租看……为夫的在旁边哀告半天……下半年扣了我的押板钱，你看穷人多可怜。

你一句，我一句，艺人们把灾民南迁的辛酸不易，像讲故事一般讲给了后人听。

当然，最受广德大人小孩欢迎的是由湖北人、河南人主办的灯会。

灯会是一种“满场锣鼓半场人，唱唱打打玩彩灯”的歌舞活动，一般可分为三类：第一是狮子、龙灯、马灯、云灯的表演；第二是扮演民间故事片段，有过场和表演动作，但不唱，如“麒麟送子”“五世同堂”等，扮故事中还有一种“抬妆”，是由小孩扮，大人抬着走场，不唱也不做；第三就是歌舞表演，如“旱船”，老艄公和小姑娘二人一问一答，边舞边唱，而“彩船”是后生、姑娘、老艄公三人一起表演，男女唱和，老头则在一边打诨逗笑。

灯会上的歌舞大多唱的是灯曲、民歌、小调，而旱船则唱花鼓调的“蛮蛮腔”或“四平调”。

也许是因为父亲在他的名字中种入了“文”的种子，也许是当地丰富的民间文化对他产生了耳濡目染的作用，八九岁时，池文海就对皖南花鼓戏和狮子、龙灯、马灯、云灯等民间艺术表现出了极大的兴趣，湖北孝感艺人郭金根的戏班子到村里演出，他是必定要去看的。村上，别的小孩子也爱看皖南花鼓戏，但他们更多是图个现场的热闹气氛，而池文海的一双小眼睛却全程一眨不眨地盯着看，全都记在了心里，有时还会大胆学着扭几下，唱几句。

9岁那年秋天，池文海开始就读于安徽省广德县清溪乡苏觉庙小学。学校离家有五里多路，每天往返大约要走一小时。

池文海读书的时候，是班上的文艺委员，会写一些小剧本，因而经常受到语文老师的赞扬。

人生的第一次登台亮相

1949年4月24日，宣城北湾沚地区（今属芜湖）枪炮声大作，硝烟四起。首批渡江的中国人民解放军第25军74师以摧枯拉朽之势，击溃国民党江防骨干部队第20军，俘敌1.3万人，一颗子弹正中敌军长杨干才的脑门，他当即毙命。同日，宣城、郎溪和泾县宣布解放。4月26日至27日，向南溃逃的国民党共7个军被我军围歼于郎溪、广德、长兴一线以北地区，俘敌8万多人。

4月26日，广德县解放了。

也就在这天，班主任许老师交给池文海一个演出任务，让他和班上一个叫陈金娥的女同学一起表演一个节目。因为学校要在5月1日举行一场隆重的文艺会演，庆祝“五一”国际劳动节。

许老师没有空帮他们编排这个戏，只是把主题和节目时间告诉了池文海，其他全部由池文海和陈金娥这两个孩子自己做主、自由发挥，许老师相信池文海有这点能力。

池文海想了想，决定编排一个《牧羊姑娘》的小戏。在戏里，他自己演一名城里来的记者，而陈金娥演一个农村的牧羊姑娘。

正式演出的那天，校长、老师和全校600多名学生都在台下观看。

陈金娥有些紧张，但池文海却胸有成竹，如鱼得水。他大步流星走上台一个亮相，然后转了半圈，看到小姑娘后，就上前询问道："小姑娘，这里是哪个县哪个乡哪个大队呀？"

小姑娘说："这里是广德县清溪乡双荷大队。"

池文海说："清溪乡双荷大队，这名字太有诗意了，让我的眼前马上出现了两朵盛开的荷花。……小姑娘，现在解放了，你的生活过得怎么样？"

小姑娘低着头，双手搓弄着衣角，胆怯地说："我的生活一点都不好，我爸爸妈妈早就死了，我每天都要给财主家放羊，晚上只能跟羊睡在一起，呜呜呜……"牧羊姑娘擦着眼泪，突然抬起头来说："小哥哥，你是干什么的？你是城里来的吧，能不能带我离开这里？我不想放羊，我想去城里读书或做工……"

原来的剧本中，小姑娘将带着记者去她放羊的地方看，然后，记者把她带进城里，给她找了一份卖报纸的活。但是，那天池文海演着演着，就突然来了灵感，他觉得原来的剧情和当下的形势不是很匹配，主题也不太明确，就临场发挥道："小姑娘，现在我们已经解放了，地主、财主马上就会被打倒，劳动人民就要当家做主了。接下来就要土改，也就是分田地，把地主、财主家的土地分给我们的贫苦农民。说不定，这些羊以后就属于你了。"

牧羊姑娘将信将疑："你说的可是真的，不会是在骗我吧？"

池文海一挥手："当然不会骗你，我说的句句都是真话。你不要急，土改工作组马上就要来了。"

牧羊姑娘疑惑地问："你，你是怎么知道的？"

池文海眉飞色舞地说："我是记者，我是《广德报》的记者，消息可灵通了。过段时间，你就是为自己放羊了。你还会有自己的房子，自己的床，自己的田，你每天可以吃上三顿干饭，生活会越来越好的。"

陈金娥一听，顺着池文海的戏路，超常发挥，她捧着自己的头，喃喃说道："我不是在做梦吧？"然后转向池文海，惊讶地问："我们真的可以每天吃上三顿干饭，真的能当家做主？"

池文海一挥手，肯定地说："对！"

牧羊姑娘一把抓住记者的手，高兴地跳了起来："那太好了！那太好了！……我会有自己的房子，自己的床，自己的田，每天可以吃上三顿饭，而且肯定是干饭，不是稀饭，生活会越来越好的。"陈金娥高兴地拉着池文海的手在原地转起了圈圈。

此情此景，实在是太精彩了。台下响起了一片掌声，连校长都站起来，为池文海和陈金娥的精彩表演鼓掌。

演出结束后，校长对池文海的班主任许老师说："池文海同学是一块从事文艺工作的好料，我们要好好培养他。"

然而，就在全体师生还想着能再一次欣赏池文海的精彩表演时，池文海却辍学了。家里有两头牛要放，还有几亩地的农活要做，他不忍心看到父母操劳，想要帮父母一把，不得已离开了心爱的老师和同学。

但是，农闲的时候，池文海依然没有放弃对艺术的追求。放牛时，他经常会把牛往树上或石头上一拴，然后就在一旁模仿花鼓戏里的人物表演，时常会把小腰扭几下。

这一年，池文海报名参加了乡里的文艺宣传队。秋天，广德县要举办一场隆重的庆祝国庆文艺演出，池文海作为唯一的学生代表被选中，任务是既要上台发言，还要参加一个《小放牛》的小戏表演。

那天，他的发言和《小放牛》的演出效果非常不错，演出结束后，钟宁乡的干部就找到池文海，邀请他到乡里组建一支业余演出队，并担任演出队队长。他一口就答应了。

1950年下半年，广德县举办全县文艺会演，钟宁乡业余演出队打算编排一个《卖粮路上》的现代小戏参赛。这个小戏讲的是一个发生在农村的卖粮故事：一个女青年和一个老实巴交的村民到乡里去卖粮，路上，他们遇到了一个奸商。奸商想方设法要骗取这些粮食。女青年与奸商斗智斗勇，最后获得了胜利。

这个戏一共有三个演员，其中必须有一个女演员。但在那个年代，村里能演现代戏的女演员实在找不到，没办法，池文海只能男扮女装自己上场。

精彩的演出结束后，当演员们重新上台谢幕亮相时，观众们才知道，这出戏里端庄俊美的女主角，竟然是一个少年扮演的，全场响起了久久不能平息的掌声。

从那时起，池文海的演出任务渐渐多了起来。他经常被邀请到县城，和县文工团的其他演员到乡村巡回演出。因为演出时间大多安排在晚上，结束后回到县城已经很晚，他只能在文化馆的集体宿舍里将就睡一晚，第二天，天还蒙蒙亮的时候就动身，赶回家中砍柴、放牛、干农活。

1955年春天，池文海的演艺生涯出现了一缕新的曙光。广德县文教局要在全县选拔六位有培养前途的艺术苗子，送到合肥市参加安徽省首届群众文艺骨干训练班学习。池文海当然被选上了，其他五位被选上的年轻人分别是伍万云、王雨德、范正华、丁学刚、王咏明。

当年，首届群众文艺骨干训练班的主教老师是田振起，他是赫赫有名的花鼓灯艺术大家，也是中国民间舞蹈表演艺术最著名的男旦之一。戏剧老师则是著名表演艺术家张绪才。

训练班分导演班和表演班。一开始，池文海想要学当导演，田振起了解了池文海的情况后，说："文海同学，我看过你的简历，你的基本功很好，很有表演天赋。"

池文海一听，脸都红了，连连说："谢谢老师，谢谢老师。"

田振起又说："你年纪还轻，我看你还是先把表演学好。当一名好演员，把戏演好，才能受到人民群众的欢迎，把戏演好，也是我们

1955年，池文海（左3）与安徽省首届群众文艺骨干训练班同学合影

文艺工作者的立身之本。……再说，演员在排戏的过程中，也能学到导演如何帮演员排戏的经验。”

池文海一听，感觉很有道理，连连说：“谢谢老师指点。”

从此以后，池文海就专心跟随田振起学习民间舞蹈花鼓灯的表演。

池文海走的虽然是文戏演员的路子，但在基本功上他却丝毫没有偷懒。他认为文戏演员也要练功，为的就是拓宽自己今后的演艺生涯的戏路，让自己文武兼备、刚柔并济。多练功，才能让性格更加外放，步子更加轻盈，细节动作更加丰富，举手投足间能与人物更加契合。

池文海记得田振起老师在讲课时说过的一段话，“一日不练，自己知道；两日不练，同行知道；三日不练，观众知道。戏曲艺术是一门不能造假的艺术，你稍一松懈，步伐、动作都会变形，眼尖的戏迷一眼就能看出来。如果观众不喜欢你了，你就赶紧下台休息吧”。

所以，往往是其他学员还在熟睡，每天早上4点多钟，池文海就悄悄起床，来到教学楼后面山坡上的一个亭子里。这里，有鸟语花香，有草木葳蕤，有蝉鸣虫唱，有通透的太湖石，还有艳金的蟋蟀和独角仙。当然，还有不离不弃的霞光陪伴着他。

池文海每天都在这里练功、练嗓子。他是培训班里唯一一个每天迎接朝阳升起的学员。

三个月的培训马上就要结束了，田振起老师要求每位学员必须拿出自己的表演节目，算是本次培训班的学习成果。

池文海和另一位女学员王咏明商量后，决定共同表演一出小戏《喝面叶》。

面叶由擀面杖擀制而成，相比于面条，面叶更薄、更宽，和长兴人爱吃的面皮相似。山东人、河南人都爱吃面叶，所以，在安徽省内河南移民后代较多的地方，面叶就特别有市场，尤其是酸汤面叶。做酸汤面叶的基本调料是盐、酱油、香菜、姜末、葱花、香油、虾皮、紫菜和醋，先用沸水将调料冲开，再加入锅中煮好的面叶。这酸汤面叶吃上去酸酸咸咸，各种香味一起溢出，令人胃口大开。

在小戏《喝面叶》中，池文海扮演小丈夫陈士夺，王咏明扮演小媳妇梅翠娥。

这个戏讲的是游手好闲的陈士夺，常借口赶会，实际是出门鬼混。这一天，聪明勤劳的梅翠娥假装生了病，让陈士夺为她做饭。平时懒惰的陈士夺绞尽脑汁，才为妻子做熟了一碗面叶。妻子喝完面叶后，教育丈夫做人要勤劳踏实，陈士夺通过劳动认识到自己的错误，决心改正错误。

《喝面叶》原来是山东吕剧的经典节目，但池文海和王咏明两位演员却将花鼓戏旋律悠扬、唱腔婉转和唱词朴实的艺术特点融入其中，将一件生活小事展现得淋漓尽致。

梅翠娥：

梅翠娥南湖里摘回了豆角转回了家——
石榴开花红似火，梅翠娥头上插一朵。
今年小麦收成好，梅翠娥家里蒸馍馍，
细白面来好面馍，留给我的丈夫陈士夺。
他到那东庄又去赶会，
他在外好吃好喝学赌博，
回家常常发脾气，
翠娥还得服侍着，
天下的事情不讲理，为什么男人偏要管老婆。
今日翠娥回到家，不洗碗也不刷锅，
叫他给我把饭做，也叫他知道日子怎么过。
翠娥主意已拿定，快回家等候陈士夺。
我回家装病将他来等——

陈士夺：

大路上来了我陈士夺。赶会赶了有三天多。
三天来我看了戏、好吃喝，我又到赌场代几盒。
头一回输了一吊五，二回又输三吊多。
一吊五，三吊多，心疼得我士夺直跺脚。
迈开大步来得快，大门不远眼望着，
人家烟筒都冒烟，为什么俺家未把饭来做，
士夺我把房来进，见桌边趴着梅翠娥。
……

尽管池文海当时还未满20岁，但因为他已经有过四五年的舞台经验，又经过田振起老师的精心指导，所以，无论是扮相、唱腔、台形，还是动作，都达到了挥洒自如的状态。

最后，他们的表演得到了田振起、张绪才老师的高度评价，两位老师认为他们是几组学员中表演最出色的，其中池文海的演技最好。田振起老师还点名让他们两人到合肥剧场去和专业演员一起演出。演出结束后，安徽省人民广播电台还专门邀请他们到台里录音，节目将向全省播出。

如此一来，池文海开始名声在外了。合肥的学习还没有结束，安徽省庐剧团的张团长就找到了池文海，邀他去团里当小生。池文海自然不敢贸然决定，说要回家先跟父亲商量。

培训班结束后，池文海回到家里将此事跟父亲一说，一向开明的父亲却坚决不同意。理由是时局还不稳定，你一个小年轻千里迢迢到外地工作，当父亲的不放心。也许，在那个年代的人看来，广德到合肥的距离，比中国到美国还要远。

离百叶龙越来越近

去安徽省庐剧团当小生的事泡了汤，不久，安吉县文教局的干部小赵找上门来，说县里要成立一个南湖花鼓戏剧团，需要物色一位有号召力的骨干演员，池文海在周边地区已经小有名气，所以想请他去。

安吉和长兴都是广德的近邻，这一次，父亲没有理由不同意了。

既然同意了，干脆做个爽快人，父亲说道："答应了人家，就早早理一下东西上路吧，有点路要走的。"临走的时候，父亲在儿子的包里面塞了四个白馒头，说："这是你路上的饭了。"

那时，广德到安吉还没有正式的公路，只能靠步行。池文海和安吉文教局的干部小赵马上起程。下午2点开始，他们从双荷大队的家中出发，走到安吉梅溪目的地的时候，已经是第二天上午10点多了。广德双荷到安吉梅溪，全程约72.5公里，现在开车需用时1小时出头，但在那个年代，路况很差，他们披星戴月一共走了20个小时。池文海和小赵到达梅溪的时候，裤子被荆棘钩出了很多道口子，腿上也被划出了很多血红的道道。

安吉县南湖花鼓戏剧团（后改名为安吉萌芽花鼓戏剧团）是当地

文化部门为了丰富人民群众的文化生活而组建的，是一个皖南花鼓戏职业班社，剧团的本部设在安吉县梅溪镇。

建团初期，剧团的十多名演员都不拿工资，挣的门票钱先给剧团添道具、买服装。当然，演员们的吃住全部由剧团提供。

剧团每隔两三天就有演出任务，主要到安吉各乡镇演出，有时也会到长兴演出，因为长兴和安吉都生活着大量河南、湖北移民的后代，他们发自内心地喜欢皖南花鼓戏。在那个文化生活匮乏的年代，看一场戏，相当于让自己奢侈了一把。所以，剧团一来，总会有很多粉丝捧场买票。

剧团演出的条件非常简陋，没有麦克风，也没有聚光灯。演员们的唱和演，完全凭真本领。而现在可以假唱，可以用混响渲染，池文海说："以前我们连假唱是什么都没有听说过。"

当时，很多人想看演出，但他们所在的乡村实在找不到一个可以落脚的高一点的平台。因为看戏的人太多，如果演员站在平地上演出，后排观众只能看见前排观众的后脑勺。所以，就出现了一种用几张吃饭的方桌拼凑起来的小舞台，演员直接站在饭桌上开唱开演。这些桌子都是住在场子附近的老百姓自愿提供的，他们很乐意把自家的桌子借给演员们踩着唱戏用。

一台戏的班子一般由七八个演员组成，故有"三打四唱"（即三人打锣鼓，四人唱戏）和"七紧八慢九稍停"之说。演唱剧目除小戏外，有"本戏零唱"和"串折戏"，"本戏零唱"就是将本戏分成各有故事情节、首尾的折戏演唱，"串折"就是将各个自成篇章的小戏串接演出。

演员分"三行八角"，三行是生、旦、丑，生行有老生、三生、小生；旦行分老旦、青衣、花旦；丑行分文丑和武丑。但小班子的演员分行并不严格，各行也很少有演出水平特别高深的专门演员，必须要全才，得能够串演通台。

当一个全能演员不容易，池文海善于吸收河南灯曲子的歌舞艺术，如唱腔上有“北扭子”及大量的花腔，动作方面，还用上扇子、手巾来表演民间舞蹈。他在艺术上不断追求，不断创新，逐渐形成了自己的演出风格。尽管他的主要任务是应观众们的要求男扮女装演旦角，但他无论是唱、舞，还是演其他角色，都能得心应手，是剧团中真正的台柱子和表演全才。

为了满足观众需要，他和其他演员还积极编创剧目，如根据民间采茶灯新编了《采茶》小戏，根据民歌新编了《绣荷包》《绣蓝衫》等小戏。

在《傅罗卜取经》《小尼姑下山》等剧目的表演中，除了中板、慢板、快板外，他在主腔中还加入了对板、连板、削板、夹数板、清板滚唱。如在“思儿调”“北扭子”“恨小脚”“淘腔”的表演中，都有这种夹唱的大段唱腔，唱时不用锣鼓伴奏，音乐表现力特别强，既能表达较复杂的人物情感，又能演绎丰富曲折的剧情。可以这么说，池文海对这些表演技巧已经得心应手，他站在桌子上啥都不用说，只要抖抖飘逸的袖子或扭一下自己的小蛮腰，台下的观众就会如痴如醉，大呼过瘾，连声叫好。

后来，剧团的演出活动范围日益扩大，除了在安吉、长兴等地表演，还远到宣、郎、广、宁地区演出，甚至到更远的江苏省高淳、溧水、吴江等地区演出。当时，很多观众看戏只认演员不认班子，他们根本不关注剧团的名称是什么，只要听说是池文海来了，马上就会出现一票难求的现象。池文海在台下化妆换戏服的时候，里三层外三层的人将他团团围住观摩，还看得津津有味，格外仔细。对池文海来说，已经没有任何隐私可言。不过，池文海并不生气，他说观众喜欢，是一个演员的福气。

有一次在吴江演出，因为观众太多，很多人买不到戏票。晚上开演前，六七十个观众起哄把进入剧场的门给堵上了，不让任何人进出，说“不让看到池文海就不走”。无奈，剧团团长只能跟池文海商量再加演两场，池文海答应后，总算把观众们的情绪抚平了。

池文海的老乡王俊云当年也是这个剧团的演员，据他介绍，剧团成立半年后开始给演员发工资，工资有高有低，多劳多得，主要看演员在剧团中的贡献大小。有的人拿5块，有的人拿10块，台柱子池文海工资是最高的，每个月可以领到20块钱。

有人也许会有疑问，这5块、10块工资怎么够用？难道20块钱也算是高工资？什么年代说什么话，20块钱在50年代还真是一笔大钱。不要说50年代，直到1982年，我在江苏淮阴当兵时，每个月的津贴才7块钱，因为津贴太多用不完，我每次领了津贴后会走三里路到棉花庄的银行存上5块钱，剩下2块钱用来买牙膏、水果、汽水、苹果酒……那时候这些吃的用的，都是以几分钱或一两角钱一件、一斤来结算的。

1957年10月，长兴开始组建有正式编制的花鼓戏剧团。剧团成立后便广纳人才，长兴县有联皮影剧剧团团长邓友山对池文海也算是早有耳闻，他通过广德县文教科一位干部的关系找到了池文海。来自家乡朋友的关系，池文海自然不能怠慢，关键是他曾经多次到长兴演出，对长兴的感觉非常不错，他还听说长兴的百叶龙上半年曾舞进了北京中南海，十分羡慕。很快，1958年，安吉萌芽花鼓戏剧团的台柱子池文海被招贤，正式来到长兴县花鼓戏剧团任团委书记、导演兼主要演员。

池文海擅扮花旦，虽是男扮女装，但动作柔软，尤其是他的扇子功更是炉火纯青。他在表演中吸取了云南《十大姐》、川剧等用扇之长，变化多端，技巧娴熟。来到长兴工作以后，他的演艺生涯更加如鱼得水。

1958年，池文海参加嘉兴地区文艺会演，出演《种大麦》中的女主角，获得了会演一等奖。也就是在这次会演中，池文海第一次欣赏到了长兴百叶龙的精彩表演，留下了深刻的印象，而且，他还跟“龙头老大”王长根紧紧握上了手。1961年，池文海参加在金华举行的浙江省青年演员比武大会，主演折子戏《小尼姑下山》，以一出潇洒飘逸的扇子舞表演轰动全场，在台下观摩的著名表演艺术家盖叫天看后情绪激动，大声说道：“三天踢个腿，四天下个腰，还是这个小演员演得好，简直就是浙北的小梅兰芳。我们的青年演员要好好向他学习……”

同年4月，浙江省越剧一团、二团邀请池文海为剧团演员传授扇子功。在授课期间，池文海还应邀为省属剧团的青年演员们表演了自己的看家戏《小尼姑下山》《采茶》等四出小戏。11月，浙江电视台、浙江人民广播电台为他表演的节目《小尼姑下山》《打瓜园》录像、录音并播出。一时间，池文海成了全省有名的优秀青年演员。

20世纪60年代初，池文海在《梁山伯与祝英台》中扮演祝英台

1962年12月，湖州文艺界迎新年文艺演出在湖州人民大剧院举行，湖州市委四套班子领导和各界英模、劳模代表上千人观看。池文海表演的《小尼姑下山》又一次获得了满堂喝彩。

老一代革命家李焕那天坐在观众席的第一排观看演出。看到精彩之处，他带头为池文海鼓掌。等池文海谢幕后，李焕马上招手把他请到自己的身边坐下，握住他的手说：“文海，你的基本功非常好，表演太精彩了!”李焕是长兴人，抗战时期曾以花鼓戏演员的身份开展抗日工作，所以，他对池文海的表演，对花鼓戏，更带着一份来自家乡的情感。

被李焕书记一番表扬，池文海紧张到语无伦次，连连说：“还不够还不够，我还要继续努力……”过了几天，李焕书记还专门派车接池文海到自己家里做客，向他了解长兴花鼓戏剧团的情况，当了解到剧团的道具、服装较为陈旧时，当即决定奖励池文海2000元人民币，用于发展当地的花鼓戏事业。这笔钱在当时可是巨款，给了长兴花鼓戏剧团全体演员莫大的鼓舞。

就这样，池文海在长兴城乡的舞台上风光了十个春秋，执导、主演了无数古装戏、现代戏。他简直就是一个民间艺术的宝库。认识池文海的人都知道，他整天生活在演艺世界中，抬手是戏，提脚是戏，转身也是戏。很多戏迷经常守在剧场门口，就是要看池文海如何从里面“扭”出来，再从外面“扭”进去的。池文海拎着篮子到菜场买个菜，也会有很多戏迷跟在他后面看个够。

北京的红地毯和富强粉肉包

1957年3月，北京依然寒风料峭。初到北京的王长根、谈春根和其他舞龙队员被安排住在北纬饭店内。

谈春根去北京参加全国第二届民间音乐舞蹈会演时正好23岁，对他来说，在舞龙之前，别说北京，就连长兴县城也只去过两次，是百叶龙带他长了见识。

和气候温润的长兴相比，冬天的北京很冷，但还是能接受的。尽管屋外冷得连鼻涕都会结冰，但回到旅馆就像走进了桃花盛开的春天，因为供着暖，屋内十分温暖。

北纬饭店内，桌上的各种装饰摆件和墙上挂着的画看上去都很高级，连走廊上都铺着厚厚的大红色全羊毛地毯。他们很吃惊，北京人把这么好的毯子铺在地上干吗？不知道这地上的毯子到底是用来睡觉的，还是用来坐的，两个人左思右想也不敢踩上去。就在他们想要脱掉脚上的布鞋，光着脚走上去的时候，恰好走廊那头走来一个穿皮鞋的中年男人。头发油亮、十分潇洒的男人与王长根和谈春根擦肩而过，然后走下了楼梯。

看着别人能穿着皮鞋心安理得走在地毯上，两个长兴男人终于释然，也就放下了心，用带着长兴泥土的布鞋，稳稳健健地踩了上去。

有一天傍晚，王长根和谈春根吃过晚饭后在北纬饭店周边散步。走着走着，突然看到一家店正在卖肉包子。蒸笼一打开，一股白烟直冲夜空。两人走近一看，发现这些包子实在是太白了，看着直晃眼。当时，他们并不知道，这些肉包子是用富强粉做的。

新中国成立前，我国的面粉分1、2、3、4号粉，最多见的是2号粉，以各种商标行销各地。20世纪50年代初，原有的牌号逐步取消，统一改为一、二、三等粉，分别定名为“富强牌”“建设牌”“生产牌”，富强粉因此得名。

富强粉属特制一等精面，是面粉中的翘楚，是用小麦种子最核心的部分磨出来的。这种面粉价格高，口味好，在20世纪七八十年代，是奢侈的居家面食原料。

北京的包子要一毛五分钱一个，价格有点贵。尽管两个人此时都不饿，但王长根看看谈春根，还是问：“要不要来一个尝尝新鲜？”

谈春根点点头笑着说：“这种白包子吃上一个，回家可以木桶当喇叭，吹上三百天的牛了。”

当时，长兴一个刀切馒头卖两分钱，大肉包一个卖一毛钱。但无论是刀切馒头还是肉包子，面粉都是黄黄的，是用最普通的生产牌面粉做的。所以，两个人都想品尝一下这种比纸还要白的包子，味道会不会好到天上去。

谈春根从口袋里掏出了三毛钱。王长根用手一推，说道：“我请客，一个包子，没什么请不起的。”他递上了三毛钱和半斤粮票。家里穷得叮当响，但对朋友却从来不吝啬，这就是王长根。

扎了两条麻花辫的女售货员接过粮票一看，马上把钱和粮票还给了王长根，说道：“你这粮票是浙江省的粮票，不能在北京用。在北京买包子、买面、买饭，必须用北京市的粮票，或者用全国粮票。”

两个人面面相觑。拿不出北京粮票，更拿不出全国粮票，只能咽咽口水，偷偷溜回了旅馆。

北纬饭店餐厅里的青花瓷饭碗精致小巧，捏在手掌心里大小正好，那里的饭菜很好吃，米饭特别白，一粒一粒像珍珠。每餐都有六个菜，连早餐都有用建设牌面粉做的花卷，还有白煮蛋、小米粥。这段时间，王长根和谈春根尽管不在田里忙，但消耗的体力一点都不比在田里干活少。关键是这里的饭菜比家里可要好上几十倍，所以，他们一顿可以吃下六七碗米饭。

香香甜甜、白白糯糯的几碗大米饭吃下去后，转换成的能量会顺着血管“突突突”奔涌到全身的每一个部位，然后爆发出千钧之力。

在接下来的每一次登台演出中，王长根、谈春根和全体队员都舞得非常卖力和到位。王长根并不属于那种高大威猛、虎背熊腰的男人，只是因为常年干体力活，体能比较好，全身上下没有一点赘肉。那时的龙头有近30斤重，再加上龙头与龙身之间的牵拉力，吃在双臂上的劲可不少。15分钟舞下来，王长根感到浑身燥热，汗流浃背。舞龙这点活，技术不能少，肌肉也不能少，没有一副好身手，确实是当不了“龙头老大”的。

谈春根舞龙尾，虽然这个龙尾巴的重量不到10斤，但同样是个力气加技巧的活。俗话说，龙头动一分，龙尾摆十米。人家跑100米，他要跑400米。从第一点锣鼓响起，谈春根就成为全场跑动幅度最大的人。他不停地奔跑，让灿烂的蝴蝶造型的龙尾巴在自己的头顶和周围不断画出漂亮的弧线。

1957年，百叶龙在北京北纬饭店门口排练

在北京天坛剧场进行的最后一场角逐中，

百叶龙舞蹈作为压轴戏，其精彩的表演牵引住了全场所有观众的目光，雷鸣般的掌声此起彼伏。

演出结束后，中宣部、文化部的领导上台接见演员，时任中宣部部长陆定一握着王长根的手，亲切地问："你的龙头、龙身子是怎么由荷花变成的？就那么一闪，好快啊，我都没看清……百叶龙舞得好！我国农民不简单！我看，百叶龙舞蹈完全可以由文化部安排出国演出。"

据谈春根回忆，他们当时在北京共演出十二天，百叶龙舞蹈多次登上《人民日报》等报纸。3月22日晚上的演出休息期间，温州《盾牌舞》的同行用普通话兴奋地大声喊叫起来："你们看，百叶龙又登上《人民日报》啦！百叶龙又登上《人民日报》啦！"言语间充满了自豪和喜悦。

王长根急忙上前拿过报纸，看到当天的《人民日报》第八版，在《民间艺术的花朵——第二届全国民间音乐舞蹈会演》的标题下，刊登着本次会演中最抢眼的九个节目的演出照片，其中就有百叶龙舞蹈的剧照。这组照片旁还配有一篇加框的综评，题目是《让民间歌舞的花朵开得更茂盛》，这篇署名为朱树兰的文章赞美道："浙江有精致巧妙的百叶龙，河南有勇猛的狮舞……这许多人民群众智慧的结晶，给了我们极大的艺术享受，透过这些表演，我们感到了祖国地域的广大辽阔，闻到了祖国大地的芬芳……"

百叶龙舞蹈首次进京，就以它的美丽绝伦，就以它的千变万化，就以它的激情四射征服了评委和北京观众，在28个民族共290个节目中脱颖而出，荣获了文化部颁发的特别奖，并被选送到中南海汇报演出。

谈春根至今还清晰地记得，那天进中南海时是3月26日中午12点多，经过化妆和准备工作，下午3点多的时候，只见怀仁堂的边门大开，中央领导微笑着走来，朱德走在最前面，后面依次是周恩来、张澜、李济深、贺龙、陈毅、叶剑英、邓小平等，亲切地向他们挥着手。

谈春根说："那天上台舞龙前，长根书记对我们大喊一声：'是龙还是虫，是龙就使劲舞起来！'然后我们就使劲舞了起来。我们当然是龙！那天我们简直用上了吃奶的劲，只感到龙在划过耳边时发出'呼呼'的声响。我们看到了台下前排的中央领导都在为我们鼓掌，他们的脸上露出了笑容。"

表演结束后，中央领导们走上舞台来，与舞龙队员一一握手，还合了影。每个演员都得到了一份珍贵的纪念品——一支派克钢笔，上面刻有"参加第二届全国民间音乐舞蹈会演——周恩来赠"。

谈春根说："大家看着手中的豪华钢笔，喜欢得不得了，很多人从来没有看到过钢笔，你说稀奇不稀奇？大家很感动，觉得国家领导人这么忙，对我们这些农村来的舞龙人如此关怀，我们心中的感恩之情不知道怎么说才好。"

刚回到村里的那几天晚上，王长根的家里挤满了人，乡亲们里外三层地把王长根和谈春根围住了，听他们讲着来自北京的故事、中南海的故事，感受着他们从京城带来的荣誉和欢乐，感受着中央领导对长兴百叶龙的亲切关怀。

"我这辈子做梦都不会想到能够进中南海舞龙，中央领导还表扬了我们百叶龙舞得好，太光荣了。以后我们天平村的小伙子们和姑娘们只要表现好，努力劳动，都可以成为舞龙队员或花灯队员，都有机会去北京表演的……"王长根的这番话，把村里的小伙子和姑娘听得心里面直痒痒。

谈春根当然不会忘记向大家讲讲北京的白包子。"这包子呀，那个白，白得像……像……"他有点腼腆地指着人群中跳花灯的村花杏花姑娘说，"就和杏花脸上的皮肤一般白。"弄得杏花姑娘的白脸一瞬间羞成了大红脸。

村上的徐大爷开玩笑道："难怪你到北京别的不买，就是想要吃这个白包子。"说完，大家哈哈大笑起来。

大家都以为王长根、谈春根已经尝过这种包子的味道了，结果听到最后才知道，他们也没尝到，不知道这白包子到底是啥味道，弄得大家嘴里都充盈着口水。从此，大家除了对北京天安门、中南海充满了神圣的向往，对北京的白包子也充满了美好的憧憬。

首次进京，王长根还花了三毛钱"巨资"，给12岁的女儿王瑞娥买了一个万花筒。王瑞娥蹦蹦跳跳地把这个来自北京的稀罕物带到了学校，同学们通过这个万花筒看到了一个从来没有看到过的奇妙世界。

当然，让天平村人更加喜出望外、无比自豪的是，这场演出引起了毛主席的注意，毛主席请王任重传来口信："多扎两条百叶龙，到天安门广场演出去！"

1958年国庆，由首都文化部门组织的十条百叶龙，参加了在天安门广场举行的国庆十周年大联欢活动，百叶龙第一次在天安门广场上欢腾。

1998年的秋日，我第一次去天平村寻访百叶龙时，曾来到了谈春根家。那天，在他家门前的晒场上，我见到了这位曾经在中南海为党和国家领导人舞过龙的老人。这一年，谈春根64岁。他的外表看上去有些干瘦，但目光依然很有神，手指十分灵活。他正在门前的空地上精心建造一幢约一米高的纸房子。这种纸房子是当地人用来祭拜故人的物品，为的是让逝去的亲人在另外一个世界里，依然有一幢品质很好的别墅居住。

谈春根年轻时参与扎过的百叶龙有十几条，从工艺要求看，扎纸房子自然不能与扎百叶龙的要求相比，由此看来，谈春根这位扎龙高手今天扎纸房子，就有点大炮打麻雀的意思了。他扎的纸房子外观大气富丽，内部结构合理，家具电器等生活设施齐全。因为技高一筹，他这个“开发商”建造的“房子”总是供不应求。

谈春根获得的文化部赠送的纪念本

谈春根并不缺吃少穿，他有两个儿子、三个女儿，儿女们的日子过得都还算滋润。大儿子谈忠良去北京舞过龙，小儿子谈秋良去新西兰舞过龙。谈春根在家排行老大，下有六个弟妹，受他这位大哥的影响，小弟谈小明后来也疯狂地爱上了百叶龙，最终成为国家级非物质文化遗产项目龙舞长兴百叶龙的代表性传承人。

其实，扎纸房子对谈春根来说是一种消遣。他每周可以扎一到两幢纸房子，拿到镇上去，一幢可以卖到50元钱，刨去车费和成本，每幢纸房子有20元的利润。他笑哈哈地对我说，自己的烟钱自己挣。

谈春根十六七岁时看到王长根带着村里的年轻人舞龙的热闹场面，从此就喜欢上了舞龙，经常跑到王长根家去东看西问。王长根见他这么喜欢龙，就让他一起帮忙扎龙头，也就是这次机缘巧合，让他的人生中有了很多精彩与辉煌。

年轻时，他白天干农活，晚上就跟着王长根扎龙或练习舞龙。那天说到舞龙，他两眼放光对我说道：“舞龙好！不舞龙只能在村里，长兴都去不了几次。现在我北京去过了，中南海都去过了，这辈子没什么想法了。你说，有几个人能去北京，能去中南海？”

“确实是，中南海我真的没进去过。”我实话实说。

谈春根听后似乎更加自豪了，举起右手说：“不吹牛，龙头和龙尾我都能舞！不过，龙头太重，舞龙头的人块头要大，因为龙头很重，力气吃在手上，一般的人根本吃不消。所以，没有一副好身手，或做人不实在，在我们天平是当不了‘龙头老大’的。以前是长根书记舞龙头舞得最好，现在是我小弟谈小明舞得最好。我适合舞龙尾，因为我比较瘦，灵活，不灵活的人是舞不好龙尾巴的。”

我最后问：“听说你是因为舞龙才找到了对象。是这样吗？”

谈春根笑了：“在我们天平，会舞龙的小伙子是很吃香的，说实话，我老婆就是因为我会舞龙才肯嫁给我的，哈哈……”

挤来挤去的快感

首次进京演出和出国演出获得的巨大成功，让百叶龙舞龙队信心倍增，尽管当时面临多年的自然灾害和繁重的农业生产任务，他们在第二代传承人、天平大队党支部书记王长根的带领下，克服困难，经常参与各类表演活动，成为当地一支非常活跃的文化队伍，影响力和知名度日益扩大。

能够舞龙，在当地人的眼里是一件非常光荣的事情。小伙子可以展示他们的肌肉和力量，而跳花灯的姑娘，可以展现她们的灵巧与柔美。当然，舞龙头的人是最受当地人佩服的。

最初，天平大队舞龙队的队员以村上赵、王、谈三姓的男人为多，到后来，全村的男人都要求参与舞龙活动。特别是1960年，王长根当上大队党支部书记后，他广纳舞龙人才，让舞龙队的阵容有了很大发展，正式队员就有70多人，可以说，村里所有的青年男女，都是招之即来的替补队员。但王长根依然坚持，百叶龙是天平的，必须是天平村的人才能舞百叶龙，舞龙技术不能外传。

60年代，农村人还都在吃大锅饭，生产队里那点活，一直要忙到12月才算功德圆满。此时，金黄的稻谷晒干后已经进仓，油菜也已播种完成，老百姓总算有了一点空闲时间。再过一阵子，就要做团子、炒番薯干、干鱼塘，准备过年了。

那时候，田和鱼塘都是集体的，龙当然也是属于全村人的，做龙修龙的资金是通过每家每户募捐得来的。但募捐可不是捐钱，因为当时的老百姓家里都拿不出现金，所以每家每户都是自愿捐上几斤米。米收上来后挑到湖州城里卖掉，再买一些做龙的材料回来。

年前的那段时间，王长根就带领舞龙队员扎龙、修龙、排练，这点事，他们一直要忙到来年的春耕才算告一段落。

当时，因为公社里缺少像样的舞台，百叶龙的表演主要是以游街展示为主。最后才会在田间地头找块空地狂舞一阵，掀起一阵高潮。整个过程会持续两三个小时，这种表演形式，很受当地老百姓的欢迎。

好不好吃，好不好看，好不好玩，没有绝对的标准，但人人心里都有一把秤。好不好，好到什么程度，这跟当事人的年龄、眼界和所处的时代、环境、经济条件有关。六七十年代，放一场露天电影，很多人愿意扛着板凳，走上十几里路赶过去看。我小时候认为一碗猪油拌饭，放上一勺酱油，是天下最好吃的美食。而王长根的孙子王国平告诉我，小时候在爷爷家，一小勺菜籽油倒入碗中，在饭锅里蒸一下，再加上一小勺酱油一起拌饭，这才是天下最好吃的美食。对于王长根来说，每天晚上来一盅自家偷偷酿的土白酒，再配上几粒炒黄豆，这是劳动或舞龙后犒劳自己的天下第一美味。

如今，还有人愿意扛着板凳去看露天电影吗？蚊子太多，风太大，不好看，都是不想去的理由。还有人拿炒黄豆当下酒菜吗？还有人认为菜籽油拌饭、酱油拌饭是天下最好吃的美食吗？高碳水，无营养，吃了会长膘，这都是我们不再吃菜籽油拌饭、酱油拌饭的理由。

田间地头的百叶龙表演无疑是最精彩的。

百叶龙确实漂亮，尤其是经过改良后，在那个文化生活十分贫瘠的年代，它是如此光彩照人，舞龙队哪怕不做任何表演，一路上举着

荷塘粉色　　钱初生 摄

龙走走逛逛，都能吸引无数人的目光。

百叶龙每次表演都如大将军出场，先要走完“游四门”“圆场”“锁链阵”等队形，几杆子舞下来，这种气势马上会把现场的气氛搅得如火如荼，群情涌动，尖叫声连连。当时，围观的人们并不怕挤，因为一挤，身上就热了，心里就更热、更快乐了。青年男女们尤其享受着这种紧贴身子被挤来挤去的快感，小伙子们更努力为现场热烈的气氛发挥推波助澜的作用。

当荷花灯最后要连接成龙身时，在外圈伴舞的花篮、云牌姑娘再次上场，开始了热烈的舞蹈表演，然后蹲下身来用花篮、云牌遮挡观众视线。荷花一旦变龙腾空跃起，花篮、云牌姑娘立即散开再次围成外圈。场地中间，百叶龙就此风生水起，不断制造高潮。整个舞龙过程没有规定时间，也没有太多的规定动作，一切都由“龙头老大”王长根根据场地与观众的具体情况见机行事，如果观众很热情，也很守规矩，就多舞几分钟。如果现场十分拥挤混乱，就要使用舞龙的动作进行扩场或提前结束表演。

那时，舞龙队在村里表演，配的是当地流行的民间小调，用丝弦伴奏，没有固定曲牌，到高潮时，配唢呐、“急急风”锣鼓，以烘托表演气氛。

逢年过节，舞龙队也会走村串巷，为各家各户祈福。特别是元宵节舞龙，从早到晚都会舞个不停。那时舞龙既不讲报酬，也不讨赏钱，但如果龙头在谁家门口停一下，请杏花姑娘唱上一段《正月十五看花灯》：“一龙灯来二凤灯，三蚕灯来四季灯，五子灯来六福灯，七星灯来八仙灯……”这便是吉上大吉，当家人一定会拿出好烟或炒年糕片、番薯干等分发给舞龙队的人，以示感谢。当然，如果到了中午，有些家境较为富裕的人家，还会请舞龙队员和花篮、云牌姑娘每人吃上一个红糖糯米饭团子，那就算是一种意外惊喜了。

1964年正月十五，林城的天空瓦蓝如洗。飘洒了一天一夜的小雪停止后，天上出现了一个淡淡的小太阳。尽管地上的积雪有十几厘米厚，但一抹阳光照在身上感觉特别暖和。这种天必须穿上新衣出门走走，赶个集市也行，打打雪仗也行，走个亲戚也行，反正，待在家里是不对的。

上午10点，当舞龙队刚走到塘埂村的一大片农田附近时，被几千名热情的村民围堵上了，这些村民有本村的，也有邻村的，最远的来自泗安、煤山和安吉。他们知道这一天肯定能看到百叶龙的表演，就纷纷踏雪赶到天平村。围观的村民把舞龙队的全部人马团团包围，齐声大喊着：“舞龙！舞龙！”“不舞龙不让走！不舞龙不让走！”

但面前只有屁股那么大的一块空地，简直就是番薯窖里打拳头，根本无法施展身手。王长根就扯着嗓门喊：“这里太小了，旁边都是田，大家让条路出来，到更宽敞的地方去看舞龙……”

此时，现场已经里三层外三层都是人，王长根说的话，像一粒黄豆被扔进了沸腾的大海，根本没有人能听到他发出的声音。王长根气得直跺脚，却又无可奈何。

包围圈越缩越小，三四十个舞龙队的男女队员被围在人群中间动弹不得，有两个跳花灯的姑娘，被挤得眼泪都快流出来了。

王长根是个急脾气，作为大队党支部书记，他平时一般不需要大声说话，但绝对是说话算数。如果他把声音抬高一点点，就更加具有震慑效果。但在今天，他的威严已经失去了作用。僵持了半个多小时，王长根只好屈服，让舞龙的小伙子开舞。

因为场地太小，根本算不上是真正的舞龙，小伙子们擎着龙来回绕着小小的圈子，他们把伴舞的花篮、云牌姑娘们围在中间，避免她们受到人群的挤压。

但围观的人实在太多了，人群像大海中的潮水，一会儿涨，一会儿退。包围圈一会儿缩小，一会儿又被舞龙的小伙子用胳膊肘子奋力推开。实在没办法，王长根急中生智，从雪地里抓出几把干稻草，抖去沾在上面的雪。谈春根一看就懂了，马上从口袋里掏出火柴将稻草点燃，分给了舞龙的小伙子，硬是用这冒火冒烟的稻草火把，逼迫围观的人群往后退。

这一招还真灵，百叶龙总算能在狭小的空间内绕圈跑动起来，甚至有了一点舞龙阵仗。但是还没过三分钟，包围圈再一次缩小，王长根只能再一次点燃稻草火把吓退人群。就这样，在一波又一波的涨潮退潮中，在一次又一次的烟熏火攻中，围观的几千人硬生生将周围五六亩田里的草籽和着积雪踩成了泥浆，将草籽变成了上好的青肥。当然，他们也把自己的鞋子踩成了咸鸭蛋的模样，有些人的鞋子甚至陷进了烂泥里，拔不出来了。

最后，在王长根的指挥下，每个男舞龙队队员都一手举龙，一手拿着点燃的稻草火把，哈哈大笑着，分别带领一个花篮、云牌姑娘，从各个方向突破了人群的重重包围，总算结束了这一场近乎疯狂的正月十五舞龙。

世事一场大梦，人生几度秋凉

1966年，“文化大革命”开始了，民间艺术进入冷藏期，很多艺术家和民间艺人都受到了打击，文艺舞台上只能演出几个样板戏。在这样的政治大环境中，天平村的百叶龙自然也免不了受到一些风吹雨打。

1968年2月29日，农历二月初二。二十八宿中的东方苍龙七宿星象，每岁的仲春卯月之初，“龙角星”就会从东方的地平线上冉冉升起，故称“龙抬头”。这一天，是天平村人的一个非常重要的节日。当地人在正月里是不剃头的，但到了农历二月二这天，必定要剃个头，让自己沾点“龙”运。

这天，村上的李一刀剃头铺子里里外外人头攒动。王长根起早排队，等了一个多小时，总算轮到，他剃了头，还刮了须，把自己弄得干干净净，利落精神。

因为这一天有吃“龙鳞”（面饼）的习俗，王长根的妻子杜秀珍吃过午饭就挎着竹篮出了门，蹲在田边地头挑了不少又大又肥的荠菜。晚上，她给家人做了一顿面饼包荠菜。尽管没有肉，但她在馅里加了几滴菜油，王长根吃得特别香，夸赞说：“太好吃了。”

这一天还有早起早睡的习俗，一家人吃过面饼，就早早睡了。没过多久，突然听到有人敲门，王长根披上衣服起床开门一看，原来是谈小明。谈小明显然是一路奔跑过来的，他喘着大气说：“不好了，不好了。王书记，造反派……明天一早，就要来批斗你，说你是封建迷信的代表，是当权派。他们已经准备好了一块大木板，要用铁丝挂在你脖子上……你快出去躲躲吧。”

王长根梗着脖子说：“我是封建迷信的代表？简直是胡说八道！我才不怕！”

谈小明说：“脖子上挂铁丝，这谁受得了，会被弄死的。王书记，你还是出去躲躲吧。你万一有点啥事，以后百叶龙怎么办！”

此时，杜秀珍也已穿好衣服走了出来，听到了两个人的对话，对丈夫说：“长根啊，小明才19岁，比你可年轻多了，但你还没他明白。好汉不吃眼前亏，这句老古话你难道没听说过？出去躲躲吧，我们全家都要靠你的，你有个三长两短，我们怎么过？”

王长根还在迟疑，杜秀珍一看就明白了，说：“来，我们一起把百叶龙藏好。万一被造反派发现了，肯定会被一把火烧掉的。长根，这样你该放心了吧。”王长根这才点点头。

三个人一起把百叶龙在柴房里藏好。其实，从“文革”一开始，王长根就已经把百叶龙包好藏在了柴房里，但这次藏得更深，上面还堆了很多树枝和没用的农具。

安顿好百叶龙，王长根出了家门。这晚的月色不错，穿过村子的那条小路看上去有些泛白。村口，一棵光秃秃的断脖子槐树的影子趴在地上，像一条看门狗。出了村子，王长根在没有任何遮挡的田野上健步奔跑着，朝着四十里外的长潮岕方向，那里有他的亲戚。月光在他的身后留下了一截长长的阴影，让他看上去更像是一条长着两条腿在沙漠中孤独前行的龙……

第二天早晨，村里的狗叫声连成了一片，六七个造反派来到村里。他们没有找到王长根和百叶龙，十分失望，甚至是愤愤不平。他们向村民打听王长根和百叶龙的去处，村民们不是冷眼相对，就是一问三不知。自感没趣的他们没有停留太久，就去别的地方造反了。

过了六七天，在外面避风头的王长根回到了村里。从此，在很长一段时间内，天平村很少有人再提起百叶龙，这条曾经叱咤风云、生动鲜活的百叶龙好像已驾云西去，离开了故乡，到一个神秘的地方修炼去了……

世事一场大梦，人生几度秋凉。夜来风叶已鸣廊。看取眉头鬓上。

1969年9月，长兴县花鼓戏剧团宣告解散。当红导演、演员池文海也受到了不公正的待遇。不知是一种巧合，还是命运的特意安排，他竟然被下放到林城供销社当了一名售货员。

从一名风光的舞台主角、人见人爱的优秀青年演员，一下子变身为乡下供销社的普通售货员，池文海无法释怀，甚至有些丧魂落魄，失去了人生的方向。

父亲池惇凤从来信中得知儿子的事业和生活发生了很大变化，情绪十分低落，便专门从老家赶到了林城。池惇凤不仅精通周易八卦，还熟读王阳明的心学。他给儿子讲了苏东坡在巨大的人生起伏中勇敢走出来的故事。

嘉祐元年（1056年），19岁的苏东坡首次出川赴京，参加朝廷的科举考试。翌年，他以一篇《刑赏忠厚之至论》获得主考官欧阳修的赏识称赞，一时知名度爆棚。那时的他可谓是仕途通达，春光无限。但因为年轻气盛，不知不觉中在北宋朝堂上得罪了一些人。

元丰二年（1079年），42岁的苏东坡来到湖州任知州。上任后，他即给皇上写了一封《湖州谢上表》。这本是一篇例行的公文，但他是个诗人，一动笔总爱带点感情，喜欢来点抒情和自由发挥，说自己“老不生事，或能牧养小民”，“愚不适时，难以追陪新进”。

结果，这些话被新党抓了辫子，说他是妄自尊大，包藏祸心，对皇帝不忠，如此之罪，可谓是大难临头了。上任才三个月，就被御史台的吏卒逮捕，解往京师，同时受牵连者达数十人。这就是北宋著名的“乌台诗案”。

这一飞来横祸，成为他一生的转折点。幸亏太祖赵匡胤定下不杀士大夫的国策，苏东坡才躲过一劫保住了性命。吃了一百多天牢饭后，他被贬为黄州（今湖北黄冈）团练副使，本州安置，受当地官员监视。从此开始了多年孤苦伶仃的生活，尝尽了人世间的凄凉。原来的“朋友圈”不复存在，写诗歌又差一点要了自己的命，做人当然要更加小心谨慎了。但想过酒肉穿肠过的混沌日子并不容易，需要有足够的银子支撑。

那些年黄州自然灾害多发，民众的生活条件极为艰苦。苏东坡不仅水土不服，还患上了眼疾、皮肤病等多种疾病。这位曾经可以“把酒问青天”的大文人，在现实中却无安身立命之处。

父亲问：“面对人生的起伏和无常，你想知道后来苏东坡是怎样拯救自己的命运的吗?”

池文海点点头，认真听着。

父亲继续说，这位四体不勤、五谷不分的大作家和曾经朝堂上的大官，终于放下架子，用那双拿惯了毛笔的手，拿起了农夫的锄头，躬耕于荒野，和普普通通的农民一样戴斗笠、扶篱笆、开荒地。他学习如何种庄稼，学习如何抓起猪粪为农田施肥。终于，他让田里长出了自己想要的庄稼和果实。他懂得了“早起三光，晚起三荒”“稻谷倒了收一半，麦子倒了当草卖”这些种田人真实的生活经验。

在完成了身体上的解放以后，苏东坡又去寻找心灵的慰藉。苏东坡一生与佛有缘，与很多僧人是朋友。由于生活的巨变，他更体会到了人生如梦与生活的无常。于是，他开始在禅宗身上寻找解放自己心灵的钥匙。通过修行，苏东坡深刻体会到：原来的我只是“故我”，而不是“今我”，只有放弃昨天那个追逐功名的“故我”，才能找到当下这个追求纯真的“今我”。

在完成了身心的解放后，苏东坡不仅解决了生活上的经济问题，也找回了往日的闲适心情。从此，他更加关注身边的溪水与鸬鹚，关注远处的山与树，关注头顶上的清风与明月……

听完了父亲讲的故事，池文海彻夜难眠。他开始相信这一切都是命运的特意安排，长兴那么多乡镇，为什么他偏偏被下放到百叶龙的家乡林城镇呢？这难道不是命运的安排？命运需要他重新回到农村，接受阳光雨露的滋润，接受民间艺术的熏陶，接受一条神龙的指引。

从此，池文海再也没有表现出大喜大悲的情绪，他默默带着妻子和一双儿女，在林城安心住了下来。即便之后发生了11岁的大女儿荷花在5月的一场洪水中不幸罹难的悲剧，他也擦擦眼泪坚强地挺了过来。但他怎么也忘不了大女儿罹难前的一天想让爸爸给她买一点樱桃吃，但当父亲的因为囊中羞涩没有答应。以后的几十年中，池文海的家里再也没有出现过樱桃。

在计划经济时代，国营单位一统天下，米、面、油、糖、盐、布、肥皂、煤等生活物资都必须凭票从供销社购买。所以，供销社在当时的作用之大、工作覆盖面之广就可想而知了。当时，有很多人想到供销社工作，但对于池文海来说，隔行如隔山，供销社那点活他完全不懂。

在供销社，池文海负责卖文具，妻子负责卖布。池文海确实不是做生意的料，因为计算能力有限，他把铅笔、橡皮、本子这些东西放在一起，以堆出售。在他看来，这些东西对孩子来说缺一不可，能配套使用，每堆两毛钱与供销社规定的价格也差不了多少。结果，他被供销社主任狠狠批评了一顿。

在林城，他也像苏东坡那样，用自己那双细皮嫩肉的手，举起锄头，在离供销社不远的地方开垦出一块荒地，种上了青菜、萝卜、黄瓜……对他来说，田里的活并不陌生，只是已经多年不干了，现在又重新捡了起来，重新寻找对土地的感情。他翻地、播种、施肥，终于让地里长出了他想要的果实。从此，他的内心又重新燃起了对生活的希望。

他念念不忘自己热爱的艺术，经常利用送货下村的机会或休息日，和舞龙、舞狮的村民们交朋友，从此，他的生活渐渐充实起来。他心中的艺术，就像一盏油灯添了新油，还拨了灯芯，一下子亮堂了很多。

池文海在供销社工作，买点紧俏货比外人还是有办法的。当时，每家每户都缺糖，糖是要凭票供应的，靠配给的那点量根本不够用。池文海的心里总是惦记着老朋友王长根，隔一段时间，他就会想办法为王长根送去半斤糖票，供销社难得处理一些剩下的零头布，他也会为王长根家留一点。这些零头布可以当缝补衣裤破洞的补丁和鞋面布。农忙时节，池文海还会去王长根家帮忙干点农活。在一次又一次交往中，两个人成了无话不谈的好朋友。王长根把百叶龙、马灯、花瓶的故事和秘密，都告诉了池文海。池文海也把自己多年的舞台经验，包括舞龙的一些新动作、新想法告诉了王长根。

1973年正月初十，池文海去王长根家拜年，他带去了两包雄狮牌香烟和一斤红糖，东西尽管不多，但实实在在，让王长根深受感动。他杀了一只鸡，把家里仅有的七个鸡蛋都煮了。那天，王长根喝酒，池文海以茶代酒，两个人一聊就是一整天。看到天色晚了，池文海干脆不回供销社了，和王长根挤在一张硬板床上，继续聊着庙会、舞龙、舞狮的事……忽然，王长根起身穿上衣服。池文海还没弄明白什么事，就被拉了起来。两个人一起来到了柴房，王长根点上油灯，关上门，用一根木棒把门顶住。

王长根搬去一些树枝，再搬开一堆乱稻草，把藏在下面的百叶龙龙头和龙珠轻轻拿了出来，揭开蒙在上面的红布，自豪地说：“这条龙，去过北京中南海。”

池文海惊呆了，他贴近脸上下打量着龙头，目光中充满了敬佩。他用手轻轻抚摸着龙眼和龙鼻，嘴里喃喃地说：“太美了！太美了！龙儿，你受委屈了，我们来看你了……”说完，竟红了眼眶。

池文海对王长根说道：“有人说你已经把龙给烧了，我就知道，你不会这么做的，它是你的孩子，是你的命，你怎么舍得把它烧掉！”

王长根用手摸着龙头，笑着说：“是啊，文海，只有你懂我，百叶龙是我的命，要烧就把我也一起烧了吧，哈哈。来，我们来舞龙！”

王长根举着龙头，池文海举着龙珠，在屋里疯一般地转着圈子。

王长根压低嗓门：“是龙还是虫，是龙就使劲舞起来！”

池文海也故意压低嗓音回应道：“我是龙！王长根、池文海都是百叶龙！”

两人哈哈大笑，笑到直不起腰来。

玩到高兴之处，池文海还唱起了前几天送货下乡从一位大娘那里学到的一首《十二月花名》：

> 提起东来就唱东，桃树开花满园红，鸡冠花来红得好，石榴开花倒栽葱。提起南来就唱南，兰草开花满园蓝，竹子开花蓝得好，六月芋艿染双蓝。柿子开花满园黄，提起西来唱西方，南瓜花开黄得好，黄栀子开花染双黄……

一边，王长根踏着池文海唱词的节奏，举着龙头在屋里用慢动作舞着；另一边，池文海举着龙珠，也用慢动作舞动着，还一声声委婉地唱着。

此刻，两个人的心灵深处有一条巨龙已经苏醒，正从远处澎湃而来……

第二天清晨，池文海在返回林城老街的路上，看到了霞光落在泗安塘上，闪着鱼鳞般的光芒，水面上，一艘木船正驶向远方；他看到一枝杏花已经盛开，一个年轻母亲的肩头，靠着一个酣眠的婴孩；他还听到了不远处的池塘边，青条石上的捣衣声很有节奏，听上去竟然如此悦耳，那些棉麻料的衣服，真是经得起村姑的敲打。他还看到了灌木丛里有一只母鸡带领一队嘤嘤叫着的小鸡正在觅食，母鸡使劲用脚刨地，为小鸡崽们发现更多食物，眼前的一切是如此温情……

一年又一年，长兴的非物质文化传承人并没有因为天上下着雨心里就失去阳光，并没有因为生活坎坷就放弃对梦想的坚持，他们从来没有忘记自己心中住着一条龙，他们相信自己就是龙的传人。

王长根、池文海或许早就已经明白，人生就是这样，或者说国家也是如此，前进的路上总会有一些山丘，如果你跨过去了，世界就在眼前；如果你跨不过去，眼前便是世界。

第二卷

龙醒时分

万人狂欢有龙来

自古以来，广阔无际的天空一直是人们幻想驰骋的乐园。皎洁的明月，浩瀚的星河，喷薄的朝阳，瑰丽的晚霞，引发多少人无限的追思与遐想。

即使在那段最沉闷的日子里，长兴天平村的人们一刻也没有忘记百叶龙。夜深人静时，王长根经常把藏在柴房乱草堆里的那条在北京中南海舞过的百叶龙拿出来，解开蒙在上面的红布，然后默默地欣赏，甚至暗自落泪。他无法忘记这条龙，无法忘记舞龙队曾经的光辉岁月，因为这条龙能让大家的激情得以挥洒，梦想得以寄托，这条龙能让大家看到希望，获得力量，改变贫穷……

1978年12月18日至22日，召开了中国共产党第十一届中央委员会第三次全体会议。全会的中心议题是讨论把党和国家的工作重点转移到社会主义现代化建设上来。

十一届三中全会的召开，标志着中国共产党从根本上冲破了长期“左”倾错误的严重束缚，端正了党的指导思想，使广大党员、干部和群众从过去盛行的个人崇拜和教条主义束缚中解放出来，在思想上、政治上、组织上重新确立了马克思主义的正确路线，结束了1976

年10月以来党的工作在徘徊中前进的局面，将党领导的社会主义事业引向健康发展的道路。

长期的精神禁锢，使得人们对文化生活充满饥渴。随着国家政治形势开始好转，1977年冬天，为了庆祝长兴县第五届人民代表大会召开，丰富长兴老百姓的精神文化生活，经县领导同意，县文化馆决定邀请百叶龙到长兴街上进行一次踩街表演。

那年，池文海已经结束了十多年的下放生活，被落实政策分配到县文化馆从事他喜爱的舞蹈编导工作。当天下午1点多，在县文化馆馆长许成才和池文海的带领下，天平村舞龙队队员举着龙来到老新华书店门口的十字路口。当舞龙队员准备举起龙大干一场时，却发现根本无法施展身手，因为围观的人太多了。他们只好继续往东走，走到解放路上的开水灶附近时，他们发现前后两三百米长的街道已经被热情的长兴人民围得水泄不通。百叶龙前进不得，后退也不行，整条大街因一条龙而瘫痪。

以前在田里舞龙，如果围观的人太多，舞龙队员可以用胳膊肘把人挡开，或将舞龙棍子斜过来用“武力”把挤上来的人推开，还可以点燃稻草往人群中捅，硬生生开辟舞龙的场子，但这种简单粗暴的方法用在长兴城里显然不太合适。

最后，还是许成才想到了一个舞龙的好地方——人民广场司令台。

人民广场是当时长兴城里最大的露天聚会场所，广场北面有一个司令台。司令台有三四米高，200多平方米，站在司令台上挺起胸膛向前看，不仅会有一览众山小的感觉，而且，整个人民广场东南西三个方向的任何一个角落出现的风吹草动，都能尽收眼底。台下的人看司令台，属于仰视，不会因为自己的个子矮而看不到台上人的表情。所以，司令台绝对是一个好地方，能让成千上万的人欣赏到百叶龙的风姿。

1984年10月1日，庆祝国庆35周年，百叶龙在长兴街头表演，受到市民的热烈欢迎

竺志祥 摄

司令台前是一圈400米的椭圆形煤渣跑道，当年无论是万人公审大会，还是半夜里向人民群众传达来自北京的“最高指示”，都是在这里举行的。

那天到司令台上表演的百叶龙有16米长，这条龙来长兴表演前，又经过了王长根、谈春根、谈小明的精心加工。龙眼炯炯有神、开闭自如，既保存着中国龙的威武雄姿，又不失长兴龙的妩媚可爱。龙头，看点主要在龙眼，所以才有画龙点睛之说。百叶龙不仅是龙头出彩，龙眼灵动，它的荷花龙身、蝴蝶龙尾同样令人拍案叫绝。而且，龙尾的蝴蝶翅膀在舞动中还能上下扑闪。

从传说中的花龙灯，变身为百叶龙；从一朵朵清新优雅的荷花，骤然演变为一条腾空而起、祥云护身的神龙，它曾经舞进北京，舞进中南海，今天，它从江南水乡阡陌纵横的天平村来到了长兴城里，它像一股强劲的春风，吹散笼罩在人们心头十多年的阴霾，给大家带来无穷的力量。

下午2点多钟，“咚咚锵，咚咚锵，咚咚锵咚锵咚锵……”随着欢快的锣鼓声在司令台上响起，百叶龙开始了精彩的表演。但是，还没有舞上十分钟，许馆长就倒吸了一口冷气，额头也开始冒冷汗了，因为站在司令台上的他，已经看到人民广场上全都是黑压压的人头，没有一丝丝空隙。关键是热情高涨的长兴人，还在从四面八方潮水般向人民广场涌来。

许成才不禁感叹道：百叶龙的号召力太强大了，但这样下去，会闹出人命的！最后，他和王长根、池文海一商量，只能叫停了舞龙。

龙是停了下来，但走不了，因为广场上的人迟迟不肯散去，他们要等百叶龙从台上下来，和它来一次亲密接触。又等了将近一个小时，看看广场上的人终于散得差不多了，许馆长说：“长根书记，天不早了，你们收收东西，到县政府招待所住一晚，明天再回去吧。”

当年，长兴城里的旅馆并不多，县政府招待所紧靠洲桥，住宿条件是最好的，床单是最白的，食堂里的大米饭和馒头也是最白的，菜当然也是最好吃的。

但是，长兴人比较恋家，一天看不到自家的烟囱，心里就会发慌。舞龙队员们不喜欢在外面过夜，他们想回家！因为家里的农活在等着自己，堂客、孩子或女朋友在等着自己。所以，他们谢绝了许馆长的好意，就扛着龙急匆匆往长兴汽车站赶。刚走到车站附近的黄土桥上，就看到当天发往泗安的最后一班车正屁股冒着青烟，从车站的南大门上坡开出来爬上了黄土桥。一群人看见车子急忙朝司机挥手示意停车，但司机根本不搭理，因为车内黑压压全是人。

那时，长兴只有到泗安的班车，去天平村只能在半路上的大云寺站下车，再走一个多小时才能到家。不过，在那个年代，两条腿是人们主要的交通工具，走上十里八里的属家常便饭，很多人去湖州甚至杭州，都是靠两条腿走过去的。有的人因为心疼妈妈或外婆纳的千层底布鞋，一路上都是光着脚走路，直到快进城了，才洗个脚把鞋子穿上。

七八十年代，长兴人出门如果不想走太多的路，必须到汽车站买票坐车，别无他法。县内站点间的票价不到一元，看似很便宜，但对当时人们的工资收入来说并不便宜。据《长兴县志》记载，1987年底，全县有客运线20条，长兴汽车站有客车59辆，共2600个座位。乡间公路上、田野里，还跑着一种车，那就是声音巨响、脑壳上冒黑烟的手扶拖拉机。这种车主要是矿场用来运石头的，但如果你不嫌弃，爬上车斗，它一样能把你带向远方。

自行车也是当时人们主要的代步工具。国产的一流自行车为“凤凰”“飞鸽”“永久”三大品牌，二流车是“白山”“金鹿”“五羊”，其他都是杂牌。上海产的永久牌自行车最受男士欢迎，而凤凰牌自行车最得女士的青睐。但这两种牌子的自行车每辆的价格都在200元左右，七八十年代，月工资只有二三十元，200元可是一笔巨款。关键是有钱也不一定能买到，因为自行车要凭票供应。所以，急需的人就转而买金鹿牌自行车。因为金鹿牌的外观跟凤凰牌长得有点像，粗粗一看能以假乱真。可见，这种“傍大款”的商业套路在很早以前就有了。如今，因为“波斯猫”餐巾纸卖得比较好，市场上马上就出现了外观、颜色和字体都长得差不多的“波波猫”“波丝猫”“波其猫”……

到了1987年底，长兴全县有自行车12余万辆，平均每户达到了0.71辆。一直到90年代初，长兴才有了出租车公司和公交公司，第一条公交线也终于投入运营。长兴人民的出行，开始变得方便起来。

在相当长的一段时间内，长兴汽车站属于国营单位。它建在长兴东门桥的西南侧，而桥的东南侧，是车站职工的宿舍区。

公家单位有公家单位的规定，就是准点上班，准点下班。下午4

点半，当哨声一响，小红旗一挥，当天的最后一班车出发后，车站内除了值班的人，其他员工就可以下班回家劈柴、发煤饼炉烧饭了。

因为当时汽车少，想要坐车的人又太多，所以凡是和交通搭上一点关系的行业都是很吃香的。不用说手把方向盘的司机，哪怕是在汽车站里检个票，卖个票，装个行李，甚至是扫个地，都是一份令人非常羡慕的职业。

七八十年代，长兴还流传着“四个轮子一把刀，白衣战士乌纱帽”这句话，道出了当时最吃香的四大职业。“四个轮子”指的就是汽车驾驶员。现在，几乎人人都是驾驶员，但在那个年代，大街上连自行车都不多，更不用说汽车了。驾驶员能走南闯北，能顺便携带一点私货，挣点外快，绝对是一门吃香的活。

但在80年代末至90年代初，长兴人想要考一本汽车驾照非常不容易，学费就要4000元，是当时一名工人半年多的工资，还必须全脱产到湖州道场乡的一个公安部门办的驾校睡四个月的上下铺。那时考的驾照没有C照，只有B照，教练车一律是后面支一个油布大棚的解放牌大货车。

“一把刀”就是指当时在国营菜场里卖肉的人。六七十年代，肉、豆腐、米、肥皂、布、油、煤等都要凭票供应。每天早晨，菜市场卖肉的摊位前都会排出好几条四五十米长的队伍。手里挥着一把刀的人都站得很高，但不知道是因为工作太累，还是刀太重，他们的脸部表情都很凝重。“一把刀”们的脸色不好看，还有一个原因也许是他们压根就不想和买肉的人套近乎。

而买肉的人，个个都希望能认识手上拿着一把刀的人。因为他这一刀剁下来，绝对会左右自己的心情。精肉和肥肉的价格当然不同，有人想吃红烧肉，花了大价钱，当然希望精肉多一点。也有人家里人多，吃口重，精肉太贵买不起，买肥肉的时候，心里很渴望肥肉的缝隙里能带一点精肉。

这种对精肥细节的把握，完全由“一把刀”说了算。如果你对“一把刀”做出的决定有意见，惹“一把刀”不开心，说不定他马上会把这块切下来的肉扔在一边，然后对你说：“站一边去，要就买，不要就走人！”此时，很少有人敢跟“一把刀”争论对错，大家都明白，和手上拿着“一把刀”的人论对错，绝对是错误的。

“白衣战士乌纱帽”，我就不用过多解释了，白衣战士当然是指医生，乌纱帽是指官员。医生和官员，历来都是受人尊敬的。

那天，王长根、谈小明他们急匆匆赶到车站时，已经没有发往城西泗安方向的班车了，要在长兴住一晚，大家心里都不太乐意。尽管住宿是县文化馆安排的，不用自己花钱，但吃饭要自己掏钱，还要耽误大半天和整整一个晚上，对于庄稼人来说，时间特别珍贵，这点时间在家里可以干很多农活。

领队王长根下决心说：“今天必须回去！”他们就一起找到了车站二楼的站长室，问能不能开个后门，增开一班车。丁站长站起来上下打量了一番这群肩上扛着舞龙家当的汉子，眼前一亮，说：“你们是天平村舞龙队的？”得到确认后，他连声说：“了不起！了不起！帮你们加开一班车绝对没问题，但我们车站的人平时都很忙，没有办法到街上去看你们舞龙，今天如果你们能够在站里为大家舞一下，我就叫人加班把你们送到大云寺。”

王长根和谈小明一对视，乐了，也蒙了，还有这种事？但舞一下龙，总比今天去长兴县政府招待所住上一晚强。大家不约而同地看着王长根说：“王书记，听你的！”王长根很干脆地一挥手：“舞就舞！”

丁站长倒也爽快：“好，一言为定！但你们要等一下，我要通知一下家属区的人都过来看，不给他们看，等他们知道了，我会被骂死的。”

十多分钟后，等王长根、谈春根、谈小明他们把舞龙的装备准备妥当，整个汽车站的停车坪已经被人群围了起来，有的人甚至爬到了汽车顶上。

长兴汽车站从建造以来，第一次出现如此热闹的欢腾场面。现场锣鼓喧天，十五分钟舞下来，现场的汽车站员工和从家属区赶来的婆婆妈妈、老老少少给这支舞龙队献上雷鸣般的掌声。

丁站长连忙上前握着王长根的手说:“天平村的兄弟们，你们舞得太精彩了，我代表汽车站的员工，感谢你们。赶紧上车吧，现在回家也不早了……当然，车票还是要买的，一共12个人，每人8角，共9元6角……没办法，我们是公家单位。”

全体舞龙队员终于登上了这趟为他们专门加开的专车，向着自家烟囱的幸福方向开去……

这次百叶龙进城表演受到长兴人民近乎疯狂的欢迎，让长兴县的领导和文化馆馆长许成才吃了一惊，百叶龙的号召力太大了！也就是从这一年开始，长兴更加重视对百叶龙的培育。长兴县委宣传部、县文化局要求县文化馆要举全馆之力，给百叶龙最大的支持。出于信任，馆长许成才将提升百叶龙的具体工作专门交给了池文海负责。

如沐春风的日子

池文海到县文化馆从事喜爱的舞蹈编导工作后，有了更大的施展艺术才能的空间，他放开手脚，以饱满的热情，全身心投入群众文化工作。1978年下半年，他接到了一个重要任务——带领百叶龙舞蹈队参加浙江省群众业余文艺创作节目会演。

池文海知道，这些年自己没有放弃对艺术的追求，并且在林城学到了很多，但舞台表演毕竟是生疏了不少。他深深懂得，在新形势下，在新岗位上，要丰富群众的业余文化生活，要创作好的作品，就必须有更加全面的艺术造诣，对艺术要有孜孜不倦的精神，要不断向民间艺人请教，因为创作的源泉都来自民间，来自我们生活的大地。

在接到任务后，他又多次深入民间采风，向工长根、谈小明等民间艺人虚心请教，并在浙江省群艺馆专家的指导下，对百叶龙舞蹈的故事情节、舞蹈动作、表演队形、阵法和服装道具都进行了新的设计和改编，让百叶龙舞蹈从乡土气十足的花龙灯表演变身为技压群芳的艺术精品，一举获得了浙江省群众业余文艺创作节目会演优秀节目奖，并被上级选定参加全国会演。

长期以来，一些流传于民间的小型歌舞节目并不被以演大戏为主的花鼓剧团所重视，已濒临失传。《恨大脚》《恨小脚》这两个民间舞蹈，却在池文海心里一直占据着非常重要的地位，他认为这不仅仅是艺术，更是一种文化和历史。但他在表演这两个节目的过程中，总感到自己对“小脚”的舞步把握不到位。

“小脚”指古时女子缠足，又名“三寸金莲”。大量史料证明，宋代就已经出现缠足的习俗。民间有一种说法，缠足是为了让女子在走路时摇摇晃晃，步伐不稳，尽显婀娜多姿。现在看来，这是一种多么病态的审美。

尽管池文海小时候看到过缠脚女人，但作为男性，他很难完全洞察缠脚女性内心的真实感受。为了求艺，为了让自己表演的人物更加真实，池文海路远迢迢访到了安徽广德一位72岁的老艺人黄恒友。

黄恒友曾经是当地非常出名的花鼓戏演员，戏路特别宽，在业界有非常好的口碑。谁知道，池文海找到黄恒友家时，这位独身老人正重病在床，不能下地，一日三餐全都由亲戚照顾。

池文海干脆就在他家住了下来，一住就是一个礼拜，帮助他买菜烧菜，洗衣喂药，精心照料他。心诚则灵，老人得知池文海登门仅仅是想学习对小脚舞步的把握，非常激动。想不到他一个即将入土的人，还能碰到这样对艺术痴迷的人。于是，老人在床上打起精神，一句一句地传授自己的艺术秘诀，让池文海按照他讲的路数在床前认真学做，黄恒友再对其一一指点，直到满意为止。

池文海要离开的时候，黄恒友拉着他的手，恋恋不舍地说：“文海，你是一个真正爱艺术的人，也是一个真正懂艺术的人。能认识你我很高兴，谢谢你能够陪伴我这几天。以后，你演出的时候我一定要去看。”

但就在池文海学习小脚舞步回来后不久，黄恒友就安然离世了。

后来，池文海将《恨大脚》《恨小脚》两个舞蹈合为《恨大脚，恨小脚》一个舞蹈，由他同时扮演大脚妇女和小脚妇女两个角色，但

池文海表演《恨大脚，恨小脚》

以大脚妇女为主。一个乡村新媳妇在回娘家的途中偶遇一个小脚少女，十分羡慕她脚小人俏，便下意识地模仿其一系列动作，甚至用缠脚布裹住自己的双脚自我欣赏。但过不了多久，一阵钻心的疼痛使她步履艰难，“走一步，咬一下牙”，稍不留意便要摔倒。她再也受不了这缠脚的痛苦，奋力撕下裹脚布一扔，大声喊出“大脚好，大脚好，还是大脚好”的心声。在动作上，池文海采用了传统戏曲花旦的“十样景”表演身段程式，并融进了皖南花鼓戏中的“彩扇”“手巾”“花伞”等表演手法。在音乐上，独特的“十样景”锣鼓使人物的性格、细腻的情感和夸张的舞蹈动作浑然一体。唱词也进行了大量删减，改用伴唱，把原来以唱为主改成了以舞为主的形式。

该舞蹈向人们再现了中国妇女的缠脚历史，成功地塑造了一个活泼可爱、聪敏美丽、不为封建势力和传统观念所束缚的妇女形象。

1986年，在湖州市文化馆、站干部节目调演中，池文海自编自导的《恨大脚，恨小脚》获得了编导一等奖、表演一等奖。

《中国民族民间舞蹈集成》是我国民族民间舞蹈艺术的第一部总集，经全国艺术科学规划领导小组批准为国家艺术科研重点项目。能将本地或自己编创的节目编入该集成，是很多地方文化主管部门和文艺工作者的梦想。

1988年，池文海接到了为《中国民族民间舞蹈集成·浙江卷》编写《百叶龙》和《恨大脚，恨小脚》民间舞蹈相关篇章的光荣任务。对《百叶龙》相关内容的编写，池文海可以说是胸有成竹。而对《恨大脚，恨小脚》这个节目，表演没有问题，但要变成文字，他认为还需要补充完善。为此，池文海多次走访年逾古稀的管埭乡民间艺人程民干老先生。有一次，程老先生到乡里接受池文海的采访后，在返家途中不慎跌伤。池文海得知后很过意不去，不仅出钱帮他治疗，还买了营养品上门看望老人。程先生为他的精神所感动，尽力回忆，为池文海提供了大量的珍贵素材。

有人劝他:“这种又土又落后的民间舞蹈又没有什么市场，你这样又赔工夫又赔钱，还要担惊受怕，值得吗?”

池文海说:“我们国家有着历史悠久、丰富多彩的各民族的民间舞蹈，它们是我国的文化宝藏。这些民族民间舞蹈和人民群众的生活有着最紧密的血肉联系，在相当长的历史阶段里，它就在我们生活的各个领域中，陪伴很多人度过一生。可以说，只要有人类生活的地方，就会有民族民间舞蹈的翩翩身影。保护传承长兴的民间艺术，为《中国民族民间舞蹈集成·浙江卷》提供最真实的资料，让前辈的文脉与文化在我们的手中得以继承和发扬，是一名群文工作者的责任和义务!”

后来，《百叶龙》和《恨大脚，恨小脚》民间舞蹈的介绍、曲谱、唱词及池文海表演的照片等被完整收入《中国民族民间舞蹈集成·浙江卷》。为此，池文海还与其他在民舞集成工作中表现突出的同志一起，受到了浙江省文化厅和浙江省舞蹈家协会的表彰。

小镇故事多

长兴县林城镇是国家级首批非物质文化遗产项目百叶龙的发祥地，是文化部命名的“中国民间艺术之乡”和浙江省文化厅命名的“浙江省民间艺术之乡”。它地处长兴县西南，那里的山山水水我很熟悉。但我并不是经常去，我很赞同“时间和距离产生美”这句话。

算起来，林城镇和天平村我前后去过五六次，基本上都是为百叶龙而去。只有一次是为一位林城画家而去，这位画家名叫叶小舫。

2000年初夏，长兴县文联、林城镇人民政府为叶小舫举办了一场个人美术作品展，作为主办单位之一，县文联的同志自然要前去表示祝贺。当时，我刚从县图书馆调到文联工作不久，对美术作品的认知还十分有限，对国画的兴趣也不大。

这个展览主要是林城镇文化站的同志张罗的，在镇政府二楼的一间简易的展厅内，展示着叶小舫先生的五十几件作品。我非常认真地欣赏了全部作品，还和这位长得有点书卷气的长者握了手。叶小舫的画作内容主要为竹木、山水、芦雁，他画的芦雁很特别，身姿各异，返璞归真，全身墨黑，只有嘴巴和脚蹼是橙色的；而竹木山水画不仅清雅古艳，还有几丝唐风宋韵。当时我想，一位生活在乡镇的画家能画出如此水平，应该非常少见。

在我观展时，当地文化站一位干部悄悄对我说，叶小舫老师的画20元一幅，需要的话可以买几幅收藏。说实话，当时我对收藏国画不感兴趣，而外界传递给我的关于叶小舫的全部信息就是“他退休前在乡镇学校任美术老师”，导致我对这位老画家的作品价值的上升空间发生了严重的误判。其实，乡镇学校也一样会出人才，乡镇老师也可以画出大作品的，但我显然忽略了这一点。还有一个很现实的问题，那天我本打算买一幅老先生的芦雁，因为我认为他的画作中，个性迥异的芦雁最有特点。但一摸口袋，发现竟然忘了带钱包，跟人借钱去买画，又感觉不太好。就此，我失去了一次千载难逢的投资艺术品的机会。

时间很快来到2004年，有一天，一位作家朋友打电话问我有没有叶小舫的画，我说没有。隔了几天，又有一位湖州文友打电话问，你手上有没有叶小舫的画？我说没有。他们可能认为我在文联工作，手上一定有不少叶小舫的画，但我确实没有。两个电话一接，我顿生诧异，就说，你们要叶小舫的画可以到林城去找这位老先生买呀，价格应该不会高。对方说，这你都不知道啊，叶小舫老先生去年已经去世了，他的画现在被炒得很不好看了。

“不好看”是一句地道的长兴话，意思就是“很厉害”。我问：“不好看到什么程度?”对方说：“两三千块一平尺。”

天哪！吓了我一跳，一位长兴当代画家的国画能够被炒到两三千块钱一平尺，这简直颠覆了我的想象。

有人炒林城画家叶小舫的画，我意识到这不仅是因为叶小舫的画作质量高，值得炒，画家本人背后一定藏着不平凡的故事。我赶紧查资料，找熟人了解，才知这位深藏林城乡野的老爷子确实非等闲之辈。

1919年，叶小舫出生于林城桥南村。自幼家境殷实，7岁能画芦雁，早年曾就读于上海新华艺专师范科，师从顾坤伯，习水墨丹青。

1948年，在长兴师长潘韵的推举与担保下，他考入西子湖畔的国立杭州艺术专科学校（今中国美术学院）绘画科。国立艺专可是浙派名家的荟萃之地，叶小舫谦虚好学，深得前辈器重，先后受到黄宾虹、潘天寿、诸乐三、潘韵等国画家的教诲，画艺大进。

黄宾虹先生是叶小舫最为崇敬的一位恩师。黄宾虹驰骋百家，承前启后，他师法自然，遍游江山，故能胸贮五岳，浑厚华滋，其泱泱雄风令学子叶小舫万分神往。后在诸乐三老师的举荐下，叶小舫常常利用课余闲暇时间，前往栖霞岭黄宾虹先生的寓所求教。他为黄先生泡茶倒水，听黄先生滔滔不绝、深邃透彻的讲解。黄宾虹先生还赐这位谦虚好学的弟子“小舫”的艺名。

后来，家道中落的叶小舫因经济困难，不得不于1950年休学回长兴教书谋生。之后，他还因为历史原因，受到了不公正的待遇。尽管如此，叶小舫依旧心系艺术，无论是躬耕田园，还是饲鸡放鸭，只要有闲暇时光，他就在地上或旧报纸上苦练书法、绘画。

1978年，拨乱反正，叶小舫重回教育岗位。退休后，他过上了闲云野鹤般的生活。他头顶清晨的薄雾，身披黄昏的粉霞，寄情于长兴山水，将山间蒸腾的水汽，连绵群山，将所有的树、林裹挟成一团紧紧拥抱。他每日天色微明便起床跑步练拳，随后在晨光中作画，即拟宾虹师的山水笔法，又写缶庐翁（吴昌硕）的花草笔意。他心清性笃，深究笔墨意趣，勇于探求，锲而不舍，淡泊明志，宁静致远，画格高寒，终成大家。

看到这些资料后我才明白，林城真是一块藏龙卧虎之地呀！

后来，我越来越喜欢叶小舫的画，就从杭州一位董姓文友手上，以3000块的友情价，买下了一幅2.5平尺的叶老先生的山水画。这位朋友告诉我，他有50多幅叶小舫的画，是2000年之前以30块钱一幅的价格在湖州府庙的地摊上买来的。我听后大脑瞬间出现了几秒钟的停顿，感觉灵魂出窍，半天没有回过神来。

人生真是充满机会，就看我们能不能把握了。朋友显然是一位很有眼光并善于把握机会的高人，我自叹不如，惭愧不已。但我是乐观的，等到价格大涨，才收藏到老先生的一幅画，这也许才是最好的天意。

我把先生的作品在书房里张挂起来，一个人慢慢欣赏。这幅画中，先生用一个墨点表现一棵树，用一串点的相叠、错落、疏离，成就一片苍郁的林。他用横笔扫过，用浓墨、淡墨、干墨、湿墨、枯墨，留下了山水的轻盈、静谧、沉穆。他引导着墨与水的合作，衍生出别样的风景，在这些风景之中，有淡泊，有清寂，有闲适，有奔放的热泪，更有凝涩的泪水。

在这些通透的表达中，我看到长兴这方土地上流淌的水墨精神，看到了林城乡民的一颗颗赤纯文心。

我第五次认认真真、急急忙忙去林城，自然是为了写这本书。

这天是2023年6月27日。因为过了6月，我另有一些事要处理，所以我必须赶在6月的最后几天，去天平村完成采访任务，再一次深挖龙的精神与故事。

下午1点，我独自开车向西，准备先到林城镇政府接上文化站站长卢学杰后，再去天平村。从长兴西上了高速后，就发现西方的天空中有大块的云团遮挡住了热辣的太阳。这些云不是白云，是乌云，但又不是那种黑漆漆的积雨云。

我心想，应该不会下雨。当车接近林城高速收费站的弯道时，我突然发现西侧的乌云已经迅速向上爬升、翻滚。黑色成了这团大云的描边，而云的内部却闪闪发亮，感觉有一轮太阳就躲在这朵云的怀里。接下来，我继续向前，这团云依然在不断酝酿，不断变化，不断翻腾，在短短五六分钟之内，竟然变化成了一片有角、有嘴，还有双爪的龙头云，着实令我大吃一惊。

叶小舫作品

接上卢学杰往天平村去的时候，豆大的雨珠开始“啪啪”打在车顶和引擎盖上，声音特别响亮、特别硬朗，仔细观察前方的路面，才发现天上落下的已经不仅仅是大雨珠，还夹着大大小小的冰雹，但我们无处可躲，只能硬着头皮往前开，视线几乎只有三四米远。

龙果然喜水，能呼风唤雨。王长根的孙子王国平曾经对我说，以前他们村里只要一放露天电影，就会下大雨。想不到我这次去龙的故乡，会遇到如此大的欢迎阵仗，天平村实在是一个神奇的地方。

来到天平村村委会办公楼前，因为没有带伞，从车上下来进入村委会门厅尽管只有三四米，但因雨势太大，我们两个人都湿了身。

那天，村里帮我约了盛勇亮、谈金宝、曹福民三位长者聊聊百叶龙的事。盛勇亮在2018年三村合并时当过村书记，谈金宝70年代末至80年代初当过五年村主任，对村里的情况和百叶龙的故事十分了解，他们讲述的故事也非常生动。聊了半个小时后，我走出村委会，发现外面已雨过天晴，地上是湿的，还有一些小水洼，天上一尘不染，特别干净。

我来到不远处的谈小明家。

谈小明当过十多年的天平村党支部书记，是百叶龙第四代传人，2008年在北京人民大会堂被文化部命名为“国家非物质文化遗产项目龙舞《长兴百叶龙》代表性传承人”。

谈小明的家建在一个不大的池塘边，而门前的晒场则跃出池塘的水面之上，远远看去，整幢小楼像一艘军舰，或像一条上半身正跃出水面的蛟龙。这个晒场对谈小明来说，主要的功能并不是晒稻谷，而是舞龙——是儿子谈勇任团长的天平百叶龙艺术团舞龙队队员训练的场所。

这幢小楼一共三层，大约有200平方米。挑高的地下层很宽敞，里面放着农具、杂物，但最多的还是半成品龙和扎龙的材料，有三条扎好的龙用红布罩着，靠在墙上休息。

作为百叶龙代表性传承人，谈小明是龙的专家。从14岁起，他就是王长根书记和比自己大14岁的大哥谈春根屁股后的小跟班，等到他的上嘴唇扎出几根小黑毛，手臂上也有点小肌肉时，就开始跟着王长根和大哥造龙、舞龙，如今他已经和龙打了整整60年交道。

在天平，龙头那点活不传外人。王长根52岁那年把龙头交给了谈小明；谈小明45岁那年把舞龙头的活传给了儿子谈勇；2012年11月，53岁的谈勇又把舞龙头的活传给了31岁的儿子谈强伟。

谈勇是百叶龙第五代传人，在林城镇政府从事应急管理和安全生产工作。尽管他所从事的工作和舞龙没有任何关系，但他把工作之余的时间基本上都献给了他所喜爱的百叶龙。2023年，他还当选为林城镇文联副主席。

王长根与他的接班人

说实话，当年王长根40来岁时很想把自己的孙子王国平培养成一名优秀的舞龙队员，甚至是叱咤风云的舞龙头的队员。这是我1998年第一次去他家采访时，王长根的堂客杜秀珍告诉我的。王国平小时候长得虎头虎脑，深得爷爷奶奶的喜爱。爷爷外出舞龙，经常会带着他去见世面，想给他一点潜移默化的熏陶。

王国平小时候对百叶龙还是很感兴趣的，爷爷奶奶扎龙，他很乐意当帮手。但读到初中，他的想法开始发生了变化。因为生活告诉他，别人家陆陆续续住上了瓦房，但爷爷当了很多年的大队书记，还当了很多年的舞龙队队长，舞了几十年的龙，自己家里却依旧是三间破烂不堪的茅屋，生活过得不如人家。有一年夏天，一条乌梢蛇从房顶掉到他的床上，把他吓得魂都飞了。他希望自己长大后有能力让爷爷奶奶和全家都住进新瓦房。所以，他开始把对龙的热爱转移到建筑方面，他对造房子表现出极大的兴趣，人生梦想就是要当一名建筑工程师。

如今，王国平的梦想得以实现，他现在是当地很有名的土建工程师，参与建造的房子可以用千万平方米来计算。

2023年11月，我在长兴夹浦镇一家轻纺企业近两万平方米的建筑工地上找到他时，他正戴着黄色的安全帽，在一张很大的建筑施工图前指点江山。说起爷爷王长根，说起今天的百叶龙，他一脸感慨，我甚至还听出了他的一些遗憾。他说：“爷爷一心想要我成为一名舞龙队员，但自己年少不懂事，辜负了爷爷对自己的培养。因为那时候家里太穷了，舞龙并不能让我家富有。如今条件好了，我更加佩服爷爷，在当时那种非常困难的情况下，他能够不计报酬，全身心地爱着百叶龙……”

在孙子眼里，爷爷王长根是一个正直勤劳的人，是一名真正的共产党员，是一位称职的大队书记，他发掘了百叶龙，传承了百叶龙，再造了百叶龙，创新了百叶龙，领着大家将百叶龙精神发扬光大，获得了无数的荣誉，但他没有给自己和家人谋一点一滴的福利。曾经，队里的仓库进行改建，有很多拆下来的木头椽子，家人希望他能买几根回来，将自家茅屋顶上的那些快要烂掉的竹子换一下，但王长根坚决不同意。

因为几次上北京表演，县里、市里的领导都到家里来看望他。1982年，省委书记铁瑛亲自到村里看望王长根，并送给他一幅装裱精致的《毛主席去安源》画像。铁瑛书记临走时握着王长根的手嘱咐道：“长根书记啊，龙还是要坚持舞下去，优秀的文化传统我们不能忘，你以后生活上有什么困难尽管来找我。”

铁瑛书记走了以后，王长根对家人说：“领导是来看百叶龙的，不是来看我的。我们一定要把百叶龙发扬光大，给长兴、给省里市里争取更多的荣誉。我们不能做对不起百叶龙的事，百叶龙就像一件白衬衫，我们不能让它沾上一点点灰尘。”

谈小明是王长根的接班人。这个“接班人”有两层含意，一、谈小明是天平大队党支部书记的接班人，当过十二年的党支部书记；二、谈小明是“龙头老大”的接班人，先后舞了二十年龙头。在天平，举着龙头，就是举着红旗，是实力和光荣的象征，是村里人学习的榜样。

谈小明皮肤黝黑，瘦瘦高高的，说起话来慢条斯理，很有分寸，一看就是一个见过世面的人。现在，尽管他手臂上的肌肉已经不像年轻时那么饱满，但从皮肤下突起的根根静脉，依然能感受到他隐藏的澎湃力量。

谈小明生于1949年9月，上有三个姐姐，两个哥哥，大哥就是1957年和王长根一起去北京舞龙尾巴的谈春根。新中国成立后，谈家一共分了七八亩田。他告诉我，当年，一亩田最多只能产两三百斤稻子，这点粮食不够吃。

谈小明说："尽管当年收成少，吃不饱饭，但并不影响我们对美好生活的追求。舞龙很光荣，舞龙能让我们感到快乐，甚至还能忘了生活的贫困。小伙子能舞龙，找对象也容易些。"说到这里，他开心地笑了。

从14岁起，谈小明便开始跟着王长根和谈春根认真学习扎龙、舞龙。1980年，谈小明首次随王长根进京舞龙。那年，王长根由于身体和年龄原因，从"龙头老大"的位置上退了下来，将舞龙头的任务交给了谈小明，还将天平村百叶龙的其他事务也慢慢交给了谈小明打理。王长根看好这个年轻人，他认为谈小明不仅舞龙技术全面，为人也忠厚沉稳，吃得起苦，办事靠得住。

1980年5月，共和国的大地上吹来一阵文艺的春风，全国部分省、市、自治区农民业余艺术调演将在北京举行，百叶龙舞蹈再一次被列为浙江省的参演节目，将第二次进京。

有人说，北方人舞龙的代表性动作是"抖"和"捅"，充满了耿直和彪悍。而南方舞龙则较为温柔，主要的动作就是"舞"，也就是游走和转圈，特别讲究连贯性、流畅性。

一开始，百叶龙的龙头有近30斤重，因为用铁丝和竹片扎成的龙身架子本来就已经够重，在缺少塑料和发泡材料的年代，为了让龙头看上去更加饱满，只能用牛皮纸当面膜和着糨糊一层一层往龙头架子上贴，硬生生贴出一个又笨又重的大龙头。

把30斤重的龙头举起来，对王长根、谈小明这种壮汉来说没问题，舞上几分钟也不会有问题，问题是舞龙头的人可不是在单独舞龙头。在龙头的带领下，龙才能形成一个整体，才能舞出优美的姿态，才能随着龙珠起舞翻腾。所以，在舞龙头的时候，舞龙人除了要承担龙头本身的重量，还势必要承担很大的牵扯力。难怪有人说，舞龙头的人不仅要有蛮力，还要有巧力，要有很好的协调和配合能力，要有很强的全局观，是整条龙的脊梁和灵魂。同样，十多个舞龙人是一个整体，只要有一个人配合不好，这条龙就会像得了腰椎间盘突出，身体就不圆润、不流畅了。当然，舞龙尾巴的人也很了不起，龙头走一步，他要追十步，是最忙碌的。有人总结道，最累的人就是舞龙头的，又忙又累的人是舞龙尾巴的。

此次进京，长兴把提升百叶龙、展示百叶龙的重任交给了池文海。

这一次，池文海心里有了要将“舞龙”变成“龙舞”的想法，这是他多年积累起来的对百叶龙的想法，他要让百叶龙从内到外更加艺术，更加完美。

这次进京，池文海编排的百叶龙舞蹈阵容为11位舞龙队员、1位龙珠队员、6位云牌姑娘、2位蝴蝶姑娘。要提升舞蹈表演水平，池文海决定首先在减轻龙头重量这个关键问题上下功夫。他认为，龙之首，是看点，是引领，体力再强壮，举着30斤重的龙头不停地奔跑，还要变换各种姿势，15分钟舞下来肯定会体力不支，精疲力尽。体力跟不上，演出效果就会大打折扣。所以，把龙头的重量降下来，才能彻底解放舞龙头的队员。龙头轻盈灵活了，龙身才会更加潇洒自如、灵活流畅，整条龙将更加出神入化。

一个龙头应该几斤重

石玉楼是一位挚爱传统文化又积极参与百叶龙道具制作和创新的民间艺术家。他个子瘦瘦高高的，一双手干瘦细长，修剪得干干净净。这双手非常灵巧，从这双手里诞生的每一条百叶龙都能闪闪发光，飘飘欲仙，腾云驾雾。他曾在常州京剧团从事道具工作，来到长兴越剧团后依然做他的老本行。

20世纪60年代中期，有一天中午他正摇着小船，在去乡下的演出途中，突然有一个自称是他的戏迷的男人向他招手，船靠了岸，那男人跳上船，问石玉楼讨一口饭吃，老石想都没想，就把自己中午准备吃的一碗米饭给了这个男人一半。结果没想到，后来这个男人被公安给抓住了，是一个“现行反革命”。在“文化大革命”期间，石玉楼自然也因为“半碗米饭”被打成了“现行反革命”，饱受摧残，但这一切并不影响他对艺术的热爱。他自小爱龙，每次有机会外出，凡到有龙处，一定会停下来仔细观察研究。到长兴后，池文海对石玉楼的手艺和为人非常欣赏，每次领到百叶龙的演出任务后，一定会请上石玉楼一起参与百叶龙道具的制作。但碍于他的“现行反革命”帽子还没有摘掉，这一切只能在私下进行。

渐渐地，石玉楼深深爱上了百叶龙，他除了向池文海请教，还经常到天平村去向王长根、谈小明等造龙高手学习做龙技巧。

后来，池文海因为编导任务繁重，就很少参与百叶龙道具的制作了。石玉楼对百叶龙的构造进行认真学习和反复研究后，开始有了更多自己的想法，其制作水平大有“青出于蓝而胜于蓝”的境界，深得同行的赞扬。

百叶龙制作传承人石玉楼

石玉楼知道百叶龙的龙须该从下巴或上唇的哪块肌肉上长出来，该长多长。他知道如何让龙鼻子旁边的两根细长的须抖动起来。他还知道龙的嘴巴该张多大，下巴壳能否一张一合，嘴角能否微微向上扬，让人看起来喜气洋洋，能与观众互动交流。他当然知道每一朵荷花该由几个套环构成，每个套环该留几毫米的空隙，才能使龙体从花变龙时的瞬间一蹴而就，并且在狂舞中也不会脱节。

他像一位航天飞机工程师，熟稔每一个零部件。当然，与航天飞机工程师不同的是，石玉楼不用考虑自己制造出来的龙能否飞起来，能飞多高多远，他只考虑这条龙是不是全中国最漂亮的，是不是牢固，扯不散又拉不断。

由于受制作材料的限制，五六十年代的龙头和龙身又重又粗糙，龙须是用麻线做的，龙眼是一个木头疙瘩，其他主要的材料是竹子、木头、草绳、绵白纸等。在那个生活简单、不太讲究艺术的年代，“重”也许算不上是一个很大的缺点，只是苦了累了“龙头老大”。

时间来到70年代末期，市面上生活生产资料渐渐多了起来，有了白棉布、丝绸、人造彩珠、泡沫、塑料、颜料，有了强力胶，还有了各种规格的铁丝、钢丝、尼龙绳……为制作百叶龙提供了更大的选择空间，这种变化有点像以前走进一家面店，只有一碗清汤面和几粒小葱，现在有了炒鳝丝、酱牛肉、青椒炒肉丝、荷包蛋等各种配菜，让一碗面有了大餐的气场。丰富的材料，让对艺术精益求精的长兴群文工作者对百叶龙道具的改造提升又有了很多革命性的思考。

在聚光灯下，龙头是最大的亮点，每一个细节都必须做到精致入微，栩栩如生。龙头的制作像汽车发动机一般复杂，框架完成后，还有龙鼻、龙眼、龙角、龙须和洁白整齐的牙齿、粉红的舌头，包括关键的上下腭框架等。如果制作特别考究，龙的眼睛还必须会亮。龙头顶上那朵碗口大的纸荷花和火焰两边的小藕、绒球、小荷花等装饰性物件必须栩栩如生。龙颈处固定上八层荷花，必须像贴身的围脖一般，恰到好处。这些花花草草的点缀，可不纯粹是为了好看，这些都是有依据、有故事的。

石玉楼用他细长的巧手，在原来的百叶龙制作工艺上，又进行了大胆的创新。石玉楼平时不爱出门，喝点绍兴加饭酒后，最大的乐趣就是坐在自家的客厅里做龙，让一条条身披888片粉色龙鳞的长兴龙在手中成形、鲜活。

七八十年代，舞台上用的“行头”，包括道具，演员的服装、鞋子、头上戴的装饰物等极为精细的手工作品，在普通商店里根本见不到。长三角地区，只有上海有几个地方可以定做，但价格昂贵。从这个意义上来说，长兴百叶龙当时能够在北京的舞台上呼风唤雨，大显神威，石玉楼做出了很大的贡献，是一位不可缺少的幕后舞龙人。

尽管王长根、池文海、谈小明都会做龙，但往往在接受一项比赛或演出任务后，都需要一条全新的龙，或对原来的龙进行大修。同一班人马，这边要对舞蹈进行重新编排、训练，那边又要做龙，时间往往来不及。所以，池文海后来就公开向文化馆领导提出，请石玉楼帮忙做龙。

馆长许成才挑了担子：“行！就请石玉楼做吧。人家有本事，还是要发挥人家的特长。”从此，去大场合演出或参加高规格比赛，做百叶龙道具那点事一般都交给石玉楼。

后来，石玉楼获得平反，扣在他头上的“帽子”被摘掉了，他就更加放心大胆钻研百叶龙制作工艺，手头的活也更多了。

池文海把百叶龙舞蹈编排得更加诗情画意，石玉楼把龙做得更加美丽动人，王长根、谈春根、谈小明把龙舞得更加行云流水、气势恢宏。

物尽其用，人尽其才。长兴让专业的人做专业的事，这是正确的选择。

这一次去北京前，池文海突然认为要和石玉楼当面商量一件非常重要的事。因为龙头由石玉楼负责制作，龙身和龙尾则由王长根、谈春根、谈小明等人负责制作。龙身和龙尾没有问题，但龙头让池文海放不下心。

当池文海和文化馆音乐干部钱初生出现在清文路上的长兴越剧团家属宿舍区时，石玉楼手捧着一把紫砂壶，正在家里欣赏自己即将完成的龙头。

因为石玉楼只专心做龙，龙在舞台上翻腾时的真实感受他并不完全了解，他更关注龙的外观。好看，是他做龙的硬道理，至于龙头的重量和实用性，他不大关心。

而在池文海、王长根、谈小明他们眼里，好看固然重要，轻便实用同样也非常重要。

所以，当池文海看到石玉楼接近完成的那个花枝招展、插满了红色杨梅球的龙头时，气不打一处来，伸手就将几个毛茸茸的杨梅球"唰唰"拽了下来，往旁边一扔。

石玉楼一看，眼睛直了，嘴唇也抖了："你，你干什么？你干什么？"

"干什么？华而不实，根本不需要……"池文海说话干脆利落。

想不到两个人一见面就急上了，钱初生赶忙打圆场。钱初生年纪不大，但在艺术这行里也算是一位老把式，他说："石大师，池导演的想法是去掉一些华而不实的东西，这些东西在舞台上可有可无，观众坐在台下根本不会注意到。而且，通过去除一些不必要的东西，还能给龙头龙身减减肥。"

好在大家平时是好朋友，都了解彼此的性格。最后，干脆坐下来把各自的想法摊在了桌面上。池文海给老石打了一个比方："芭蕾舞演员为什么只穿薄薄的布鞋，如果给她穿上一双皮鞋甚至是靴子，她能跳得那么轻盈吗？石大师，30斤的龙头，真的太重了。当'龙头老大'咬着牙，把全部心思都用在自己能不能再坚持一分钟这上面，他还能把龙舞漂亮吗？你必须用新材料，重量一定要降下来，降下来……"

这么一说，石玉楼总算明白了，表示："池导演，不瞒你说，很多材料我都用了十几年了，可以说是驾轻就熟，闭着眼睛也能做。你说的这些新材料我没尝试过，再说，用了新材料，里面的很多工艺都要重新调整，需要给我一点时间琢磨一下。"

池文海最后对石玉楼说："石大师，你做的龙很漂亮，自然没的说，也从来没有人不相信……这次我们上北京是去舞龙，不是把百叶龙拿到北京去展览。你知道的，舞台上，一切都要又轻又牢又漂亮！如果你做的龙头又轻又牢又漂亮，不超过20斤，我就佩服你，我们大家都会更加佩服你。”

池文海的话十分管用，老石听到心里面去了。

经过这次认真坦诚的交流，石玉楼之前只关心自己做的龙漂亮不漂亮，现在开始关注如何把龙头的重量降下来，哪怕能为龙头减重一斤一两也值得。

石玉楼在选用材料上想办法，他到处寻访适合制作龙头的轻质材料。在保证牢固的情况下，一是大量采用了泡沫雕塑工艺；二是减少铁丝的使用，尽量使用韧性非常好的尼龙丝线、细钢丝和胶布。他把买来的每一件新材料用秤反复地称，一两一两往下减，硬是将龙头的重量从原来的近30斤直降到16斤。

石玉楼还对龙舌、龙须、龙眼进行了改进，让一根弹簧片发挥作用，使龙舌在舞龙时能上下颤动，看上去更加活灵活现。原来龙头上

长兴县文化馆非遗馆内陈列的由石玉楼制作的百叶龙

有十几个杨梅球，百叶龙鼻子两旁的龙须也是直的，现在，石玉楼去除了其他杨梅球，将龙须做成弹簧状弯曲向上，只在龙须顶上保留了两个毛茸茸的杨梅球，舞龙头的演员稍一使劲，杨梅球就会不住地抖动，显得更加活泼可爱。龙眼也采用了有机玻璃材质，这双水汪汪的龙眼上眼皮能半开半闭做出沉思的表情，但一发力，就能突然睁大眼睛。最神奇的是，你无论站在什么方向，都能感受到这双龙眼在意味深长、含情脉脉地看着你，与你进行情感上的交流。关键是这双龙眼在灯光暗下来的时候还能发光，龙的全身都能发光。

这一下，长兴县文化局的领导及池文海、王长根、谈小明都非常满意。

年岁不饶人，以前30斤重的龙头，王长根一口气舞上20分钟都没问题，现在舞上三五分钟就有点气喘吁吁，使不上劲了。哪怕是龙头重量降到16斤，舞龙头这份活，他依然感到有点力不从心。

尽管有一些不舍，但应该是确定接班人的时候了。这一次确定去北京后，王长根就把舞龙头的重任交给了谈小明，自己选了龙中间的一节来舞。那天，当他把龙头交到谈小明手里时，眼眶有些泛红，只说了一句话："小明，我相信你是一条龙！"谈小明接过龙头，使劲点点头，只回了五个字："师傅请放心！"

王长根31岁开始舞龙头，他把龙头交给谈小明那年，谈小明正好也是31岁。谈小明知道手里的龙头的分量，但他不善于言谈，他更愿意用自己的行动来表达内心的情感。刚过而立之年的他，经验丰富，正是血气方刚的年龄，对他来说，舞龙头，体力上没有问题，现在，龙头的重量又降了下来，他心里想：我要让龙飞起来！

进京前，除了对百叶龙道具进行了优化、减重，池文海和杭州的专家们还对百叶龙的舞蹈、音乐、服装和其他道具做出了一系列重大改进。

舞蹈动作方面，池文海在着力刻画百叶龙的性格上下功夫，将百叶龙的聪明和智慧贯穿于游、滚、睡、卧、腾和出水、盘柱等一系列动作中，使其艺术形象更加饱满。走阵则采用长蛇阵、剪刀阵、前后插花以及游龙、盘龙、逗龙等。他要求伴舞的女演员必须走云步，或走小台步，舞龙的男演员则走小碎步，并采用直躺舞龙，或摇船舞龙等新动作，这些都是“池式”百叶龙舞蹈动作的特点，浓缩了多年来他对民间艺术的理解。

1980年版的百叶龙舞蹈编排中，还有两位扮演蝴蝶的女演员，她们身上背着一对彩色的蝴蝶翅膀，在舞台灯光暗沉，荷花即将变龙时绕着荷叶云牌翩翩起舞，以展现民间故事中小龙落难失去尾巴后，蝴蝶飞上去奋勇成就小龙一跃而起的情景。这是一段非常优美的舞蹈动作，但此时为了方便荷花变龙，舞台的灯光已经暗下来，蝴蝶姑娘的精彩表演在台下的观众看来就有点雾里看花，朦朦胧胧。为了解决这个问题，池文海决定在每一对蝴蝶翅膀上点缀一百个手电筒电珠泡，并在女演员的服装里暗藏两节电池。等舞台灯光渐暗，剧情需要时，女演员只要一按开关，翅膀上的电珠泡就像满天星斗般闪亮起来，为整个舞蹈增添不少光彩。

百叶龙舞蹈的伴奏音乐当然很重要，池文海邀请了湖州市群艺馆著名作曲家吕奇先生出场，对原来由长兴音乐爱好者许自强谱曲的主题音乐进行了加工提升，让江南意蕴更加鲜明，让笛子丝竹、唢呐锣鼓，紧紧围绕整个百叶龙舞蹈的故事情节起伏、展开。

此次进京，除了林城天平村百叶龙舞龙队的骨干队员全部上阵，池文海还专门物色了一位舞龙珠的小伙子柳世林。

柳世林出身梨园世家，父母是长兴花鼓戏剧团的演员，后来，长兴花鼓戏剧团转成长兴黄梅戏剧团，父母自然又成了长兴黄梅戏剧团的演员。因为受到父母的影响，柳世林从小就对舞台表演表现出极大的兴趣。

1978年，17岁的他高中毕业以后，被分配在长兴中百公司的小百货批发站工作。在计划经济年代，买一把凉伞都要凭票供应，柳世林上班的长兴中百公司南门桥批发站里面，货架上那几千种琳琅满目的紧俏商品，曾经吸引了无数长兴人的目光。在大家眼里，他这份工作绝对是个香饽饽。

但是，柳世林并不在意货架上那些商品，工作之余，他经常会在批发站的货架中间来上几个后空翻，让其他同事目瞪口呆。

长兴剧院与长兴县文化馆相距不到百米，在长兴电影院还没有建成之前，长兴人看戏、看电影都在长兴剧院内。为了买上一张电影票，排队排上个把小时，将衣服扣子挤脱、鞋子挤掉这种事，经常会在长兴剧院售票的两个小窗洞前发生。

长兴剧院有一扇后门，门一开就是曹家弄，能看到青烟袅袅中，张家的媳妇李家的婆，拿着一把蒲扇，歪着脑袋正在自家门口发煤饼炉子。现在，那个地方属于繁华的东鱼坊。

柳世林的家就住在附近。他每天下午放学回家的辰光，剧院的舞台上，美丽动人的杨学梅，英俊潇洒的钱初生、郭小庆等长兴越剧团的当家青年男女演员正在一丝不苟排练着革命样板戏《沙家浜》。一个片段唱罢，其他演员开始登台排练。有的练劈叉，有的练前空翻、后空翻……

从读小学一年级开始，柳世林就被这一切吸引。每天放学，书包都来不及回家放下，他就会来到剧院内盯着舞台看。后来，单是看看已经满足不了他内心的小世界，从二年级开始，他就一招一式跟着学。可能是遗传了父母的表演天赋，他模仿能力特别强，又精力旺盛，经常独自溜进长兴剧院，在舞台上练习前空翻、后空翻、劈叉、倒立等高难度的动作。

1979年7月，长兴的天气正热，文化馆门口解放路上的两排高大的法国梧桐树枝叶繁茂，知了在上面尽情呼唤。文化馆东侧的长兴食品厂门市部里，一台巨大的冰柜正在发出“轰轰”的声响，朝马路上喷着热气。冰柜里的奶油冰棍五分钱一支，盐水冰棍三分钱一支，但很多人吃不起。

如果你不差钱，口袋里装着两毛钱，就可以大胆走进店内，选一样自己喜欢的冷饮。如果你囊中羞涩，那只能和我一般在门口感受一下冰柜喷出的热气和朝里面看看了。

我12岁那年的夏天，长兴的气温特别高，当时家里没有空调，也没有冰箱。我和毛毛、阿宝等几个邻家男孩在家门口玩红军长征的游戏。

红军长征的经历很不简单，要过雪山、吃皮带、啃树皮。过雪山其实我们很喜欢，但条件不容许。吃皮带也很想试试，因为我们不知道皮带烧熟后吃起来是啥味道。但这也是不可能的，我们当时还不具备把父亲仅有的一根牛皮带子偷出来剪成几截煮煮吃了的胆量。所以，我们只能啃树皮了。

树皮不稀罕，我家居住的老雉城镇政府后的院落内有四棵法国梧桐，一到夏天，这些树的皮就会像死鱼的鱼鳞被晒干那样大片大片拱起来，有人甚至把树皮剥下来当柴烧饭。

为了表达学习红军的坚定决心，这天，我们决定进行一场吃树皮比赛，而且还规定，谁吃得多，谁就可以当红军连长。我抓了一块树皮放进嘴里就嚼，感觉很粗糙，没什么味道。阿宝也抓了烧饼那么大一块塞满了嘴，弄得连话都说不出来了。其他几个伙伴纷纷抓起树皮往嘴里塞，一个比一个胃口大。因为我们还规定，吃得最少的那个人必须当土匪。显然，谁都不想当土匪。

忽然，毛毛在咬进树皮的一瞬间大声惨叫起来，并连连把嘴里的碎树皮往外吐。大家蹲下一看，发现毛毛竟然将粘在树皮上的一个刺毛给咬烂了，天哪！

刺毛也叫毛辣子，一到夏天，很多树上可见，梧桐树上最多。这种虫扁扁的，全身都长着有毒的毛，人只要碰一下，马上就会像见了鬼一般跳起来，并且，皮肤也会立马红肿起来，痛痒无比。这种虫的卵就生在树皮上，比黄豆大一点，外形像小小的麻雀蛋，蛋中藏着一个小刺毛，小刺毛身上也长着毛，而且非常毒。

此时，毛毛的嘴看上去有点像汉堡，迅速肿大起来的舌头就是香肠。他大哭着，把“香肠”伸出来，一点也不像红军了。我想，如果他半夜这么干，一定会吓死很多人的。

阿宝把毛毛的爸爸叫来。毛爸显然对我们这种荒唐的行为很生气。他大声训斥着毛毛，要拉毛毛去医院。毛毛却说要去另一个地方。因为舌头大了，发音成了问题，毛毛重复了好几遍，他爸才听清毛毛在这种要死要活的时候心里牵挂的究竟是一个什么样的神秘地方。

那个令人神往的地方就在文化馆旁，里面的奶油冰棍五分钱一支，绿豆汤一毛钱一碗，红果汤最贵，要两毛钱一碗。这个地方我每天上学放学要经过四次，每天都能感受到里面喷出来的热气。我一直没弄明白，为什么冰柜喷出来的气是热的，但肚子里的冰棍却不会融化掉。

吃冰棍在那个年代是一件很奢侈的事。当年两分钱能买一个刀切馒头，可以打发一顿早饭。条件好一点的人家，花一角钱可以买一只大西瓜用网兜装起来，吊到井里去冰镇一下，晚上把西瓜拎起来“杀”了，十几个人可美美享受一顿。所以，怎么算吃冰棍都是不划算的，是一种资产阶级的浪费行为。

最终，毛毛进了冷饮店，他得到了一支冰棍，幸福地坐在店里的长板凳上。他把冰棍的“衣服”小心脱去后，拎着赤裸的冰棍，颠来倒去欣赏着。最后，他终于忍不住了，用冰棍在自己火热的大舌头上像烤香肠那样翻来翻去。

而我们这些“小红军”，当然只有在马路对面远远看着咽口水的份了。

一头白发的长兴县文化馆副馆长老丁从馆内走了出来，他穿过了马路。

长兴解放前并没有文化馆，但有一个民众教育馆。1949年5月长兴解放后，县人民政府接管了民众教育馆，将民众教育馆改名为县人民文化馆，1952年改名为县文化馆。1956年，文化馆增设了图书室、文物藏品室，功能逐渐完善。1962年，文化馆又增设了文艺组、办公室、阅览室、财务室。1964年至1967年，扩建馆舍7间共200平方米，还拆除了一些旧建筑，改建了一个400多平方米的展览大厅。改革开放以后，县文化馆工作人员增至13人，文学创作、美术、书法、摄影、舞蹈、音乐、戏曲等各条线上都配备了专职干部，还设立了《紫笋》杂志编辑部。随着国家对文艺事业的日益重视，1983年1月，文化馆、图书馆、博物馆三兄弟正式分家，尽管三馆依然生活在同一块地盘上，但各自都已经是完全独立的单位了。

老丁穿过马路进了对面的中百一店，上了二楼，他找到了工会主席老孙，说要借调柳世林到文化馆工作一个月，参加一个重要演出。因为当时文化馆正在排练百叶龙舞蹈，导演池文海向馆领导提出，要让柳世林来舞龙珠。

舞龙珠是个硬活，不是一般的演员可以凑合的。看过舞龙的人都知道，这直径约25厘米的龙珠，可以说是龙的指挥棒。从开场到终场，这龙头自始至终都被龙珠深深吸引，跟着龙珠叱咤风云、勇往直前。内行人一看就知道，如果龙珠和龙嘴巴始终保持着10厘米左右的距离，证明舞龙珠和舞龙头的两个演员的技术都很高，反之，如果龙珠、龙嘴一会儿吻在一起，简直要把龙牙磕掉，一会儿又好像闹意见相距甚远，只能证明这两个人的契合度还有待提高。

舞龙珠是除了舞龙头、舞龙尾之外的另一个绝活，其他舞龙身的队员苦练上十天半月勉强能上场对付一下，但龙珠、龙头、龙尾这三份硬活，是绝对无法凑合应付的。

舞龙珠的队员必须身手矫健，而且要有戏，最好有点武戏的基本功。池文海是个爱才的人，他在长兴剧院编排节目时，曾经看到这个小伙子在一旁练习前空翻、后空翻，也知道他是长兴花鼓戏剧团演员的后代，是一个一心想成为演员的超级发烧友。所以，这次进京，他一下子就想到了这个小伙子。

工会孙主席明白了丁馆长的来意后，眼睛眨巴了半天，想不到自己的部下里竟然还有这种能够舞龙珠的人才。当时，文化馆和中百一店门对门，是低头不见抬头见的邻居。中百一店平时搞个联欢，排个节目，少不了要请文化馆的老师来帮忙。所以，他当然无法拒绝，就说了一句："就一个月哦，丁馆长，我们人手也很缺的，只能借一个月。"

也正是从这一次借调开始，柳世林的人生道路发生了转变，从此走上了自己所钟爱的艺术道路。

到文化馆参加百叶龙舞蹈的排练后，柳世林才知道，发现自己的伯乐就是文化馆的编导，也是百叶龙舞蹈的编导池文海老师。

久违中南海，影片不好拍

百叶龙的再度进京，得到了浙江省委、省政府的高度重视，时任省委书记铁瑛还专门到舞龙队下榻的宾馆看望了舞龙队员们。铁瑛书记身材高大魁梧，说起话来慢条斯理却又中气十足，他语重心长地对全体演职人员说："同志们，你们这次去北京表演，可不是代表某一个单位，某一个地方，而是代表我们浙江省。这是一个光荣的任务，同时又是一个艰巨的任务，所以，你们一定要认真完成任务。我也相信你们，一定能完成任务！"

这次，百叶龙舞蹈的主要演出地点依然在北京市工人俱乐部。北京市工人俱乐部在北京市宣武区（2010年撤销，并入西城区）的东部，靠着虎坊路。建筑面积达9000平方米，有1300多个观众席。这个地方，1957年王长根就带着百叶龙来舞过。那时，北京市工人俱乐部是北京规模较大，能演出戏剧和中型歌舞并能放映电影的场所之一。

人一天天变老，无法逆转，但房子一装修，就能焕然一新。经过一番修缮提升，北京市工人俱乐部又有了根本性的变化，成了一个现代化的多功能剧场。化妆室、服装间、休息室等也一应俱全。舞台口宽达到了13米，深16.5米，高达9米，很适合舞龙和中型歌舞节目的

1980年，时任浙江省委书记铁瑛（后排右5）与王长根（后排左3）、池文海（后排右1）、谈小明（后排左4）、石玉楼（后排右4）、柳世林（前排右3）等部分进京参加会演的演职人员合影

表演。

1980年6月1日，全国部分省、市、自治区农民业余艺术调演在北京市工人俱乐部隆重开幕。百叶龙舞蹈在十三个代表队的众多节目中被推荐为开场戏。

那天，音乐声起，舞台上有两只色彩斑斓的蝴蝶在荷塘边轻歌曼舞，不一会儿，一朵特大的荷花飘进池中，九朵荷花随后鱼贯而入，一对彩蝶紧紧尾随。突然，在阵阵电闪雷鸣声中，荷叶们相聚在一起，被荷叶护着的舞龙队员迅速将荷花底部的铁丝钩巧妙相连，霎时，两只彩蝶化成刚劲有力的龙尾，与龙躯镶嵌得天衣无缝。这漂亮得无以复加的朵朵荷花在众目睽睽下，像川剧中的变脸绝活一般，突然以一条龙的姿态在荷叶丛中出现了。台下的观众惊呆了，精彩的表演博得了观众一阵阵雷鸣般的掌声。

1980年的再度进京，王长根早已没有首次在北京舞台上舞龙时的紧张和拘谨。这一次表演，龙头谈小明也很洒脱、很自信，他的贴地舞龙技术在这一次得到了淋漓尽致的发挥。贴地舞龙技术就是在转圈时幅度更大、更圆，视觉效果更震撼。舞动时，龙头和地面仅仅只剩一厘米左右的距离，一般人根本就不敢玩，因为这一招玩得不好，后果就是把龙鼻子或龙嘴巴给擦破了皮，撞掉了牙，甚至会撞歪、撞断龙角。

百叶龙舞蹈不负众望，在全国十三个省、市、自治区代表队报送的优秀节目中脱颖而出，荣获全国部分省、市、自治区农民业余艺术调演一等奖。

北京城轰动了，《人民日报》、新华社、《光明日报》、《中国农民报》以及相关电视台、广播电台等五十多家新闻媒体和中外记者先后

1980年部分省、市、自治区农民业余艺术调演节目单

对百叶龙队员进行了采访。新华社、中新社分别用英、法、俄、阿拉伯等文字向外发稿，宣传农民业余艺术调演的盛况，并对百叶龙舞蹈的精彩表演做了专题报道。

我看过一份珍贵的资料，纸张已经泛黄，这是中共浙江省嘉兴地委宣传部为全国农民业余艺术调演而编印的一份内部资料《情况交流》（1980年7月24日），其中的编者按这样写道：

> 我省长兴县的《百叶龙》和吴兴县的《小篷船》两个舞蹈，代表浙江省参加1980年全国部分省、市、自治区农民业余艺术调演，在调演中，这两个节目都获了奖，并拍了电影，特别是《百叶龙》受到了一致赞誉，这对我们进一步搞好群众文化工作是一个鼓舞、鞭策和推动。

这份《情况交流》还指出：

> 这次农民业余艺术调演从6月1日开幕至6月11日结束，历时11天，先后共演出16场，6月10日、11日在怀仁堂为中央和国务院领导作汇报演出2场，受到中央领导同志亲切接见。
>
> 5月30日，我们的演出队刚到北京四招住下，前来采访的新闻单位就有《人民日报》、《光明日报》、新华总社国内部和国际部、中央电视台、北京电视台等。新华社6月1日在对外新闻中专门发了消息，主要是对我省的《百叶龙》舞蹈作了报道。《百叶龙》舞蹈演出时，观众反应强烈，中间鼓掌六次。演出结束，领导上台接见，周扬同志对舞龙演员说："龙舞得好，做得也好。1957年我看过你们的表演，这次比以前又有了很大进步。"文化部负责演出的同志说："以前在北京看演出，中间鼓掌是不大可能的，《百叶龙》舞蹈鼓掌那么多，证明这个节目的确很受欢

迎。”文化部群文局局长许翰如多次提到，所有的舞蹈节目中，《百叶龙》舞蹈最好。各省的观摩代表反映：整个调演中，大家议论得最多的是《百叶龙》舞蹈，认为节目好，既继承了传统，又有新的创造，意境很美，别致新颖，看了很亲切。表演艺术、舞美都很好。龙做得也很精致，接龙很快，不知怎么一下，荷花就变成了龙。

《北京日报》1980年6月6日刊发的一篇报道这样写道：

浙江代表首先表演了《百叶龙》舞蹈，由男女演员20多人扮成荷花、祥云、蝴蝶，随着悠扬的歌声翩翩起舞。突然，雷声大作，灯光转暗，一条十数米的蛟龙，从荷花池中跃起，翻腾起舞，九曲十回，那倒海翻江、气贯长虹之势一下子把观众吸引住了。《百叶龙》舞蹈应该说一上场就把全场观众的情绪抓住了，当百叶龙在台上飞舞时，台下的观众轰动了，掌声、叫好声响成一片。

这一次去北京，池文海、王长根、谈春根、谈小明、柳世林和长兴的其他舞龙队员在北京整整待了45天。因为调演结束后，舞龙队员又接到了新的任务，被挽留在北京，继续进行排练，参加由中国农业电影制片厂负责拍摄的彩色纪录片《泥土的芳香》。在那个年代，能够拍彩色纪录片，是非常了不起的荣誉。

除了参加纪录片《泥土的芳香》的拍摄工作，百叶龙还与其他七个获得名次的表演团队受邀到中南海汇报演出两场。

能进中南海怀仁堂为中央领导人进行表演，这是大家万万没有想到的。前一天晚上，很多人都来到了王长根、谈春根的房间，听他们讲1957年第一次进中南海舞龙的场景。那晚，大家满脑子想象着中南海内的模样，想象着能在中南海看见哪一位中央首长，一激动，直到后半夜才睡着。

1980年6月10日晚6时整，首都华灯璀璨。新华门前，几位威风凛凛的持枪武警正在站岗。新华门是中南海的正门，为中南海的标志性建筑，是一幢两层建筑，面阔有七间，下层中央三间为门洞。门口正中，有一面高高飘扬的五星红旗，门旁的哨兵，日夜注视着车流涌动的长安街。

当路人的视线穿过洞开的大门，会被毛主席书写的“为人民服务”五个熠熠闪烁的金色大字吸引。新华门两旁的八字影壁墙上，还有“伟大的中国共产党万岁”“战无不胜的毛泽东思想万岁”的标语。

长兴舞龙队员们从大门依次走进了中南海，大家不敢多说一句话。中南海内太安静了，给人一种庄严肃穆的感觉。此时，就连平时喜欢开玩笑的队员也闭上了嘴，只是用好奇的眼睛东张西望。

当晚，演出的地点在怀仁堂。观看表演的党和国家领导人有万里、姚依林、王任重、谷牧等。

一切准备就绪后，怀仁堂的灯光渐渐暗了下来，紫红色的厚重大幕徐徐拉开，舞台上灯光璀璨，云雾缭绕，满池的荷叶随着少女优美的身姿变化而舞动，给人以梦幻般的感觉。随着一群小伙子的出现，朵朵荷花突然点亮了整个仙景般的舞台。荷花在碧绿的荷叶中穿行，给人以眼花缭乱之感。突然，灯火变暗，十八朵荷花随着一声霹雳，变成一条艳丽又阳刚的龙。变龙这一瞬间产生的神奇效果，着实令人目瞪口呆。百叶龙在舞动时的气势如春雷滚滚而来，那惊心动魄的场面令人震撼。

演出结束后，领导们上台和队员们合影，王任重副总理一眼就认出了演员队伍中的王长根，上前一下子握住了他的手，亲切地说：“你是长根书记吧，1957年你就来过北京，我记得。你年纪也不轻了吧，还舞得这么带劲，刚才我们大家拼命为你们鼓掌……”王任重副

1980年，党和国家领导人和参加调演的百叶龙等演职人员合影

总理的一番话，让王长根热泪盈眶。

完成了中南海的汇报演出，全班人马投入纪录片《泥土的芳香》的拍摄。一开始，大家都以为拍摄是一件很容易的事，不就是换个地方舞一场，最多舞上两场，但事实上根本不是那么回事。

进入专业的摄影棚，对舞龙队员们来说都是大姑娘上轿——头一回。摄影棚内的设备非常先进，背景更是变幻莫测，可以在数秒钟内完成从春风无限到冰天雪地的季节转换。当然，属于百叶龙的，永远是江南一隅，永远是民间故事中的场景再现。荷叶塘中，波光粼粼，朵朵荷花时而徜徉于叶面，时而迎风摇曳。随着音乐的递进，整个荷叶塘的水面开始涌动，荷花开始起舞……深情倾诉着长兴人对生活热烈又细腻的挚爱、对山水草木深情的吟咏，这背景为百叶龙的表演做了恰到好处的情感和场景铺垫。

然而，拍摄进展得并不顺利。

中国农业电影制片厂负责拍摄百叶龙纪录片的大牛导演是一个夜猫子，他白天让舞龙队员在招待所里睡大觉，晚上才到摄影棚进行排练。他说，艺术的高级灵感只会在星月下呈现。

而且，这个摄影棚里有五个机位，他要让每一个机位都能够拍出百叶龙最神奇的表现。

为此，舞龙队员们三更半夜在拍摄棚内舞了一遍又一遍，舞到每一块肌肉都像是炉中的木炭，在发烫，在燃烧，直至舞到有点犯恶心了，但导演就是不肯开机正式拍。有时，队员们还以为已经在拍摄了，没想到舞了十几次，竟然一个镜头都没有拍上。队员们有点不高兴了，“真想甩手不干了”，但大家都知道这句话不能随便说出口，只能咬着同伴的耳根子说。

当然，这句话还可以对池导演说，和王长根、谈小明说。

其实，池文海、王长根、谈小明心里也在犯嘀咕，他们干脆找大牛导演沟通，结果，其他队员也围了上来。大牛导演笑着对大家说：“长兴的朋友们好！大家可别怪我，都怪我没有和大家及时沟通。我们拍电影有很多机位，有主机，还有移动机。最后把拍到的不同画面拼接起来，才合成一部非常好看的纪录片。百叶龙舞蹈非常精彩，不是你们舞得不好，是你们要根据我们的拍摄要求来舞。因为舞台上的表演动作和我们拍摄的要求是不一样的，我们对每一个画面都有独特的要求……比如说，跳龙珠的小柳，他本来只要正常把龙珠舞好就行了，但这样拍出来就不好看。所以，我要求他必须从躺在地上的摄影师的机器上面跳过去，还要跳得老高，才能拍出我们想要的在天上飞跃的效果。他跳了有30多次了吧，还得跳，因为他每跳一次，片子里我们最多能掐一秒，也可能一秒都掐不上。反正，我大牛不会、也没空为难大家，我唯一的目的就是要把最最精彩的长兴百叶龙舞蹈展示给观众，留给子孙后代。”

大家一听，明白了，也都乐了。大家都是第一次接触电影纪录片的拍摄，拍电影纪录片和拍新闻不同，拍新闻只要照实拍下，剪辑一下就行，但拍电影纪录片相当于拍一部电影，每一个舞龙队员都是演员，大部分动作都需要先拆解再重新排练、组装，和摄影师配合。

池文海向大家挥挥手说："大牛导演说得对，我们一定要配合好，把最最精彩的百叶龙舞蹈展示给观众，留给子孙后代。开工吧！"

队员们散开后，大牛导演悄悄走上前对池文海说："池导演，不瞒你说，我们用的是彩色胶片，是从日本进口的，要好几千块钱一卷，用不起啊。我必须做到尽量不浪费，要给国家省钱。我们再加把劲练练，辛苦你们了！"

大牛导演这么一说，池文海更踏实了。他十分佩服大牛，大家都是搞艺术的，彼此十分理解。

来到北京，柳世林对一切都感到好奇。经过他的"探班"还发现，纪录片的拍摄地点并不是中国农业电影制片厂，而是在八一电影制片厂的摄影棚内。有一天晚上，他趁着排练间隙溜出自己的摄影棚，来到另外一个摄影棚门口。他拉开门帘，偷偷朝里面一看，大开眼界，里面正在拍摄电影《第二次握手》中火车站上的场景。看来导演对演员的表演不满意，一样的动作演了三遍才过关。他这才明白，原来拍纪录片，和拍电影差不多。

去北京时正是杏黄李红的春末时节，拍完了《泥土的芳香》纪录片，舞龙队员们返回长兴的时候，已经是瓜果飘香的盛夏了。

当初，丁馆长向中百公司借调柳世林一个月，柳世林自然不可能在北京演出中途回公司上班。这段时间，相关单位已经为柳世林办理了工作调动手续，从北京回来，柳世林就正式到长兴黄梅戏剧团报到，成为一名职业演员。

柳世林告诉我，这次北京之行对他的成长意义非凡，因为学到了池文海老师的精湛技艺和对艺术精益求精的态度，还欣赏了来自全国最优秀的民间文艺家的精彩表演，眼界开阔了，更坚定了要做一名优秀的文艺工作者的想法。

2023年国庆节那天，我第一次欣赏到了池文海的小女儿池慎芳发

1980年拍摄的纪录片《泥土的芳香》中百叶龙表演画面

给我的《泥土的芳香》纪录片中关于百叶龙舞蹈的片段。池慎芳在长兴县文化馆视觉艺术部工作，是一位出色的摄影师。我知道，要找到这个片子并不容易，她可能动了不少脑筋，花了不少时间。因为是胶片拍摄，而且已经过了43年，所以，在电脑上打开视频，随着音乐声的响起和“泥土的芳香——1980年农民业余艺术调演歌舞集锦”的字幕出现，无数的雪花点也扑面而来，好在半分钟后终于“雪过天晴”，画面逐渐清晰起来。

在这部5分43秒的片子中，我一边惊叹这条龙的制作是如此精美，一边努力寻找池文海、王长根、谈小明、谈春根等长兴人当年的风采……当然，要发现他们并不难。特别是王长根、谈小明、谈春根，尽管他们当时还很年轻，但我还是一下子就认了出来。作为导演，池文海尽管没有在影片中出现，但我分明从每一位舞龙队员的动作、小碎步和百叶龙的轻歌曼妙、挥洒狂舞中看到了他的身影。

一位成熟的艺术家，会形成自己独特的创作风格，这是他们对艺术的理解，他们的艺术灵魂将在自己的作品中呈现。1980年，在北京的一场场演出中，天平村舞龙队员不仅展现了精湛的技艺，池文海也将自己独特的、日趋成熟的艺术风格和才情尽情挥洒。

文化搭台，经济唱戏

时间来到了1988年。这年冬天，浙江省文化厅干部季培军来到长兴挂职任县委副书记。他长得英俊潇洒，才三十刚出头。那天，湖州市委组织部的王培民开着一辆北京吉普车，和湖州市人事局的陆文华一起送他来到长兴。季培军带的行李并不多，但爱看的书却带了二十多本。

季培军曾在东海舰队某基地从军多年，转业后分配到美丽的西子湖畔工作，时任浙江省文化厅机关党委副书记。

长兴县的领导们可没有小看这位年轻的挂职干部。在前中街402号老县委三楼的会议室，县委书记徐明生一把握住季培军的手说："培军，我代表长兴人民欢迎你！你大胆工作，我们全力支持！"县长王志廷也上前和季培军紧紧握手："培军，欢迎你！大胆工作，我们会全力支持你！"

徐明生和王志廷这两位长兴主要领导的话让季培军感到十分温暖，一下子对长兴就没有了陌生感。

当过兵的人有一些共同特点，房间会收拾得干干净净，缝个衣服补个袜子从来不求人，而且被子一定会叠得方方正正，否则看了难受。做事情更不用说，必须有条有理，必须抓住重点。军人出身，又是从文化系统出来，季培军认为，作为一个兵，首先要发现目标，其次要在阵地上找到能发挥最佳火力的角度。

曾经的那些事，新人不知道。老人当故事说，新人也不一定会相信。接下来要介绍一下长兴的通信状况，以便你对长兴当时的经济民生有所了解。

80年代，长兴人想与外界联系不容易，遇到急事只能赶到邮电局拍个电报。拍电报每个字要3块钱，谁都不敢轻举妄动，真要是舍得这钱，通常是家里摊上了大事或关系到一笔大买卖。那时，家里能装上一部电话的人家寥寥无几。1988年，长兴县内市话交换机总容量才2000门，而且那时的电话都是摇把子。

摇把子电话机是一种古老的电话机，年轻人可能没见过。现在打电话是一对一，中间没有其他人工环节。但摇把子电话需要通过中间的一两个甚至七八个话务员帮你层层转接，你才有可能与想要找的那个人对上话，只要其中有一个环节掉链子，之前的全部努力就可能付诸东流。

程控电话是一次伟大的通信革命，电话座机上有一个圆盘，上面有标着0到9十个数字的小孔，你想要拨哪个数字，只要把手指捅进相对应的那个数字孔里转圈圈，全部转完后，不需要话务员帮忙，就可以和千里万里远的那个人"喂"上了。

1991年12月，长兴的程控电话终于开通了。想装程控电话的单位和长兴市民如饥似渴，排起了长队。但因为受到设备和线路的限制，普通家庭想顺利装上一门程控电话，排队要排到一年之后。在邮电局电话班上班的人，一下子比"四个轮子一把刀"还要吃香。

程控电话的热度还没有消退，1993年7月，长兴县邮电局又推出了数字和中文兼容的无线寻呼业务，也就是老百姓所说的以"126、127"开头的BP机。当年底，长兴有1190人拥有了人生第一部让别人能够在茫茫人海中找到自己的无线寻呼设备。

BP机的大小和火柴盒子差不多，牌子大多是摩托罗拉，价格并不便宜，要3000多元一个。男人习惯把它挂在皮带上，女人则把它放在包包里。如果有人惦记你的话，可以用电话座机输入你的BP机号码，然后，无论你在广场上还是在菜市场，腰上或包里那个火柴盒子就会像蟋蟀一样“叽叽叽”欢叫起来。此时此刻，如果你周围有很多人，当你大大方方从腰间或包里掏出这么一个黑漆漆的、叫个不停的家伙，简直就像突然掏出一块亮闪闪的金砖一般令人惊讶，你将马上成为众人羡慕的焦点。

当时，尽管长兴的各行各业还都比较落后，但长兴人的内心始终孕育着龙一般的冲动和热情，这种冲动和热情的力量正处于黎明前，急需注入一些新思想、新文化去将其激活，急需一个舞龙头的人大喊一声“是虫还是龙，是龙就使劲舞起来”，让长兴人精神一振！

季培军从文化系统出来，他深知文化是优势，是能量，是精神，可以借力打力，借势造势，可以用文化助力长兴人改变观念，助力长兴提高知名度，助推长兴经济发展。上任后不久，季培军一直在思考这个问题。

1989年底，季培军受邀回杭州参加“著名评话艺术家汪雄飞先生评话《三国》丛书首发式”。这套丛书包括《五关斩六将》《诸葛亮出山》《血战长坂坡》《关羽走麦城》《刘备雪弟恨》，全书有百余万字。

汪雄飞（1922—1994），江苏吴县（今苏州市吴中区、相城区）人，曾任中国曲艺家协会第二届理事，中国曲协浙江分会副主席、顾问。少年时从父汪伯琴习《三国》，13岁便登台演出。由于广采博取，技艺日进，遂跻身说《三国》名家之列，还曾参与改编长篇评话《林海雪原》。其书艺精湛，嗓音洪亮，精、气、神充沛，深得听众喜爱，堪称全国评话表演界的天花板。老一辈革命家陈云同志很喜欢听评话，每年都要到杭州来听汪雄飞唱几段。

到达省政协联谊中心的首发式现场后，著名晚会导演薛年勤向汪雄飞介绍："汪老师，这位是长兴县委副书记季培军，是我们文化厅的挂职干部。"

季培军大步向前，握住汪雄飞的手说："汪老师好！"

汪雄飞亲切随和，笑着说："哦，好年轻的县委书记啊……您到县里面工作可不容易，时间也不会有多长，要干出一点名堂来才对。以后，你们长兴的工作上需要我们文艺界的人帮忙做的，您尽管说！"然后转向周围的朋友，"文化厅下派的干部，我们是不是一定要全力以赴支持？"

"汪老师您说得太对了！我们一定全力以赴支持！"

汪雄飞老师的一番话，让在场的很多艺术家都乐了，也让季培军感动了。

季培军想利用自己在文化部门工作过的有利条件，发挥艺术的作用，提升长兴的知名度，促进长兴的经济建设。这一次，季培军的心里萌生了一个大胆的想法，但想法变为现实还需要具体谋划，需要火候。

在长兴，季培军有一个习惯，每周都会抽出一两个晚上，穿城走巷，到处看看听听，不时停下来和老百姓攀谈。老百姓并不认识他，所以，他听到的都是大实话，看到的一切也都是原生态的。

这天晚上，他来到了长兴县文化馆。

长兴县文化馆大门两侧的宣传橱窗内，正在展出一些学生的美术作品。季培军驻足欣赏了一会，然后就进入大门。走过一条石板甬道，他来到一幢建筑的门洞下，发现左右两边的房子都属于县图书馆。那时的长兴县图书馆面积特别小，不到200平方米，2万多册图书，晚上也不开门服务。

穿过门洞后，眼前出现一块很大的空地，右侧的空地中间有一个花坛，周围摆放着一些横七竖八的石碑。来长兴不久他就听人介绍过，由曾经在长兴当过知县的散文家归有光撰文、当过县丞的《西游记》作者吴承恩手书的《圣井铭并叙》和《梦鼎堂记》两块石碑，从20世纪60年代就移至县文化馆内保存。其中《圣井铭并叙》石碑高0.92米、宽1.47米、厚0.25米，有301字，石碑四周的卷草纹十分古朴典雅。季培军对吴承恩特别感兴趣，查过相关资料，甚至还清晰地记得《圣井铭并叙》碑的全文。

《圣井铭并叙》碑

吴承恩在长兴为官期间，还书写了一块《长兴县令题名记》石碑，历代保存完好，可惜毁于“文革”浩劫中。如今，《圣井铭并叙》碑和《梦鼎堂记》碑已移至长兴（太湖）博物馆内保存。

改革开放初期，长兴县文化馆、长兴县博物馆的馆舍和设施还比较落后。在黑灯瞎火的院落内，季培军未能发现《圣井铭并叙》和《梦鼎堂记》两碑。此时，他抬头看去，只见文化馆一个大厅内的灯竟然还亮着。走近窗户朝里一看，一个人正在独自练舞。这个人年纪大概在50岁左右，头发微卷，看上去文艺范十足。尽管他的身材已微微发福，但动作却异常轻盈、灵巧。从舞蹈动作看，这位舞者正在扮演着一个小姑娘：姑娘从山坡上碎步而下，左边是花，右边还是花，姑娘看花了眼，左顾右盼，突然，前面飞来了一只蝴蝶，姑娘轻轻一跃，急忙伸手去抓……这位舞者的基本功非常娴熟，神态动作出神入化，一丝不苟。其舞蹈动作中既有皖南花鼓戏的意韵，又融入了浙江民间舞蹈的风范。

舞者很入神，完全没有发现有人正在窗外注视着自己。季培军也看得很入神，想不到长兴这么一个小地方，竟然还有如此功力深厚的舞者存在。

最终，季培军没有打扰这位舞者。他转身离开的时候，正好看到一个人从文化馆家属楼走出来，就上前问："请问大厅里练舞的人是谁?"路人答："那是池导演，文化馆的舞蹈编导池文海老师，他基本上每天晚上都在这里练功。"

季培军突然想起一件事，"池文海老师……是不是那位《百叶龙》舞蹈的编导?"

"对，就是他!"

也就是从那一刻开始，季培军的脑子里有了池文海的印象。长兴有百叶龙，还有池文海……他突然来了灵感：在长兴办一场充满乡土气息的农民文化节，用文化搭台，让经济唱戏，这应该很棒!

返回县政府招待所的路上，季培军觉得自己的步子迈得特别大。

深思熟虑后，特别是在汪雄飞老师和杭州文艺界一些朋友的大力支持下，举办农民文化节的初步方案很快就拿了出来，开幕式的时间定在1990年5月23日，因为这一天是毛泽东《在延安文艺座谈会上的讲话》发表纪念日。

此时，长兴县原县长王志廷已经就任长兴县委书记，他看过方案后马上拍板："太好了，这是一件好事情，我们一定要把它做好！"

县四套班子会议召开，统一了思想。在全体机关干部参加的动员大会上，王志廷说："举办农民文化节，是我们长兴历史上的一件大事，是繁荣长兴文化，促进长兴经济建设，造福长兴百姓的一件大事。这次农民文化节必须办好办成功，不许失败。今天我们在座的各个部门领导必须各负其责……"

可以说，长兴县委、县政府相当重视，决心要倾全县之力办好此事。

在这里，需要再介绍一下20世纪80年代长兴县的经济社会发展状况，以便大家对长兴举办农民文化节这件事的时代背景有一个较为清晰的了解。

当时，长兴还是一个以农业为主的经济不发达县。1988年2月，县委七届二次全会提出，继续强化农业基础，稳定粮食生产，全面发展农业经济，发展高效益的商品农业和创汇农业。1989年2月，县委七届五次全会提出，在继续抓好粮食生产的基础上，把开放农业作为经济工作的重点，力争多投入一些，早日建成八大商品基地，实现农村产业结构的进一步优化。1989年7月，县委七届六次全会提出，要完善联产承包责任制，在具备条件的地方推行"双田制"，推进适度规模经营。

长兴县的领导们知道，经济上，全靠农业是打不了翻身仗的。"无农不稳、无工不富、无商不活"，这句话很客观，所谓农业好做，经济上要打翻身仗却不容易，大家心里也懂。但不管容易不容易，工商上的翻身仗总得努力尝试。

1989年7月，长兴县委七届六次全会提出，认真贯彻治理整顿方针，按照择优扶持的原则，推动工业产品结构和产业结构优化，下决心先在发展建材工业上找到突破口。

可见，长兴人无论是在思想上还是实际条件上，尽管还存在着很多先天不足，“靠田吃饭”的传统思想根深蒂固，但他们并不排斥在前进的道路上大胆探索，开拓创新。

现在回过头去看，在20世纪90年代初，长兴人举办一届声势浩大的农民文化节，是一次非常有胆魄、非常具有创新意识的尝试，他们尝试文化先行，用龙的精神去激发党员干部和人民群众的思想转变，投身社会主义的伟大实践。

在领导层面上，举办农民文化节活动各项工作的推进没有问题。但是，在确定农民文化节开幕式演出的文艺节目安排上，还是有一些争议，争议的焦点是长兴到底该派什么节目参加开幕式。

长兴的基本态度是：在这场与全国、全省最著名演员同台的高规格演出活动中，必须拿出压箱底的硬货，千万不能给长兴人丢面子。

总导演薛年勤提出的建议是：长兴选派的节目要扬长避短，就是不要去与专业团队演员比高低，要有长兴自己的民间文艺特色。这一点与季培军的想法不谋而合。

百叶龙上场表演，大家都没有异议，必须让省城的观众、新闻媒体欣赏一下中国最经典的长兴百叶龙的精彩表演，以此展现长兴人的精神风貌。长兴青草坞村的“鸳鸯双龙”和林城的狮子舞，大家也没有异议，这两个节目都经过池文海的精心编排，乡土气息浓厚，很有地方特色，关键是这两个节目都由所在乡的农民亲自登台表演，原汁原味。农民文化节，怎么可以没有农民兄弟自己表演的节目呢？腰鼓，是长兴制革厂、长兴丝厂的保留节目，当年，长兴丝厂可是一个国营大企业，女员工就有六七百人，这个节目青春活泼、节奏感超强，也没有异议。

这四个节目有两大共同特点，一是表演的人数多，阵仗大；二是很“闹腾”，能制造出奇大的声音和火爆的气氛。在浙江体育馆这种超大型的演出场所，当然需要这种既“大”又“闹”的节目来调动场内气氛。

但是，一个能够展示长兴文艺特色的表演类节目也必不可少，演员一定不能多，两个为限，一个最好。当然，这个节目的要求特别高，一两个演员，在能容纳四五千观众的体育馆内表演，可不是一般的人能够扛得起的。

长兴，到底上一个什么表演类节目，让谁上，组委会文化节目组中的长兴同志一直拿不定主意。

池文海肯定是人选之一。但有人认为，这次长兴上的全部节目都是他排练的，再让他上一个个人表演节目，他个人的戏份也太多了吧？还有人说，池文海排练节目还行，他个人表演的节目乡里乡气，也没啥好看的。

有人反对池文海，可能是因为长兴人太了解池文海了。了解，有时候是好事，但也不全是好事。了解，意味着习以为常、见怪不怪。了解，也会失去新鲜感、神秘感，反而不被人看好。

长兴该上什么节目这件事迟迟定不下来，最后，几个方案被送到了季培军手上，请他拍板。季培军似乎没有太多犹豫，便说：“就定池文海的民间独舞吧！我看过他的表演，没问题。”

这可不是官僚主义，这是季培军、基于自己对艺术的了解，并且在经过充分调查了解的基础上做出的决定。

季培军在文化厅工作了很多年，无数次观摩高水准的书画摄影展览、音乐舞蹈表演，而且，在中学、在部队，他就是一名文艺骨干，不仅爱阅读、会写作，还会拉小提琴。因此，他对艺术的理解也很深刻。

在他看来，民间传统文化是中华文明的结晶，蕴含着中华文化的精义，蕴含着重要力量，其独到的艺术造诣、思维模式及情感表达，呈现出社会、艺术、文学以及科技等方面的价值，是维系民族生存和发展的精神纽带，也是实现文化和经济发展创新的源泉。

那天晚上欣赏了池文海的表演后，他认定这才是原汁原味的、属于长兴人民传承并创造的民间艺术，一定会博得杭城观众的喜爱，也一定会引发媒体对长兴民间艺术的关注。

最终，浙江农民文化节开幕式的文艺表演节目单排定了。

长兴表演的节目有：民间艺术家池文海表演的民间舞蹈《少女游春》，林城乡天平村村民表演的舞蹈《百叶龙》，长兴制革厂、丝厂职工表演的《腰鼓舞》，长兴林城农民表演的《狮子舞》，长兴青草坞村农民表演的《鸳鸯双龙》。

其他专业艺术家和专业团队表演的节目有：著名歌唱家彭丽媛的独唱《黄河泰山》，著名越剧表演艺术家王文娟表演的《黛玉焚稿》，著名电影表演艺术家仲星火、王若荔表演的小品《李双双》（片段），小百花越剧团当红青年演员何赛飞、夏赛丽表演的越剧《草庵相会》，浙江歌舞团的舞蹈《采茶舞》，著名表演艺术家谭以存、王辉荃表演的独角戏《歌舞大奖赛》，浙江歌舞团表演的打击乐《老虎磨牙》，歌唱家叶彩华的独唱《贾花谣》，著名相声艺术家刘全刚、李建华表演的相声《楼上楼下》等。

从这份节目单可以看出，这台节目的演员阵容与规格，可不是一般的高，哪怕是放在今天，也绝对是超一流的。

龙舞导演的表演很受城里人欢迎

1990年5月23日晚，浙江体育馆。

浙江体育馆位于杭州市体育场路，该馆建成于1968年10月，1989年又进行了大规模的维修。

当晚，装修一新的浙江体育馆内座无虚席，出席农民文化节开幕式的领导和来宾有：省委副书记刘枫，省委常委、常务副省长许行贯，中顾委委员铁瑛，省委常委王耀亭，省人大常委会副主任杨彬，省政协副主席李朝龙，省政协副主席邱清华，省委宣传部常务副部长马守良，杭州市委、杭州市委宣传部，湖州市委、市政府的主要领导。

领导讲话结束后，接下来就是观众们期待的精彩的开幕式晚会。当晚登台的节目，可以说是个个精彩。

为了在开幕式上奉献精彩的节目，前段时间池文海可是忙得不可开交。他一直忙于编排《百叶龙》《鸳鸯双龙》《狮子舞》《腰鼓舞》等几个集体节目，而他自己表演的七分钟独舞，既无台词又无伴舞，今晚要在几千人面前表演，只能靠他平时的基本功了。

长兴百叶龙的精彩亮相，演出效果自然不必多说，很多杭州观众都很惊讶：在浙江大地上，竟然会有这么漂亮的龙？

中国艺术研究院舞蹈研究所研究员、国家非物质文化遗产专家委员会委员、北京舞蹈学院客座教授梁力生对百叶龙的评价是："人们看龙舞，满目皆是起伏翻飞、钻跳绞缠，千般路数似曾相识。百叶龙的表演却独辟蹊径：开场时碧叶飘拂，莲蕾轻飏，充盈着水乡柔情，沃土芬芳；突然间荷龙惊现，旋舞癫狂，迸发出冲霄豪气，阳刚清旸。这种在短短数分钟内的情绪跌宕反差，集委婉、刚烈于一身，引领观众思绪千回百转的表现手法，获得了震撼人们心灵的独特效果。这充分说明百叶龙在创作手法、表演技巧上不同凡响的艺术价值，为民间舞蹈的发展提供了弥足珍贵的借鉴经验。"

长兴的其他节目同样是铿锵有力，热闹非凡，把体育馆内的气氛烘托到如日中天。接下来，专业团队、明星大腕们的节目一个个登场，更让现场的观众大呼过瘾。

接着，主持人毛威上台，说："……接下来将要表演的节目是民间独舞《少女游春》。今晚，我要考验一下大家的判断能力，等一下上场的这位少女今年几岁？你甚至可以大胆猜一下，表演者到底是男还是女。"

主持人设下的这个悬念引得全场一片惊呼，观众们的好奇心一下子被调动起来了。

音乐声起，一位少女迈着碎步，从台后来到台前。现场的观众都睁大了惊奇的眼睛，怀疑自己是不是看错了。从节目单上的演员名字看，池文海分明是一个男演员，但一出场，这形象这舞姿却分明又是一位少女。体育馆里的几千名观众的心，随之像潮水一般涌动起来。

台上，少女撑着花伞，摇着折扇，绢帕半掩着羞答答的面孔。她腰肢纤细，舞步轻盈，俨然是一位情窦初开的江南少女。春光迎面袭来，少女时而采花扑蝶，时而含情顾影，时而春心萌动，时而顾盼生辉。此时，台上那个演员已经把少女游春的复杂心情演绎得淋漓尽致。看到这里，观众们心想，这分明就是一位少女在表演，你主持人还卖什么关子！

直到表演结束，演员谢幕时，主持人毛威才揭晓谜底，说刚才这位“少女”今年已经50多岁了，是一位爷爷辈的人物，他也是今天参加表演的长兴民间舞蹈的编导。

尽管当晚名流荟萃，尽管杭城观众欣赏的格调一向都很高，但主持人言罢，全场立刻爆发出阵阵最最热烈的掌声，很多观众甚至站了起来，把掌声献给从太湖西南岸走来的民间花鼓艺人，人称“浙北小梅兰芳”的池文海。

此时，观众席上的季培军也为池文海送去了热烈的掌声。他不仅仅是为老池感到高兴，他和在场的其他观众的心情还真有一点不一样，因为这个节目毕竟是他拍板的，他相信自己的眼光不会有错，但最终还是需要广大观众的检验。他知道，今天，池文海的表演能收获如此惊人的效果，收获如此热情的掌声，不是杭州观众给自己面子，而是他们给长兴面子，是对精湛的长兴民间艺术的赞美！

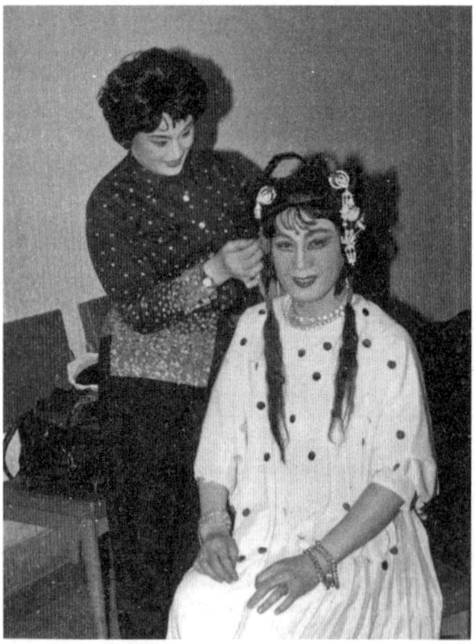

1990年，农民文化节开幕式表演前，与池文海同台献艺的著名越剧表演艺术家王文娟为池文海梳妆

他的一颗忐忑的心，也就此放下了。

《经济生活报》记者高丕忠是一个职业精神特别强的人，他心里好像还有很多谜团没有解开，马上追到了舞台后的演员化妆间，找到了正在卸妆的池文海。他原以为卸了妆的池文海一定长得很秀气、很年轻，甚至可能还有点女性化。见到

真人后才知道，池文海就是一个堂堂的男子汉，尽管看上去皮肤保养得还不错，但岁月已经在他的脸上留下了道道沧桑的痕迹，腰身也开始发福，小腹甚至有点突起。高丕忠介绍过自己后，疑惑地问："池老师，您刚才在舞台上为什么这般苗条?"

池文海神秘地在高丕忠耳边幽默地轻声道："那是我用八道白布捆出来的效果。包粽子你知道不？每次上台，我都要给自己包粽子，否则，我这只老粽子品相不好，没人爱吃的。"说完，笑着撩起自己的上衣，高丕忠一看，不禁倒吸一口冷气，他看到了池老师腰腹留下一道道红色的、青色的勒痕。

高丕忠竖起大拇指称赞道："池老师，您太了不起了。您的敬业精神太值得我们好好学习了。"

高丕忠回去后，写了一篇题为《浙北"小梅兰芳"》的长篇通讯，发表在《经济生活报》上，这篇通讯对池文海的精彩表演大加赞赏。

开幕式结束后，参加演出的明星大咖第二天便移师长兴，与当地的文艺团队、文艺骨干一起，在县城，在乡村，为当地老百姓献艺，为在长兴举办的浙北商品交易会和商品展销会助威。

薛年勤，曾任浙江省文化和旅游厅社会组织委员会委员、文化类社会团体总支书记、浙江省传统文化促进会会长、《中华传统文化》杂志社社长兼总编辑，他在2019年撰写的文章《难忘的情景 难忘的记忆》中说道：

> 1990年5月25日，长兴水口顾渚"紫笋茶"的故乡。在丛丛茶林里，潺潺金沙泉旁，有一个陆羽茶室。那里悠然飘出一阵"溪水清清溪水长，溪水两岸好风光"的歌声，彭丽媛、仲星火、王若荔、王文娟、叶彩华等一批省内外的著名演员再次来到陆羽

茶室做客。热情的茶室主人边为大家沏茶，边笑着介绍说："紫笋茶叶十八开，十八开开来味道刚刚来。"大家品赏杯中香茗，只见茶色嫩亮，朵朵略带紫色的芽叶缀荡水珠，啜上一口，满口清香，回味不绝。附近正在采茶的茶农，闻悉一大批明星来了，纷纷围拢过来。在阵阵欢声笑语中，彭丽媛又微笑着和大家说，我是农民的后代，来到长兴农村为当地的父老乡亲表演是我的荣幸。听说长兴离太湖很近，我今天就用刚刚学会的方言给大家唱一首《太湖美》，献给大家。人们又一次沉浸在音乐艺术的意境中，聆听彭丽媛甜美悦耳的声腔，欣赏着彭丽媛不俗的艺术风范，当歌声一落地，就激起了一片叫好声，雷鸣般的掌声经久不息。这是著名歌唱家深入群众、贴近百姓的近距离演出的瞬间，这难忘的瞬间，难忘的演出，让在艺术圈里摸爬滚打几十年的我激动不已……

那几天，长兴人倾城出动看节目表演，逛商品展销会。

长兴是一个小县城，也是传统的产粮大县，以前从来没有举办过这种大型的文化和经济活动，从来没有机会向外界展示自己的精彩。所以，这次农民文化节对长兴来说是前无古人的，大家都觉得很光荣、很骄傲。大家想不到，外界会有那么多人重视长兴。你看，演艺界的大牌明星来了，重量级的新闻媒体来了。老百姓说，我们这一辈子都没看到过这么精彩的节目，一辈子也没买到过这么称心如意的东西，真是一举两得。

一个地处浙北难得与外界互动的小县城，经过举办全省首届农民文化节，一下子发现了自己的美丽，拥有了自信，同时也看到了外面的精彩世界。

文化馆老馆长许成才说，这次农民文化节自始至终体现了党中央关于一手抓整顿、一手抓繁荣的重要精神，充分反映了广大人民群众特别是农村群众在社会稳定和建设、改革的实践中对活跃、繁荣文化精神生活的愿望和要求，进一步发挥了文艺对稳定社会大局、弘扬民族文化、繁荣文化艺术、促进经济发展的积极作用。这次农民文化节以弘扬民族文化的群众性民间文艺为主体，同专业文艺团体相结合，活跃、丰富、繁荣了长兴群众的文化生活，大大激发了人们热爱长兴、振兴长兴、努力建设发展好长兴的精神。活动期间，以百叶龙舞蹈为代表的各种文艺演出和文化活动寓教于乐，清新的乡土艺术和优美的艺术表演，吸引、感染了数十万的观众，使长兴人民在农民文化节活动的多姿多彩的艺术百花园中得到了教育和启发，得到了娱乐和美的享受。

总之，这次农民文化节虽然时间短暂，但带来的积极意义和巨大影响，远远超过了活动本身，为振兴和繁荣长兴的文化、经济，提供了十分有益的经验和启示。

农民文化节举办前后，新华社浙江分社、新华社对外联络部、中央人民广播电台、中国国际广播电台、《人民日报》、《光明日报》、《浙江画报》、《杭州日报》、《钱江晚报》、《劳动时报》、《联谊报》、浙江电视台、浙江广播电台、杭州电视台等媒体也纷纷进行了报道。《浙江日报》在头版头条刊登了评论员文章《长兴一台文化经济活剧“声色俱佳”》，称赞农民文化节是繁荣农村文化的探索，启动农村市场的“钥匙”。

《瞭望周刊》（海外版）1990年7月号还发表了题为《文商两兴的浙北农民文化节》的长篇通讯，对农民文化节取得的成果进行宣传：

来自太湖西南岸的长兴县的农民以一台散发着浓郁水乡气息的百叶龙舞和采茶歌舞，拉开了浙北杭嘉湖平原首届农民文化节的序幕。浙北农民用他们自编、自导、自演的节目，给浙江文艺舞台送来了一股清风。为期一周的浙北首届农民文化节，是浙江省有史以来规模最大的一次农民文化活动。活动中心分别在长兴县雉城镇和杭州市两地。演出的节目有近百台，观众超过70万人次。文化节期间，举办的各种类型的商品交易会和展销会丰富多彩，而且活跃了市场，成交额达1.2亿元，浙江省副省长许行贯兴奋地说："这次农民文化节是浙北农村文化和经济齐头并进的标志。"

时任省委副书记刘枫欣然挥毫题词：繁荣文化，发展经济，群策群力，振兴长兴。书法泰斗沙孟海挥毫题写"农民文化节"五个大字。

领导和文化名人的关心，媒体的关注，让长兴知名度大增，当然也让百叶龙、池文海名声大噪。

"文化搭台，经济唱戏"丰富了农村群众的精神生活，也为启动农村市场找到了新"钥匙"。首届农民文化节的成功举办产生的社会效益、经济效益是空前的。时任省委常委、宣传部部长孙家贤对这次活动做了重要批示，要求以农民文化节为契机，推动我省各地开展"文化搭台，经济唱戏"的文化活动形式，表扬了农民文化节活动在全省起到表率作用。

1988年那个数九寒天的季节，季培军来到长兴，于1990年那个硕果累累的秋天返回了杭州。在长兴工作近两年，他没有像归有光、吴承恩那样在长兴留下一块石碑，但他精心策划组织的农民文化节却在长兴文化和经济发展历史上留下了精彩的一笔，在长兴老百姓心中留下了良好的口碑。

1992年1月23日下午，深圳市委的三位笔杆子正在迎宾馆5号楼内埋头苦干。他们三个人加班加点，连续奋战了将近20个小时，最后形成了一份13000多字的《一九九二年一月十九日至二十三日，邓小平同志视察深圳的谈话记录》。后来，分管该项工作的吴松营为使领导更便于掌握邓小平的谈话精神，将谈话记录进行了精简，去掉了视察过程及一些背景交代方面的文字，最终形成了一份近10000字的《一九九二年一月邓小平同志视察深圳特区的重要谈话要点》。

邓小平同志的谈话核心内容是：改革开放胆子要大一些，敢于实验。看准了的，就大胆地试，大胆地闯。改革开放迈不开步子，不敢闯，说来说去就是怕资本主义的东西多了，走了资本主义道路。要害是姓“资”还是姓“社”的问题。判断的标准，应该主要看是否有利于发展社会主义社会的生产力，是否有利于增强社会主义国家的综合国力，是否有利于提高人民的生活水平。

或许，百叶龙的精神就是抓住机遇，迎难而上，敢于拼搏，这是奔涌在长兴人血液中的一种优秀品格。文化的力量曾经是人们前进的动力，也始终是长兴人不断进取的精神力量。成功举办农民文化节之后，1992年2月27日，长兴县委召开县级机关思想作风教育整顿动员大会，由此展开了一场轰轰烈烈的解放思想、更新观念的大讨论。长兴县委提出了需要破与立的16种观念：破安于现状，立开拓进取；破求稳怕险，立敢冒风险；破墨守成规，立勇于创新；破出头椽子先烂，立敢为人先；破产品经济观念，立价值规律；破慢慢来，立时效观念；破轻科技轻人才，立重科技重人才；破特权垄断，立公平竞争；破狭隘利益，立长远全局利益；破等靠要，立自力更生；破平均主义，立承认差别；破形式主义，立效益观念；破唯书唯上，立实事求是；破封闭静止，立开放搞活；破门第等级，立职业平等；破守土恋乡，立闯荡天下。

这场解放思想、更新观念的大讨论，大大激发了长兴人龙一般的工作干劲，为长兴的经济社会飞速发展铺就了一条快车道。

4月2日，《浙江日报》头版头条载文《长兴人坐不住了——长兴县进一步解放思想大讨论纪实》，全面报道了长兴在大讨论中与兄弟县（市）比不足、找差距后，面对滞后的经济现状坐不住了，必须更新观念、解放思想，树立一种竞争和发展的观念、全新的科技与人才观念、低速度等于停步倒退的观念和“想当游泳冠军就不怕下水”的观念等。

4月28日，长兴县委、县政府趁热打铁，向全县人民发出公开信《行动起来，抓住机遇，振兴长兴》。公开信提出，是龙吗？是龙就让我们看到龙的精神！要求全县人民积极开动脑筋，热情向县委、县政府就发展长兴经济献计献策，为引进和创办三资企业牵线搭桥，为引进科技人才、科技成果、资金、项目尽心尽力。希望远离家乡的长兴籍同胞关心家乡建设，为家乡的改革开放献计出力，渴望一切关注长兴发展的国内外各界人士用各种方式支持长兴的发展。

5月17日，《浙江日报》头版头条再次载文《长兴人动起来了——写在长兴解放思想大讨论两个月之际》。文章较系统地回顾了长兴从解放思想到真抓实干的全过程，报道了长兴的超常规运行和创造性工作，如长兴县委、县政府邀请109个企事业单位召开8次座谈会求计问策，推出12项新政策，广引人才、项目、资金，加大了改革开放力度，加快了经济发展速度。

次年4月4日，《浙江日报》又一次在头版头条刊文《一年前思想大讨论如今结出丰硕成果——长兴人赶上来了》。文章一开头就以一串串数据，证明百叶龙故乡长兴正以龙的精神求变，并且在思想大讨论后一年中发生了惊喜变化：工农业生产总值增幅31.9%，地区生产总值增长27%，63个项目落户开发区……

农民文化节之后，池文海一直忙碌着。

1991年初，池文海当选为长兴县政协常委后，他没有忘记自己是一名群众文艺工作者，积极为传统文化的保护传承建言献策。对于艺术的追求，池文海永远是积极向上的，而他的心却始终是向下的、接地气的。他坚持深入生产一线，组织开展群众文化活动，为基层文艺组织培养骨干。他几乎跑遍了全县所有的乡村、厂矿、学校、部队，指导编排节目，发现和培养艺术人才。

他先后在当地组建了戏剧、舞龙、腰鼓、狮舞等七支业余文艺团队，并担任这些文艺团队的总指导，每逢县里有演出任务，这些团队就能派上大用场。

池文海还对虹星桥越剧团、和平越剧团、里塘越剧团、横山越剧团、后洋越剧团、新塘越剧团、李家巷越剧团、煤山越剧团、二界岭花鼓戏剧团、长桥花鼓戏剧团、管埭花鼓戏剧团等进行辅导，与演员们同吃同住，帮这些团队培养了王美华、丁月琴、汤素梅、潘明凡等大批优秀青年演员。经他辅导的各类艺术表演人才达3000多人，其中有22人参加过全国性的文艺调演。

池文海每到一处，都自带喜乐感，丝毫没有架子，深得群众的喜爱，妇孺老幼都客气地叫他“池导演”。他不但走遍全县，而且还走向了县外、省外。从1989年到2000年，他先后受到浙江艺校、浙江歌舞团、嘉兴市委、嘉兴绢纺厂、嘉兴市三友锡剧团、余杭区文化馆、嵊泗县文化馆、桐乡市文化馆、临安市文化馆、平湖市文化馆、湖州市越剧院、湖州市湖剧团、安吉县越剧团、安徽省宁国市、广德县文化局、宁国市花鼓戏团、广德县花鼓剧团、宣城市花鼓剧团等50多个单位的邀请，或为他们讲课传艺，或为他们编排节目，促进了长兴与外地的文化艺术交流。其中嵊泗地处海滨，自古以来都没有舞龙习俗，老池应邀赴嵊泗帮他们辅导了四条龙、四只狮子，填补了该县舞龙艺术的空白。

1993年6月底，长兴白岘乡文化站请他编排《山哥》和《嬉狮》两个舞蹈节目。其时，天气已经非常炎热，文化馆馆长钱初生怕老池吃不消，让他考虑一下，但老池还是去了。为了节省排练开支，减少往返次数，他每天排练十几个小时，最后，池文海病倒了。乡文化站

20世纪90年代，池文海在省艺校为学生传授扇子舞

派车把他送回县城，劝他好好养病。回到家里，年迈的老母亲蹒跚地走到他身边说:“文海，你也有点年纪了，怎么能这样拼呢?”

“我这就好好休息。”他表面上回答得很好，但想到学员们的舞蹈动作还不熟练，两个舞蹈都未进行过彩排，而且，离省音乐舞蹈节开始的时间又不多了，池文海就坐不住了。到医院挂了两瓶“盐水”后，他马上回到家对母亲说:“妈，我明天还得去，我不能让大家的心血白花，不能让这个节目半途而废。”

他配了一些药品，第二天一大早又心急火燎地来到白岘乡。功夫不负有心人，经过老池的精心辅导，乡里这些从未涉足过舞蹈的小青年竟然也能够“轻歌曼舞”了。

两个节目在浙江省和湖州市文艺会演中均获了奖，其中民间舞蹈《嬉狮》在浙江省第三届音乐舞蹈节比赛中获创作二等奖。浙江省歌舞团看中了这个节目，专门请池文海到杭州为他们排练，后来该节目还随浙江省访问团到山西、河南等地访问演出，浙江电视台对该节目

1994年，池文海先生暨优秀民间舞蹈专场演出前，国家二级演员杨学梅（右）为池文海（中）化妆

进行了拍摄并播放。

弘扬中华优秀民间艺术，对振奋民族精神、增强民族自尊心与凝聚力具有非常重要的作用。1994年9月25日，由浙江省文联、浙江省舞蹈家协会、长兴县文化局主办的“庆祝中华人民共和国成立45周年浙江民间艺术家池文海先生暨优秀民间舞蹈专场”在浙江大学邵逸夫体育馆隆重举行。浙江省委统战部副部长茅临生、长兴县委副书记刘世军等领导亲临现场观摩演出。

浙江省舞蹈家协会主席郭桂芝在开演前的致辞中表示：“今年是中华人民共和国成立45周年，今年也是池文海先生从艺45周年，因为池文海先生对我国的民间舞蹈有着执着的爱，所以，花甲之年他的艺术依然青春常在。池文海先生被誉为‘江南的小梅兰芳’，不仅在我们省里，在全国也有一定的影响。他为优秀民间艺术的传承，倾注了大量的心血和汗水，得到了大家的赞扬和尊重。今晚，我们的演出是老少同台献艺，专业与民间同台表演，这是优秀传统文化得以弘扬的结果。今晚，展现在你眼前的不仅是一台丰富多彩的演出，更将展现繁花似锦的民间舞蹈艺术和民间舞蹈艺术后继有人的美好情景。尤其是近六旬的池文海先生的精彩表演，将使我们有机会学习到他对艺术执着追求的精神……”

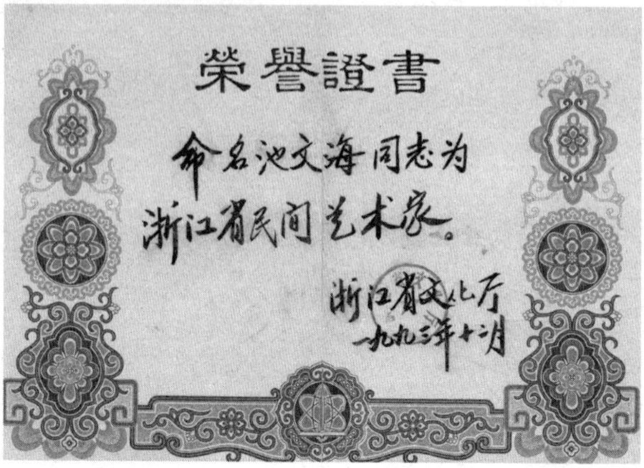

1993年，池文海被省文化厅命名为“浙江省民间艺术家”

不用说，当晚登台的每一个节目都非常精彩，能容纳2000名观众的浙江大学邵逸夫体育馆内座无虚席，观众们在整场演出中都处在极度兴奋的状态，每一个节目结束，场内都会爆发出阵阵掌声，特别是池文海亲自登台表演的节目，更是令现场掌声雷动，甚至尖叫声连连。

这台晚会上，除了有池文海编导、表演的民间舞蹈《游春》《恨大脚，恨小脚》《天女散花》，还有池文海编导的舞蹈《百叶龙》和《嬉狮》。杭州市青少年活动中心天真活泼的儿童们表演的金华民间舞蹈《花儿迎春》，以及表现西子湖水碧波荡漾中盛开的荷花和白嫩莲藕的舞蹈《小小西子藕》，浙江艺术学校舞蹈科四年级学员献演的浙江歌舞团的保留民间舞《采茶舞》和四川民间舞《观灯》，也为整台晚会增添了不少光彩。浙江大学的同学为了表示对池老师的祝贺，也献上了几首精彩的歌曲。

演出结束后，主持人邀请浙江省舞蹈家协会副主席、杭州市歌舞团艺术指导、国家一级编导鲜于开选上台评价池文海老师的艺术风格。

鲜于开选说："民间舞蹈来自民间，生活气息和地方色彩是它固有的特征，民间舞蹈也不是一个固定的概念，它在不断的继承和发展中创新。池文海老师是我省非常优秀的一位民间舞蹈家，数十年来，他为继承、创造和发展我省的民间舞蹈作出了杰出的贡献。他所创作和表演的每一个节目都很精彩，都具有这一典型特征——浓郁的生活气息和地方色彩。"

他说："比如舞蹈《嬉狮》，舞狮节目各地都有，出新很难，但池文海老师编导的舞蹈《嬉狮》与众不同，他巧妙地把象征男子勇猛的狮舞和象征女子温柔多情的花扇融为一体，表现了青年男女在逗趣中对美好生活的追求与向往，非常有特色。池文海老师编导的舞蹈《百叶龙》更是享誉中外，龙象征着腾飞的中华民族，长兴的百叶龙秀美多变，舞动中的荷花灯眨眼变成龙身，飞舞的彩蝶成就了龙尾，张张荷叶变成了团团祥云，刹那间，一条色彩鲜艳的百叶龙飞舞在蓝天白云之间，太完美了。说实话，舞龙有各种表演手法，在我看来只有《百叶龙》的表演是最具个性，最最精彩的。《天女散花》似彩云，似流霞，似漫舞，似飞花，美不胜收。又比如刚才我们欣赏到的由池文海老师表演的《游春》，他细腻的一招一式，他丰富的表演经验，将一个十八岁少女的内心世界表演得淋漓尽致。还有《恨大脚，恨小脚》的表演，以舞蹈形式，以新旧对比的形成，对这种已经被摒弃的习俗进行生动的批判和诙谐有趣的表演，无不让我们领略到民间艺术的魅力和池文海老师的艺术才华。"

最后，鲜于开选充满激情地说："我知道，为了今天的这台节目，已经快60岁的池文海老师在七八月份的高温天气里一直在进行排练，令我很感动。我相信，只要大家有这种精神，我们的祖国一定会更加昌盛，我们的优秀民族舞蹈艺术一定会绽放出更加灿烂夺目的光彩。今年是池文海老师从艺45周年，在这里我要献给池文海老师一首诗：春光春水春如画，春情春影正十八。难怪蝶儿翩翩舞，百媚千娇一枝花。”

当天有很多浙江大学和浙江艺校的大学生在现场观摩，演出结束后，他们纷纷冲到舞台中央请池文海签名留念。在接受浙江电视台记者的现场采访时，一个学生说：“我很喜欢民间舞蹈，但真正能近距离感受民间舞蹈的机会并不多。池文海老师的表演非常细腻、非常逼真，如果不是介绍，我还真以为他是一个少女。像他这样的年龄还能表演到这种程度，是非常不容易的，一定是付出了很多努力。我在电影和电视上看过梅兰芳先生的演出，今天看了池老师的演出，感觉非常棒，就像看到了梅兰芳先生的再现，让我领略到了一位真正的艺术大家的风采……”

第三卷

龙腾荷舞

龙和人一样，不小心也会跌倒

悠悠岁月流转，历史的一静一动，都在百叶龙故乡的大地上和人们的思想上、生活中刻下或深或浅的痕迹并产生深远的影响。

2000年，我国迈进了一个崭新的时代。上了年纪的百叶龙可能有所不知，一个科技不断发展、文化不断创新的时代来临了。除了放在博物馆中展陈的那些无法动起来的古董，再好的艺术也必须不断创新，才能跟得上时代的节奏，才不会被时代所淘汰。当然，随着数字文化的发展，一些本不能行动的古董如今也动了起来，六分钟游遍《清明上河图》、零距离“触摸”国宝……5G、大数据、人工智能等与文化创意的深度融合，就是很好的例证。

美丽的杭州西湖，“三面云山一面城”，在重峦的环抱下，一座高约百米、绵亘数里的吴山直插城中。白天登上吴山，钱江如带，风帆点点，似镜的西湖上，画舫如织。夜晚登上吴山，杭城的万家灯火尽收眼底。

自古以来，吴山就是城内登高览胜的好地方。唐王昌龄《留别岑参兄弟》诗云:“谁言青门悲，俯期吴山幽。”宋苏轼《卜算子》词云:“蜀客到江南，长忆吴山好。”金国海陵王完颜亮《题临安山水》中写道:“提兵百万西湖上，立马吴山第一峰。”

吴山广场位于杭州市西湖东南的上城区，与杭州市中心的武林广场沿延安路南北呼应，广场上经常会举办一些大型集会和文艺演出。河坊街、杭州博物馆、南宋御街等旅游景点紧邻吴山广场，新西湖十景之一“吴山天风”也位于此。

2000年5月20日，浙江省广场文化艺术节开幕式暨龙舞展演踩街活动在吴山广场举行，时任浙江省委副书记李金明亲临现场，为活动鸣锣并宣布开幕，浙江电视台、“西湖之声”电台现场直播该活动，省市领导、中央新闻采访团、各市地领导、嘉宾及数万杭州市民来到现场，欣赏开幕式表演及龙舞踩街。当天下午，在广场上还举行了浙江省广场民间舞蹈大赛。

在这场万众瞩目的重大赛事中，天平村的舞龙队员们十分自信，因为在参赛的13支龙舞代表队中，无论从获得过的荣誉级别还是参加过的活动档次来看，百叶龙绝对是一位资深的大将军，可以说是身经百战，北京都去过好几次，在中南海都舞过三场，是一条真正的见过大世面的龙。

这次参加省内的比赛，大家胜券在握，个别队员甚至还有些漫不经心。再说，当时正处于农忙时节，很多舞龙队员家里都有活。经过商量，最后决定只派20名舞龙队员的小阵容前去参赛。大家希望比赛早点结束，拿个大奖，带着美好的心情去逛逛河坊街，给家人带点小礼物，然后马上回家。

这里还有一个时代背景需要交代。从80年代起，我国开始以经济建设为中心，广大农村从1983年起实行了家庭联产承包责任制。原来舞龙是集体的事，队员参加舞龙，田里的活不用干，工分并不会少。现在，舞龙没有正常收入，或只有一点很少的补贴。自己家的田还得自己种，一个男人荒着自家田里的正事去舞龙，显然有点不务正业了，家里的堂客也不会乐意。因此，舞龙队员的积极性就大打折扣。

为了把舞龙这件事坚持下去、传承下去，谈小明、谈勇父子可是花了不少心血，但还是有点力不从心。做龙、修龙缺少经费，他们就自掏腰包。人手不够，他们把整个家族中能够舞龙和跳荷叶的二三十个男男女女全都发动起来了。

吴山广场上的比赛正在紧张进行中。此时，长兴也有人在关注这场比赛。

那一年，一位长相甜美的乡镇文化站女站长调到了长兴县文体局群文科工作，她叫杨明珠。当时，她还是一名普通的工作人员，是群文科科长张月琴的助手。谁也想不到，七年后杨明珠将担任长兴县文化广电新闻出版局副局长、长兴百叶龙演出有限公司（长兴大剧院）经理，开创长兴百叶龙走向市场、走出国门的新纪元。

2000年5月20日，池文海到局里办完事，看到杨明珠一个人在办公室里，就问她："明珠，想不想去看一下百叶龙的表演?"

杨明珠说："好呀，今天局里有很多人都去吴山看百叶龙的表演了……池导演，我们去哪里看呢?"

池文海说："去我小女儿家看吧，她家里有彩色电视机。"

当时，长兴有彩色电视机的人家并不多，池文海家里只有一台黑白电视机。他觉得这种表演用彩色电视机看才好，所以要去女儿家。

此次百叶龙去吴山广场参赛，池文海因为另有演出任务，没有参与前期的排练。但他心里十分惦记着这件事，甚至还有一丝隐隐的担心。因为他知道，这几年百叶龙舞蹈一直没有什么变化，表演时依然在用自己很多年前编排的老套路。这些老套路如果仅仅是参加一般性的舞台表演，那还过得去，如果去参加广场比赛，就有点穿长衫着短裤——不匹配了。

艺术就是要顺应形势，顺应场地，不断变化，不断出新，当然还需要资金的投入，这一点池文海太了解了。因为担心，所以他想看看比赛的实况。

这次比赛是现场直播，等到百叶龙开始表演时，池文海的双眼一眨都不眨，紧紧盯着屏幕。突然，他用双手捂住眼睛，紧张到不敢看。然后，他又忍不住把手放下来接着再看，嘴里连连说着："啊呀，不能看，不好看……"

"怎么了，池导演?"杨明珠之前在小浦镇文化站当站长，她知道百叶龙，但对舞龙这件事并不了解。所以，当时她无法理解池文海为什么捂住双眼大呼小叫。直到后来，杨明珠自己参与了百叶龙的工作，再回想起那天池文海老师的表情时才恍然大悟，她说："现在我才真正理解池老师当时的心情。一旦爱上百叶龙，从此就会牵肠挂肚。"

回到吴山广场，当一个又一个舞龙节目先后登场，长兴人突然发现，无论是阵容上，还是气势上，人家可都是有备而来的。有的节目甚至是三五条龙齐上阵，以七八十人的大阵容在广场上狂舞。吴山广场的场子太大了，先不说舞蹈的质量，假如阵容上不够看，绝对不适合出现在今天这种场合。

如果说，以前的百叶龙一出场就能夺人眼球，那是在舞台上才能呈现出的效果。今天，吴山广场不是舞台，不是那种几个筋斗就能翻到头的小舞台。

精彩，必须顺应时代的审美需求，顺应环境的要求，顺应观众的欣赏要求。舞台表演和广场表演是完全不同的展示形态，一台成熟的节目，必须形成全天候的多套表演版本，才能扬长避短，呈现最美的效果，但长兴百叶龙显然没有在这些方面认真做功课。

当一条孤零零的百叶龙伴着单调的锣鼓声游进开阔的吴山广场时，在气势上就已经输了。十几米长的百叶龙在阔大的吴山广场上，看着简直就是一条蛇——一条粉粉嫩嫩的小花蛇，再怎么使劲，也只能舞出小花蛇闹新春的戏份。它曾经炫耀夺目，如今一看，有点风光不再，已经无法满足当代人的审美期待了。

比赛结束后，领导宣布奖项和得分，长兴百叶龙的得分垫底。

曾经很多年，百叶龙都是拿奖的专业户，只要一出场，每次都能获奖，而且是稳稳地拿大奖，拿皇冠上的顶级钻石。但这次，却拿了最后一名，这是大家万万没想到的。

颁奖结束，浙江省文化馆民间艺术中心的一位专家把在场的时任长兴县文体局局长陈亦祥拉到一边严肃地说："长兴百叶龙老了……原地踏步，不进则退。人家快步前进，你们这几年有点原地踏步，走到今天这一步，实在是可惜了……"

吴山广场是长兴的痛！

痛，是一件坏事，或许也是一件好事，痛能让我们清醒，让我们反思，让我们寻找重生的出路！

从杭州回来第二天，长兴县文体局马上召开了重振百叶龙舞蹈的专题局党委会。大家坦诚地摆问题，找对策。那天的天气本来就不好，云层很厚，会议室内的气氛更加严肃、压抑。

经过冷静客观的分析，大家的意见基本一致：百叶龙在飞速发展的新形势、新要求下面临前所未有的挑战！这些年来，作为主管单位对百叶龙的关心不够，在成绩面前过于自信。人家的节目在不断创新，不断发展，但我们却躺在功劳簿上睡大觉。目前，百叶龙舞蹈所能适应的表演场地十分单一，一旦离开了华丽的舞台和璀璨的灯光，就会黯然失色。

局党委班子意见一致，百叶龙是民间艺术瑰宝，是长兴人民的宝贵财富，我们绝对不能任其湮灭，必须对其进行重大改革，让它脱胎换骨，焕发青春！不然，我们对不起祖宗，对不起长兴人民！

2000年6月底，一份由浙江省文化厅下发的文件送达长兴县文体局领导的手中：全国第十届“群星奖”舞蹈大赛将于12月举行。“群星奖”是文化部设立的群众文化比赛最高奖，也是中国社会文化艺术政府奖。浙江省将推选余杭滚灯、青田鱼灯、海宁花灯三个节目参赛，长兴百叶龙不在其中，但可以作为备选节目送文化部定夺。

乐观地说，倒数第一名，还能被邀请作为全国大赛的“备胎”节目，可见百叶龙在很多人心中的地位。但如果这次当“备胎”没有备出奇迹，以后或许再也没有这种机会了。

局领导铁了心：备选就备选，备选能让我们自加压力。这个全国大奖百叶龙一定要冲一下！

高有顺副局长、池文海导演马上带着天平村的舞龙骨干来到浙江省文化馆，请民间艺术专家“会诊”百叶龙舞蹈。

浙江省文化馆也就是原来的浙江省群艺馆，2000年起更名为文化馆。在三楼会议室召开的专题座谈会上，大家献计献策，讨论非常热烈。省文化馆舞蹈室主任、舞蹈专家邵小眉认为，百叶龙舞蹈之痛在于多年来阵式、套路、道具都没有变化，相对落后了，作为一个在今天表演的民间舞蹈，已经不能适应当代人的审美需求了。我们需要改革，但改革并不是要丢弃百叶龙舞蹈的好传统，譬如，美丽的荷花瓣组合的百叶之龙的巧妙突变，还有百叶龙那优美的民间传说等。舞蹈要创新，应更多地在营造美丽的江南意境，形成灵动、大气的舞蹈风格等方面下功夫。

池文海在会上也提出了自己的三点基本想法：一、扩大演员整体阵容，人数可增加到60人，将延续百年的一龙独舞变为双龙齐腾；二、伴奏音乐、服装道具要全部进行重新创作和更新；三、天平村舞龙队员作为种子队员参加外，另从全县范围内遴选新演员，为百叶龙增加新鲜血液。

池文海的三个想法得到了省文化馆专家和长兴县文体局领导的一致支持。

长兴县文体局最后砸下了四板斧：第一板斧，组成一个专门班子，局长亲自挂帅，副局长具体牵头，文艺科科长张月琴、副科长杨明珠负责抓落实；第二板斧，请池文海出场，再邀请浙江省歌舞剧院国家一级编导孙红木、浙江省文化馆舞蹈室主任邵小眉和民间文艺专家吴露生共同组成一个百叶龙舞蹈提升专家组，探究百叶龙在传统根脉上的时代题解，打造新版本；第三板斧，确保重点，把两年的文艺经费一共30万元全部投入百叶龙舞蹈的编排和伴奏音乐、服装道具的更新上；第四板斧，马上充实新的百叶龙队员，确定双龙齐腾。

在长兴县委宣传部、长兴县教育局的大力支持下，长兴县文体局从天平村、清泉文武学校等15个单位共遴选出59名业余舞龙队员，进行两个月封闭式集中训练，由省专家和长兴本土专家池文海、谈小明等共同倾心辅导。集训结束后，再保持不间断的训练。

这一次，长兴发誓要让百叶龙脱胎换骨，东山再起。

长兴新龙人与龙师父

2023年9月20日下午，经过池慎芳的牵线搭桥，我在长兴华润燃气公司北门旁二楼的南山武术馆认识了两位长兴武术教练：一位名叫曾泼，武术六段，目前是南山武术馆的馆长；另一位名叫杨斌，武术五段，目前是长兴北门菜场楼上的博弈武术馆馆长。

曾泼生于1979年，15岁时因梦想成为飞檐走壁的武林高手，从温州来到长兴习武，现在已经在长兴生活了近30年，说一口标准的普通话。杨斌老家在长兴煤山镇，1981年出生，也是从15岁那年开始习武。

他们的关系很不错，成长之路有很多相同之处。两人都是从15岁开始在清泉武校跟随校长周清泉习武。他们入门时，清泉武校还在八三部队的西洞口营房，名叫八三武校。后来搬到太湖边的父子岭附近，并改名清泉武校，那是2000年下半年的事。两人因为学业优秀，武艺高强，后来都留校当了教练。2000年夏天，两人同时被池文海导演相中，结为师徒，并从此与百叶龙结缘，成为长兴新龙人。因年龄关系，七八年前，两人从武校离职后，都在长兴开了武馆，学生不计其数。

话说2000年7月4日清晨，长兴清泉武校校长周清泉在山坡上刚刚打完一套南山飞虎拳，他边擦着额上的汗，边走回自己的办公室。

南山飞虎拳由周清泉从南拳发展而来。南拳又称南方拳，是明代以来流行于南方的汉族拳种的总称。它以福建、广东为中心，广泛流传于长江以南地区，故称南拳。作为南少林等拳种与中国南方各地拳种相结合的产物，技术套路繁多，遍布各省。由于历史悠久，再加上师承关系的演变，形成了多种打法，但多数套路仍具有同一特点，总属南拳。

周清泉刚走进办公室，便接到了文体局副局长高有顺打来的电话，说长兴百叶龙要参加一个全国比赛，需组建一支新的舞龙队，打算从清泉武校的学生中挑选一批舞龙队员，请他支持。

周清泉平时做事就非常爽快，再说这是一件为长兴争光、为武校争光的事，就一口答应了下来。

7月5日上午8点，曾泼、杨斌、孟国良三位学校教练带上从各自班里挑选的身体素质特别好的40多名高中男生，来到了长兴体育馆接受导演的选拔。

当他们带着学生走进体育馆的时候，就感到走进洗澡堂一般，有一股热气从里面喷涌而出。曾泼有点不适应，竟后退了一步，但还是硬着头皮带学生走了进去。

曾泼看到体育馆场地正中间站着几个人，其中一个男人卷发，风度翩翩。

男人朝大家招招手："来来来，小伙子们，到我面前来站个队，听我说几句。我叫池文海，是文化馆的编导，我身边这几位是文体局的领导。今天把大家请到这里来，就是要挑选一批百叶龙的舞龙队员。百叶龙大家知道吗？这可是我们国家最漂亮的龙，曾经到天安门舞过，到中南海舞过，名气大得不得了。今天你们如果能被选中成为百叶龙的舞龙队员，去参加全国的比赛，就是一件非常了不起的事，可以让你吹一辈子的牛。好了，废话不多说，马上开始走队形、走台步。先看我的动作，然后你们每个人学着我的样子走一圈。”

说完，池文海叉开双臂，在40多位师生面前走了一段小碎步。这腰肢、这手势、这步子、这表情，把大家看得目瞪口呆。

在教练的督促下，几个胆子大的学生硬着头皮上前学走台步，胆子小的学生直往别人身后躲。十几个学生一圈台步走下来，池文海锁着的眉头一直没有展开。曾泼是个聪明人，一看池导演这表情，心里想：我们带去的学生万一都选不上，或选上的人太少，不仅学校没面子，自己也没面子。

曾泼急了，对着学生大声嚷嚷起来：“同学们，胆子大一点行不行？这又不比学武难。看我的……”他来到学生面前，示范着走了一圈。尽管这台步算不上非常标准，但比学生走的那几步可要强多了。

池文海一看曾泼长相英俊，身材匀称，动作协调，关键是还很有责任心，马上就用手一指：“你，太漂亮了。你是教练吧，就选你了！”

尽管曾泼从来没有舞过龙，但他并不惧怕舞龙。当时，他的体重只有105斤，且因为常年习武，可以说是身手矫健，体能一流。他并不知道，池文海相中他，并不是让他做一名普通的舞龙队员，而是要委以重任，让他舞龙尾巴。

而身材高大的杨斌却有着一颗腼腆的心，他并不擅长表演，在公众场合，他甚至有点羞涩。他认为舞龙是一种舞蹈，自己根本不适合。他原以为今天只是陪着学生来就可以了，没想到把教练曾泼选进去了，自己也完全有可能搭进去。

发现池导演的目光正朝着自己看过来，杨斌感觉情况不对，就脚底抹油般开始往后退，但他这充满男子汉气概的硬朗五官，体重170斤、身高1.83米的亮眼身材，不要说退上三五步，哪怕是退上一百步，在这些稚嫩的高中生中间，也依然是出类拔萃。

果然，不退不要紧，一退，池文海马上发现了，用手指指："你，帅小伙子，你中奖了！"

现场的很多人都哈哈大笑起来。杨斌却连连摆手："我是武术教练，我不行的，我不行的。"转身就要向门外逃。池文海不依不饶，对身旁的高有顺说："高局，刚才这个小伙子是舞龙头的好料，你帮我把他抓回来……"

高有顺可是一个办实事的人，既然池导演相中了，杨斌自然逃不出他的手掌心。

演员挑好了，事就成功了一大半。一个人对舞蹈的感觉，对音乐的感觉，对艺术的感觉，很大程度上源于天赋。完全没有艺术天赋的人，即使费很大的劲，也是难有建树的。如果这个人从娘胎里就自带一定的艺术天赋，只要稍稍一点化，便能点石成金，闪闪发光。对此，池文海太有体会了。

所以，挑选队员这件事，池文海特别认真。经过一遍遍筛选，从这45名学生和教练中优中选优，最后挑选了14名他认为符合要求的舞龙队员。其中杨斌舞龙头，曾泼和另一个学生舞龙尾，还有11个学生舞龙身。

长兴县体育馆位于雉城镇太湖中路170号。1997年6月竣工，馆内采用大跨度网架结构，馆顶双层彩钢板压面，场地面积756平方米，设有2274个观众席座，可承办篮球、排球、乒乓球、体操、摔跤、拳击等比赛。

但是，体育馆内没有安装冷气设备。夏天，走进馆内就像走进了孵化箱，温度超过40摄氏度，下午时段的气温更高。舞龙队员在排练时，只能靠两个排风扇降温，但排风扇降温的效果不尽如人意，往往是几分钟练下来，队员们就已经汗如雨下，像刚从水里捞出来一样。

整整两个月，每天早晨8点到晚上8点，一天不停。早晨就是两个肉包子加一袋豆奶，中晚餐吃盒饭。晚上结束后，每人再发两个面包，没有一分钱报酬，这批小伙子纯粹是为了荣誉而战。

这次跳荷叶的20名漂亮的女队员都是从长兴相关小学和幼儿园的老师中挑选的，她们和男演员一样，也在体育馆里整整练了两个月。中午的时候，无论是男队员还是女队员，都直接躺在地板上休息。没有人怪地板太硬，也没有人担心自己的睡相不好看。因为一个上午练下来，浑身的骨头已经散架，浑身的肌肉都在呐喊，吃完盒饭，满脑子只有一个想法：赶紧睡一会儿，恢复体力。

63岁的池文海也和大家一样席地而睡，只不过他从家里带来了一个枕头，他说这地板太硬了，头皮硌着太疼，吃不消。凳子后面的地上睡着杨明珠，作为年轻干部的她全程陪同训练，随时为大家做好后勤。

其实，在这批队员中，来自天平村的谈勇和其他几位老队员是最辛苦的。因为舞龙对新队员来说，是一个全新的学习过程，而对老队员来说，大部分时间都是在做重复的动作，是在配合新队员训练。

尤其是舞龙头的谈勇，32岁的他，年龄和资历是全体队员中的大哥大，但他却要比其他队员付出更多的汗水。

谈勇是家里的长子，生于60年代，读书时，他每天放学后的任务除了割猪草，就是到田里帮爸爸妈妈干农活。当时，猪草的需求量太大，草生长的速度却赶不上被割的节奏。有一次因为肚子疼，他割的猪草特别少，很害怕回家会被爸爸妈妈骂。同去割猪草的一个孩子就教他在猪草篮下面用小木棍支撑出一个空间，然后在上面盖上一些草，让自己割的猪草看上去多一些。谈勇想来想去还是不敢这么做，因为爸爸对他说过，诚实做人最重要。回到家里，爸爸干活还没回家，妈妈看了看这半篮猪草，就问他什么原因。谈勇只能实话实说，妈妈听后心疼地摸了摸他的头说："可能是肚子里有了蛔虫，下次妈妈去给你买打蛔虫的药。……你喝点热水先到床上去躺着，吃饭叫你。”

谈勇告诉我，那时候干的是牛的活，吃的却没有比牛好多少。一个月也难得闻到一点肉香味，早餐永远是咸菜泡饭。带到学校去的中午吃的菜，也永远是咸菜。为了给家人和自己增加营养，晚上，他只能点着煤油灯到田里去捉田鸡，掏黄鳝。用他的话说：“我们小的时候，如果下过一场雷暴雨，点着煤油灯到田里去一照，整片田都是白色的，现在再也看不到这种场面了。”为什么田里都是白的？他告诉我，因为田鸡的肚皮都是白色的，田鸡太多，远远看上去田里就会呈现一片白色。

贫困的生活，让谈勇养成了吃苦耐劳的精神，但他的身材却并没有因此而变得瘦弱。读高中的时候，他就已经长得膀大腰圆，身高有1.75米。谈小明认定儿子是一块舞龙的好料子，就经常在扎龙和舞龙的时候带上他。作为父亲，谈小明平时的话并不多，他更多的是用自己的行动来感染儿子。

谈勇18岁生日那天，母亲精心为儿子煮了一碗长寿面，面上还盖了一个荷包蛋。平时并不爱喝酒的父亲此时却拿来两个小酒盅，在里面倒满了自家泡的杨梅酒。长兴出杨梅，很多人家都会在杨梅收获的季节泡上一坛酒。谈小明家的这坛酒已经泡了六年多了，在阳光下呈现出琥珀一般的颜色，看上去很美很香很诱人。谈小明啥都没说，举起酒盅，让儿子也举起酒盅，然后两人一碰，就一干而尽。

谈小明说：“从今往后，你就是大人了，是一名正式的百叶龙舞龙队队员了。舞龙不是图好玩，也不是为了出风头，更不是为了钱。百叶龙是我们天平村的精神，是天平村的传统，更是天平村人的骄傲。百叶龙是我们祖辈传下来的，我们要把它一代一代传下去。你是谈家的长子，这个任务就交给你了。老书记王长根经常对我们说：‘是龙还是虫，是龙就使劲舞起来！’这句话你一定要记住！”

谈小明把一根擦得锃亮的舞龙棍交给了谈勇。那年，谈小明的二儿子谈胜16岁，老三谈利才8岁，他们在一旁看着，眼里充满了羡慕。

也许，就是从那天起，谈勇才真正明白百叶龙意味着什么。在如此艰苦的排练条件下，谈勇不仅是一名舞龙队员，更是全体舞龙队员的带头人，是全体新老队员学习的榜样。如果有谁闹情绪了，不想舞了，他总会主动上前帮忙做思想工作。

排练间隙，池文海经常为大家加油："小伙子们，小姑娘们，大家要加油干！你们是最棒的，百叶龙是最棒的，你们的身材马上也会是最棒的！"

在队员们情绪低落的时候，谈勇会扯着嗓子大喊道："是龙还是虫，是龙就使劲舞起来！"

队员们齐声喊道："我们是龙！使劲舞起来！"

如此一来，现场紧张的气氛马上轻松了很多，浑身肌肉的酸疼和疲惫好像也缓解了很多。

当然，如果有谁一个动作教了几遍依然没有达到要求，池文海也会跟你急，甚至会骂人。

杨斌告诉我，在2000年夏天的相当长一段时间里，自己的内心可以说是压力和痛苦交织。"第一是走小碎步，一开始真的走不好。但池导演说，舞龙，是龙在舞，不是你在舞。我们要把龙舞成真正的龙，首先要让龙活起来，游动起来，所以，必须要走小碎步，要通过脚下的小碎步与双手的舞动互相配合，真正呈现一种游龙在天的畅快之感。而且，他要求我们在走小碎步的时候，身体不能僵硬，要保持一种柔韧度，能展示出身材、动作之美。作为舞龙头的队员，池导演要求我和谈勇大哥的每个动作都必须踏着音乐的节奏，把整条龙带好，如果踩不到节奏，整条龙就废了。除了步子和动作，还有表情。池导演是一个对艺术特别讲究的人，他要求我们每一位舞龙队员、每一位荷叶姑娘，必须注意自己的形象美。我舞龙头，正面对着观众的时间较多，池导演要求我从上场到退场，全程分分秒秒必须是面带微笑的。但在实际的舞龙过程中，因为要发力或体力跟不上，后面的队员没有配合好，我必须使出更大的拉力，此时说不准我的脸部表情就会发生变化，忘了微笑，或者说我已经没有力量笑了，脸部表情僵硬了，变形了。池导演一看见，马上就开骂。所以，我的压力特别大。”

杨斌告诉我，骂你或表扬你，池导演有两个标准动作，就是先一跺右脚，再用右手的食指指着你，食指还必须微微向上翘，有点兰花指的味道。

我问，还记得他是怎么骂你的，或者说他有什么骂人和表扬人的口头禅。

曾泼马上站起来说：“我学给你看，他用带点广德口音的长兴普通话，一跺脚，用手一指，说：‘丑死了！丑死了！你把我吓到了。’这是骂你。然后他又一跺脚，用手一指说：‘亲爱的，你太美了！太美了！’这就是赞你。”

曾泼这番表演，把我和杨斌都逗笑了，池导演在我们面前一下子重新鲜活起来。但在一边的池慎芳却擦起了眼泪，她对我说：“不好意思，曾泼学得太像了……”

此时，杨斌的脸色又凝重起来，他说：“当时，尽管我和其他的队员并没有觉得池导演‘骂’我们是无法接受的，但我们更希望听到他的表扬。现在，为人师，又为人父之后，我随着百叶龙参加很多大型演出活动，还去过俄罗斯、法国、英国等很多国家表演，每每遇到他人表扬和赞美我，我就会想起池导演对我的严格要求和认真教导，我感受到他当年对我的‘痛骂’是多么必要，想到这些，我的心里就会特别温暖。说实话，我的荣耀，我的成长，都是池导演带给我的。所以，我特别感恩这辈子能遇到这么一位对艺术精益求精的好专家、好老师。”

功夫不负有心人。在池文海的努力下，在谈勇、杨斌、曾泼和全体队员的努力下，百叶龙舞蹈经过了脱胎换骨般的大调整、大更新、大提升后，经文化部派来的专家认真审核，一致同意将百叶龙舞蹈列为正式参赛节目，代表浙江省参加世纪之交的国家级舞蹈盛会。

跌倒吴山，完胜椒江

2000年11月28日至12月4日，全国第十届“群星奖”舞蹈大赛在浙江省台州市椒江区鸣锣开赛。来自全国35家参赛单位的212件舞蹈作品将参加金、银、铜奖的角逐。

这场由中华人民共和国文化部设立的群众文化最高级别的大赛，自1991年设立以来已举办了九届。从1996年开始，“群星奖”由多门类评选改为单项门类轮换评选，音乐、舞蹈、戏剧、美术这四大门类每年举办一届，每届主赛一个门类，四年为一轮。

本届“群星奖”是自1996年改为单项门类评选后，群众业余舞蹈作品的第二次比赛，分为舞台舞和广场舞两项进行评奖。当时，报名参赛的作品达3000多件，到现场参加决赛的演员就有3200余人，是历届“群星奖”参赛节目、参演人数最多的一次。

来自全国各地的舞蹈代表队，纷纷拿出了他们的独门绝活。一件件出自山川江河之子、云天风月女儿的艺术精品，以对历史和现实的真知灼见，以对艺术和舞魂的精辟理解，用一个个精致且一丝不苟的动作，深情叩击现场每一位评委和观众的心。

百叶龙全体队员到达椒江后，白天和晚上都在加紧进行最后的排练，以便让阵形和每一个动作与比赛场地高度吻合。不巧的是，到达椒江这几天，那里的海风特别大，给排练造成很大困难。因为风大，阻力就大，队员们要比平时训练付出更多的力量。特别是跳荷叶的姑娘，她们手中的荷叶差不多就是一把直径一米多的大伞。而且，这把伞属于刚刚研发出来就投入战场使用的新科技，还不能收拢，当时从长兴到椒江，是姑娘们坐在车里一路举着过来的。大家都知道，平时撑着伞如果遇到刮大风，一个不小心伞顶就会吹得往上翻。假如体重比较轻，力气比较小，伞完全可能变成一匹不听话的马，把人带着跑。池文海要求大家反复训练，找到抗风的最佳力量平衡点，或将伞侧一点避风。

到达椒江的第二天下午，他们一直在现场排练到太阳西下，灯光亮起才结束。

2000年12月，百叶龙备战全国第十届“群星奖”舞蹈大赛　　长兴县文广旅体局 供图

杨斌肩扛着龙头，带领大家从两米多高的舞台上顺着台阶往下走。突然，他感觉到侧面有一个黑影像大鸟般从台上飞了下来，猛一转身抬头，竟看到为自己伴舞的那位荷叶姑娘身子往后直挺挺从台上摔下来。杨斌反应灵敏，放下龙头展开双臂一下子接住了姑娘。

姑娘脸色苍白，闭着双眼，没有任何表情，把大家给吓坏了。现场的安保人员、志愿者马上领着杨斌就往医务室跑。

尽管杨斌身体强壮，力大无比，但连续的训练，已经让他的双臂发酸发疼，不听使唤。抱着荷叶姑娘赶到百米外的医务室时，他的双臂已经像断掉似的抬不起来。

但医务室条件有限，平时只能做一些简单的皮外伤处理，他们无法对荷叶姑娘的病情做出判断，便马上叫来一辆救护车，把荷叶姑娘送往当地的人民医院。后来经过检查，荷叶姑娘正处于生理期，加上连日高强度的训练，可能是太累了，犯了低血糖，在训练结束后的一瞬间心情放松，就出现了短暂的昏迷。在医院输液观察后，第二天，荷叶姑娘重新回到了排练现场。

事后，大赛组委会的领导、长兴百叶龙的带队领导、池文海和全体队员纷纷赞扬杨斌反应迅速，荷叶姑娘当然更感谢杨斌的挺身相救。说实话，如果没有杨斌这有力的双臂"公主接"，荷叶姑娘身子后仰从两米多高的台上摔下来，后果不堪设想。这样的话，百叶龙此次参赛无论得不得奖，都将留下一大遗憾。

2000年12月4日晚，百叶龙即将登台亮相。此时，池文海和所有在现场的长兴人的心都提到了嗓子眼。因为这一舞太重要了，在此之前的五个多月魔鬼般的训练中，池文海整整瘦了五斤，经常是回到家连手臂都抬不起来了，只能用小女儿买的追风油擦一下以缓解疼痛。

他还发现自己的嗓子沙哑了。以前，嗓子沙哑了只要休息两三天就能恢复，但这次一直不见好转。小女儿硬是拉着他到医院检查，但医生并没有看出什么问题。池文海自然也就没有将此事放在心上，依然每天拿着大喇叭在现场叱咤风云，进行指挥。

其实，退休这三年，池文海更忙了，邀请他去排练舞蹈的单位络绎不绝。但他的原则是，商业性演出活动尽量不参加，主要为长兴本地排练节目服务。另外，政府部门、文化单位举办的活动，他义不容辞。

2000年4月，湖州市筹备首届湖笔节，金洲集团有一个节目要在湖笔节开幕式上表演，湖州市文化馆的一位领导亲自出马邀请池文海帮忙。池文海了解到首届湖笔节对于整个湖州市对外宣传的意义和影响，马上就答应了。

然后，池文海在湖州金洲集团的招待所里住了整整一个月。

池文海是个急性子，从来不肯迟到，也不喜欢让人家等自己。每天早晨，他都在企业食堂吃两个白煮蛋和一个包子，再喝一碗稀饭，然后乘着金洲集团安排的小车，赶往湖州市文化馆排练厅。有时候司机来早了，为了不让司机在食堂门口久等，他就把滚烫的粥三口换作两口灌下去。当然，他平时也比较喜欢喝烫粥。

金洲集团的排练一结束，他马上全身心投入百叶龙舞蹈的排练。为了百叶龙舞蹈参加全国第十届“群星奖”舞蹈大赛的备战，池文海可谓是用足了心思，他特别满意的两点，一是用飘飘欲仙的碧绿荷叶伞取代了原先已用了几十年的生硬道具——木质云牌。这一改进，是百叶龙又一次变“行走”为“飞翔”的重大改变，是一次“灵魂”级的提升。二是在动作中借鉴吸收了其他龙舞的表演动作，如铜梁龙飘逸潇洒的游走姿态等。

尽管有些改进是微细的，但带来的效果是至关重要的。他知道，有时候超越自己，提升这条已经修炼了百年的龙是不容易的，需要有一点冒险精神。

比赛还在进行中，前面已经有五六个实力不凡的节目登台献演过了，在浙江文艺界非常被看好、最有夺冠实力的海宁花灯也演过了，当时，现场的观众反应非常热烈，长时间的掌声终于像退去的海潮般慢慢平息了下来。忽然，宁静的舞台上传来了一曲池文海非常熟悉的悠扬田歌，现场的观众顿时被这美妙清新的田歌磁石般吸引住了。

音乐，可以说是全新的百叶龙舞蹈又一精彩亮点。2021年，文化部群众文化专业高级职称评审委员会委员、浙江省文化馆馆长、浙江省音协副主席张卫东在《精彩！长兴百叶龙》一文中曾写道：

> 每当静静观赏精彩的表演之时，细细品味音乐，真为作曲家的精心构思和美妙旋律叫绝。舞蹈音乐以两首长兴民歌《长工歌》和《牵砻号子》为素材，分别作为慢板主题和快板主题，无论是风格、意境、情绪、形象都那么贴切，音乐的发展变奏与舞蹈的画面转换相得益彰、天衣无缝。
>
> 印象最深的有开场引子那段水淋淋的竹笛散板和接下来表现荷塘景色的弹拨乐慢板段，舒展悠扬，美不胜收；而荷花变龙前风摇荷叶的意境渲染和百叶龙跃出水面那一瞬间被强化、放慢的快板主题乐句以及紧接着的百叶龙上下翻飞的快板段，荡气回肠、令人震撼。尤其是慢板乐段以弦乐色彩再现时，伴随着演员的圆场步慢慢游动，那百叶龙真如腾云驾雾，飘飞于碧波之上，让人如痴如醉，似入仙境。整体音乐结构严谨、素材集中、段落清晰、对比鲜明、过渡自然、变奏有机，确实不失为经典，为展演版《百叶龙》舞蹈的成功起到了不可忽视的作用。

美妙清新的音乐像春风般拂过现场每一位观众的耳边，为大家带来如痴如醉的艺术感受，两条神龙也即将在风光旖旎的十里荷塘中登场。你看，在一池江南的连天碧绿中，宽大的荷叶扇动着柔润的翅膀，犹如在大海中漫游的鳐鱼。几十位少女舞姿曼妙，她们在花与叶的世界中起伏着，婀娜着，美不胜收。紧接着，如影相随的小伙子们手擎荷花苞进入舞台，那朵朵花苞微微舒展，分外艳丽。一旁，两只灵动美艳的蝴蝶正翩翩起舞，化作圈圈涟漪……一个关于青姥塘的

舞姿曼妙　　田家村 摄

“荷塘育龙”的美丽故事由此在一座大海边的城市展开。

当人们沉醉在这一派荷塘月色的绝妙意境中时，忽然，天有不测风云，龙有旦夕祸福。惊雷炸起，灯光忽暗忽明，在音乐的跌宕起伏中，荷叶们迅速把荷花护成了一个圈。此时，荷花塘内，荷叶翻飞，粉色狂舞……

一瞬间，两条身披荷花的百叶龙从青姥塘的荷叶中以千钧之力昂首穿出，时翔天空，时游荷间，时开时合。

这一刻，长兴的新龙人已经和百叶龙融为一体，不断在绿叶叠映红花的舞台上空画出美丽的弧线。

这一刻，龙珠小伙、舞龙小伙、荷叶姑娘、蝴蝶小伙让满塘风动，充满活力和妩媚，让龙韵挥洒。

这一刻，池文海认为百叶龙舞蹈的阵容没有问题，动作没有问题，音乐没有问题，服装道具也没有问题，小伙子、小姑娘们的表情也没有问题，大家的信心和力量更加没有问题！因为这一切都在心中，已经演练了几千遍。

著名民间艺术学家吴露生认为，2000年版的百叶龙舞蹈最为可圈可点的是越过高潮后收尾，这在传统的绝招上更进一步：两条荷花龙在风和日丽中一番狂舞后陡然收住，犹如闲庭信步的慢动作，极其惬意地先龙尾、后龙头缓缓入池，悠悠然，龙形又变回了朵朵盛开的荷花，似乎寓意着百叶龙魂归故里，潜入荷叶塘，有朝一日再造福乡亲。宽大的舞台上，一曲舞罢，队形缓缓散开，映日荷花别样红，舞台上再一次呈现太湖西南岸充满诗意的十里荷叶塘那美好风光……太完美了。

跌倒吴山，完胜椒江。

最终，重生后的百叶龙舞蹈如跨过天际的彩虹，以惊艳的姿态结束了精彩表演。看惯了大海波涛的观众们，被眼前这蕴含江南意境的绝美舞蹈征服了，现场顿时响起了雷鸣般的掌声。

一位专家感叹："太美了！看过百叶龙舞蹈后才知道，什么是舞龙，什么是龙舞。长兴的百叶龙表演才是真正的龙在舞蹈啊！"

百叶龙的表演结束了，最后一个参赛队的表演也全部结束了。但评委组却迟迟没有公布最后的比赛得分。

12月的椒江，晚上的风特别大，有如刀划过脸颊。现场的观众都穿着厚厚的毛衣，但舞龙队员都穿着很薄的演出服，男队员的胳膊都露在外面，姑娘们穿着薄薄的裙子。尽管很多队员穿上了带来的外套，但还是感觉冷。等待是漫长的，半个多小时过去了，依然没有等到比赛的最后结果。长兴的带队领导和池文海就劝说队员们先回到酒店休息。有几位队员不肯走，结果被池文海硬拉了回去。

回到酒店后，大家都累得直接倒在了床上，只是一点睡意都没有。23点5分，酒店五楼突然爆发出阵阵欢呼声，长兴的队员全都从房间里冲到走廊上又蹦又跳。还好，这几天整个酒店住的都是参加"群星奖"舞蹈大赛的演员，发生了什么事，大家都明白，大家都理解，否则，肯定要把其他住客给吓坏了。

得到百叶龙舞蹈获得全国最高奖的消息，大家难以抑制内心的激动。

五楼最东面的一个房间内，只有一盏昏暗的台灯亮着。池文海独自倚在窗前看着窗外的夜景。他也得到了这个喜讯，他很高兴，但他没有像小伙子、小姑娘们那样跑到走廊上去又蹦又跳。

窗外，一轮孤冷之月挂在空中，远处，璀璨的城市灯光历历在目。此时此刻，我们不知道他心里在想什么；此时此刻，我们知道他

2000年12月，全国第十届“群星奖”舞蹈大赛结束后，池文海与部分百叶龙队员合影

内心一定在想着什么。

百叶龙舞蹈承继了传统民间艺术的优秀元素，又结合了新时代的人文精神，以出神入化的艺术手法、近乎完美的表演赢得了来自大江南北广大观众和评委们的一致好评，毫无争议地荣获了全国第十届"群星奖"舞蹈大赛金奖。那一刻，一直留在比赛现场等待结果的陈亦祥、高有顺、张月琴、杨明珠、谈小明、谈勇、杨斌和部分演职人员喜极而泣，让喜悦的泪水洒满了舞台。此刻，那成功背后的艰辛，也许只有舞龙者自己能体会到。

浙江省文化厅副厅长沈鸣与长兴的领队和留在现场的队员们一一握手，开玩笑说："百叶龙今天的华丽变身很成功、很彻底……这次拿了这么大一个奖，长兴百叶龙又可以风光一百年了！"

长兴人奔走相告：我们的百叶龙又成功了！

《舞蹈》杂志由中国舞蹈家协会主办，2001年1月，这本中国舞蹈界最权威的杂志，在当年第一期发表了现任浙江省非物质文化遗产保护协会传统舞蹈专业委员会主任吴露生先生撰写的文章《叩击世纪门扉的璀璨群星——全国第十届"群星奖"舞蹈比赛述评》，此文对百叶龙舞蹈的成功进行了专业的剖析：

> ……个中原因，可能在于我们的群众舞蹈家们，他们在大社会与大自然中接受了比专业舞蹈家更丰厚的传统与现代、乡土与都市的双重熏陶——而他们又立足于时代……老一代群众舞蹈家们更贴近传统民间文化的厚土，故而对传统的东西一般不会盲目排斥。但在时代阳光下拔节成长的新生代，当他们面临是为旧文化续命还是参与新时代人文精神开创的命题时，他们是有选择地向后者倾斜了。如广场民间舞蹈《长兴百叶龙》，在清道光年间传统的《花龙灯》为花篮、花瓶串舞龙形的基础上，1956年改为

荷叶云片。而这次大赛中，他们大胆创新，放大了荷叶，改单龙为双龙，改进了龙身，增强了突变性，形成了极为美妙的江南龙舞神韵……群众舞蹈家们身处本乡本土，对自己的街坊乡俚有一种“恋域情结”，他们熟悉自己的风土人情，而往往自觉不自觉地表现出对非常熟悉的生活的品咂。在舞蹈中，他们常常表现得比专业舞蹈家自然得多，也出色得多。与此同时，群众艺术馆、文化馆对他们辅导，专业舞蹈家也对他们不时地指导，使他们的技能技巧飞速发展。这双重熏陶，也就无形中增添了璀璨群星的耀人光芒。

全国大赛后，长兴百叶龙声名远扬，邀约纷至，到处闪烁其熠熠光彩，演出任务十分繁忙。百叶龙不仅在国内风光无限，其荣光还漂洋过海，行走天下。

2003年2月12日上午8点，长兴百叶龙艺术团的全体队员登上大巴前往上海浦东，将在一号航站楼登机，随浙江省民间艺术代表团出访新西兰。超大的行李箱中，百叶龙很安静，正在休息。这次，舞龙队员中有谈小明和大儿子谈勇、三儿子谈利，还有王长根的小孙子王国虎，当然还有新龙人代表杨斌，可谓是精锐尽出。

往来千里路长在，聚散十年人不同。

2003年2月12日上午8点，长兴百叶龙的老师和朋友池文海乘车从长兴家中出发，往东，也是去上海，但他不是去浦东机场，而是去上海长海医院。

一边是大海，一边是窄门

2003年，第四届中国新年灯会将在新西兰奥克兰举办——这是浙江省一次重大的对外宣传活动。早在2001年初，省委宣传部、省文化厅外事处就开始物色随浙江省民间艺术代表团出访新西兰的节目，还专门派员到省文化馆调研并听取专家的意见。省文化馆民间艺术中心主任，也就是当年在吴山广场上曾严肃批评百叶龙"原地踏步，不进则退"的那位专家，这一次在介绍百叶龙时，态度大改，赞不绝口，眉飞色舞地说："最美不过百叶龙！"他将百叶龙作为出访新西兰的第一个节目极力推荐。

2001年春天，一位金发碧眼的外国人曾来到天平村。他叫詹尼夫·金，新西兰艺术家，也是新西兰奥克兰元宵灯会的策划者。詹尼夫·金对艺术从来都是专业而认真的，百叶龙好不好，看图片不行，看视频也不够，他必须自己登门看过才放心。乘着飞机在云里飞了十几个小时，再乘车在地上跑了三小时，他终于来到百叶龙的家乡。谈小明叫上几个小伙子在家门口轻轻松松舞了一把，就让詹尼夫·金的双眼发了光，也彻底放下了心。艺术这点东西，神奇就神奇在，有时候不需要任何语言，一看就懂，而且，好的艺术在全世界都能畅通无阻。眼见为实，詹尼夫·金承认自己一瞬间就被这条粉嘟嘟、会变魔术的长兴龙给吸引住了，当即拍板邀请百叶龙赴奥克兰参加2003年中国新年灯会演出。

詹尼夫·金回国后不久，新西兰亚洲2000基金会正式向百叶龙艺术团发出了邀请函。

新西兰奥克兰元宵灯会始于2000年，起初只是个在奥克兰大学旁边的阿尔伯特公园举办的不起眼的元宵节庆祝活动。后来，这个活动以中国传统文化为主题，以家人朋友一起享受户外活动的形式，每年在全世界邀请一两个特别优秀的文艺节目参与，开始吸引越来越多的人参与。从第三届开始，每年有几十万人参加，成为奥克兰最盛大，也最引人瞩目的中国文化活动。

你看，阿尔伯特公园的百年古树挂满了纯手工打造的中国传统灯笼，林间小路被彩灯装扮得色彩斑斓。游客徜徉其间，感受中华文化的魅力，体验中国古人上元节赏灯谈情的感受。

在元宵灯会上品尝美食一直是活动的热点。世界各国的美食、中国地方特色的名小吃一网打尽：新疆羊肉串、包子、饺子、麻辣烫、鲜椰子、新西兰特色炸鱼薯条、日本章鱼烧、印度甩饼、土耳其馅饼、西班牙油条、汉堡、热狗、冰激凌……只有你想不到，没有吃不到，可以一站式满足吃货的解馋需求。

大舞台上有来自中国和新西兰本土的明星登台献艺，京剧、歌舞、魔术、武术精彩纷呈。舞台前的草地上，观众坐着边欣赏演出，边和家人朋友分享美食、聊天，浪漫而惬意，很有新西兰举办户外音乐会的特色。

孩子们在人流中跑来跑去，体验人山人海的乐趣。大人们忙着读每组花灯的英文说明，了解中华文化。在灯会上听到最多的词是“China”。

2003年，新西兰总理海伦·克拉克为百叶龙点睛　　长兴县文广旅体局 供图

2003年2月14日晚，新西兰奥克兰市阿尔伯特公园内张灯结彩，火树银花。第四届新西兰中国新年灯会开幕仪式上，时任新西兰总理海伦·克拉克用湖笔欣然为百叶龙点睛。

接下来的精彩留给百叶龙。

音乐声起，观众面前出现的是一幅祥和的江南水乡胜景：祥云朵朵，彩蝶成双，荷叶荷花在碧波中摇曳。

百叶龙舞，龙在何处呢？正当外国观众惊诧间，突然雷声爆响，灯光骤暗，一阵急促的锣鼓声起，演员手中的荷花花瓣化作龙鳞，朵朵荷花旋即化作20多米长的蛟龙，那朵最大的荷花成了龙头，彩蝶成了龙尾，一条粉红色的巨龙突然冲出荷塘，腾空跃起。顿时，全场爆发出雷鸣般的掌声。百叶龙欢腾着，舞蹈着，锣鼓阵阵，唢呐声声，舞龙者血脉偾张，激情澎湃，把龙舞出了天际仙境。渐渐地，高潮退去，嬉戏的两龙慢慢蛰伏下来，蓦地，龙消失了，舞台又恢复成满池荷叶、朵朵荷花的胜景。自此，舞蹈结束，雷鸣般的掌声再次响起。

那一夜，长兴百叶龙不仅以舞蹈的形式出现，还进行了一场竞技性的表演，激情四射，倾倒了当地无数的观众。

2月16日晚10点，神奇而充满东方魅力的百叶龙舞被邀请作为中国新年灯会活动闭幕式的压轴戏。在绚丽的烟花和潮水般的掌声中，灯会活动圆满落幕。百叶龙安静下来后，谈勇带领舞龙队员亮出了“中国浙江·湖州长兴”的旗帜，以示谢幕。

在之后的几天时间里，百叶龙连演14场，有12万观众得以一睹中国民间艺术的精彩。活动结束后，长兴将一条精心制作的百叶龙赠予新西兰国家博物馆收藏，百叶龙成为中新友谊的“文化使者”。

2月18日，《中国日报》对活动盛况做了专题报道。2003年3月12日，长兴县委、县政府隆重举行庆功表彰大会，热烈欢迎百叶龙演出团出访新西兰载誉归来。

当百叶龙行走天下，在异国他乡欢腾狂舞时，这条龙的老师和朋友池文海已经在上海长海医院旁的一间小小的出租房内安顿了下来，将接受又一个阶段的化疗。

池文海身体健康出了状况的事情还得从2000年底说起，自从百叶龙舞蹈荣获全国第十届“群星奖”舞蹈大赛金奖后，他紧绷了几个月的神经总算放松了下来。这时，他感觉喉咙的问题好像更加严重了，吞咽食物时总感到喉咙口有异物。他再一次去医院检查，医生问诊后，让他“啊”了好几下，以便让他尽量张大嘴巴，方便看到喉咙深处。但医生只是看到他喉咙口稍稍有些红肿，依然没有发现异常。咽喉红肿，像教师、导演这种平时经常需要大声说话或长时间说话的人都会出现这样的症状。正因为习以为常，喉咙深处发生的不良病变，就很容易被忽视。

医生怀疑他得了咽炎，配了一点药，就让他回家了。

他生活照常，为百叶龙出访新西兰的排练照常。到了2002年春天，池文海发现自己体力下降，吞咽食物时喉咙处隐隐作痛。最后，在儿女们的强烈要求下，池文海只好放下手头的工作，到医院认真做了一次胃镜。

胃镜报告一直到上午11点多才拿到。医生看了报告，一脸严肃地把池慎芳单独叫到一边说："你父亲得了食道癌，中晚期。而且这个位置很深，我判断不太好做手术。"

这个消息如五雷轰顶，但池慎芳还是强装镇定。她很疑惑："前两次也检查过，为什么没有发现？"

医生说："这个位置很深，不通过胃镜，根本发现不了。"

确实，很多人得大病并不是突然的，身体也许曾经多次提醒过，但我们因为各种原因大意了，疏忽了，没有做进一步检查。

就像很多不幸得了癌症又渴望得到更好治疗的患者一样，他们在医院旁租下房子，以方便自己烧菜吃，可以多补充一些营养。一次又一次的化疗、放疗，经历着脱发、消瘦。池文海一次又一次往返上海、长兴，与那颗长在食道深处的令人讨厌的肿瘤进行着顽强的斗争。

池文海是一个非常乐观且看淡生死的人。在治疗期间，他还和女儿多次说："我会好起来，花两年时间把病治好，我要把百叶龙带到新西兰去舞。"在治疗期间，他还神采飞扬地在镜头前接受中央电视台记者的采访。2003年春天，在长海医院放疗间隙，他还为所在科室的护士们编排了一个集体舞《祖国颂》。最后，这个节目在参加长海医院庆祝国际护士节演出中获得了一等奖。护士们太高兴了，那天都围在池文海身边，要把奖牌送给他。

2003年8月，中央电视台《走遍中国》栏目组来到长兴天平村拍摄专题片《走遍中国·湖州百叶龙》，这是一个纪实类专题片，拍摄内容全面，要求高，仅拍摄周期就长达一个多月。节目组邀请池文海

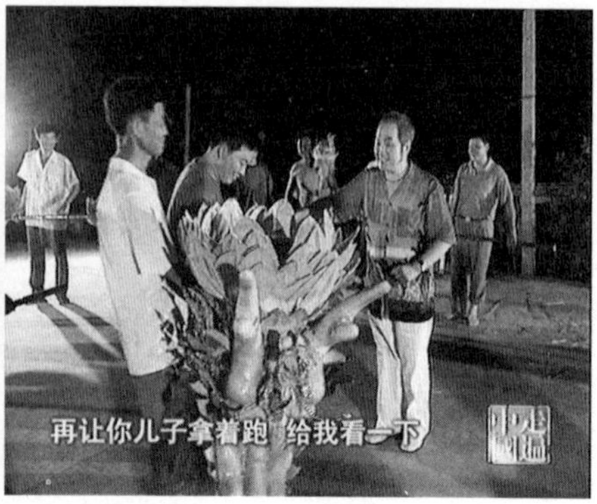

左：2003年7月，池文海在家中接受央视栏目组采访
右：2003年7月，央视《走遍中国》栏目组天平拍摄现场，池文海辅导百叶龙队员

作为该片的艺术指导，他满口答应。当时正值盛夏，天气非常炎热，哪怕站在室外的树荫下不动，也会满头大汗。家人都劝他不要再参加这种拍摄活动了，但池文海说："这次拍摄是深度挖掘百叶龙的过去和今天的大制作，关系到长兴的形象、百叶龙的形象，非常重要。如果我们不配合好，就对不起央视的重视，也对不起百叶龙，我不能不去。"

他没有听从家人的劝说，拖着虚弱的身体一次又一次往返拍摄现场，对拍摄中需要展现的百叶龙舞蹈动作进行设计编排。经常是一组镜头拍下来，舞龙队员流的是热汗，而池文海流的却是冷汗。他还在天平村、长兴人民广场和家中多次接受节目组的单独采访。他的精神令节目组的编导和摄像都非常感动。后来，该节目于2003年9月24日、25日分别在央视一套和四套播出。

最是人间留不住，朱颜辞镜花辞树。2004年5月27日早晨，住在长兴家中的池文海将由家人陪同去当地医院做例行身体检查，他依然穿着那件平时最爱穿的大红衬衫。临行前，他拿着一把精致的牛角梳在镜前精心梳理自己那头天然卷发。像对待艺术那样，他对自己的仪表永远是那么认真，那么一丝不苟，即使人生快要走到尽头，他依然保持着一位艺术家的风范。因为他不相信死亡，只相信艺术、相信美。

他自己不知道，家人也不知道，这是他最后一次认真对待自己新长出来的发丝。他洗漱完毕后，光彩照人地跨出了家门。

那天阳光很好，照在他身上特别闪亮，像舞台上的聚光灯照在身上，呈现完美的效果。当他抬起右脚正要走下高高的台阶时，身子突然一软，像一条水袖，落在了亲人的怀里……

这一年，他67岁。

诺贝尔文学奖得主、法国作家安德烈·纪德曾创作过一篇小说《窄门》，其中有这样一句经典的话："你们要努力进窄门，因为宽门和阔路引向沉沦，进去的人很多；然而窄门和狭道却通向永生，只有少数人能找到。"

池文海一生都坚持在窄门狭道中前行，他生活简单，社交简单，不喜烟酒，也不会打牌搓麻将。他只倾情于自己的艺术事业，为民间舞蹈，为百叶龙不断追寻、奋斗，这也是所有有着强烈艺术精神的人共同追寻的生活方式和生命真谛。他们穷尽一生忘我工作，不断追求艺术的完美。也许，他们早就已经走出窄门，来到一个无限广阔的世界，让自己所钟爱的艺术永葆青春，获得永生。

这种机会对一条龙来说千载难逢

关于非物质文化遗产的保护与传承，一直是世界各国政府普遍关注的话题。2003年，文化部与财政部联合国家民委、中国文联启动了中国民族民间文化保护工程。2005年3月，国务院办公厅下发《关于加强我国非物质文化遗产保护工作的意见》，明确规定了我国非物质文化遗产保护工作的方针为“保护为主、抢救第一、合理利用、传承发展”，正式全面拉开了我国非物质文化遗产的抢救、保护与传承工作的序幕。2009年，国务院又下发《关于进一步繁荣发展少数民族文化事业的若干意见》，把培养非物质文化遗产传承人的问题提上议事日程。《意见》指出，要加大少数民族文化人才队伍建设力度。努力造就一支数量充足、素质较高的少数民族文化工作者队伍，营造有利于优秀人才脱颖而出的体制机制和社会环境，着力培养一大批艺术拔尖人才、经营管理人才、专业技术人才。积极保护和扶持少数民族优秀民间艺人和濒危文化项目传承人，对为传承非物质文化遗产做出突出贡献的传承人，按照国家有关规定给予表彰。

时间如白驹过隙，转眼便来到了2009年。

5月19日，浙江省人民政府收到了一份来自首都国庆60周年联欢晚会指挥部发来的邀请函。指挥部邀请长兴百叶龙艺术团参加10月1

日在天安门广场隆重举行的首都国庆60周年联欢晚会，在各民族联欢中心区进行表演。

这次受邀在天安门广场中心区表演的都是国家级非遗项目中的翘楚，如河北沧州狮舞和重庆铜梁龙舞，足见党和国家对非遗传承工作的重视。

尽管百叶龙参加过无数次大型活动，1958年国庆就曾在天安门广场上舞过，但如今，借助传媒的力量，能让百叶龙在一夜之间家喻户晓。关键是这次去天安门广场，是参加首都国庆60周年联欢晚会，意义非凡，对长兴和百叶龙来说，绝对是一次千载难逢、无限光荣的大事。

中央对国庆60周年活动的指示精神为“隆重、喜庆、节俭、祥和”以及“突出焰火、强化联欢”。浙江省、湖州市各级领导高度重视此次百叶龙受邀参加国庆演出的任务，浙江省人民政府收到晚会指挥部的邀请后，6月4日，浙江省副省长葛慧君同志对此作出重要批示：“此次演出，使命光荣，文化厅和长兴县要认真组织参加。”

长兴县在接到这一光荣任务后马上开展了方案拟定、机构组建、演员挑选、邀请专家及开展与各部门的沟通协调等工作。

6月12日上午，长兴县委宣传部主要负责人和长兴县分管文化的副县长在行政会议中心召集县政府办、林城镇以及县文广新局、教育局、财政局、公安局等有关单位的负责人，召开“百叶龙参加首都国庆60周年联欢晚会”工作协调会。会上，大家充分听取了县文广新局新鲜出炉的《关于长兴百叶龙参加“首都国庆60周年联欢晚会”实施方案》，各单位发表意见，对方案内容进行补充完善。最后，领导进一步强调了此次演出任务的重大意义，要求各责任单位高度重视，认真组织，严格挑选，加强训练，确保圆满完成任务。

此次协调会基本确定，要按照“思想素质好，组织纪律强，整体形象佳，身强力壮，身高1.70米至1.80米”的标准，在全县范围内挑选百叶龙舞龙队员。特别是林城镇、教育局等相关乡镇、部门要在演员选拔上紧密配合。

经过三天的摸排、挑选，全县相关部门共推荐了符合各项标准的百叶龙演员105名，经过政审，最后确定了来自27个单位的95名赴京百叶龙演员，其中6人为替补。他们的平均年龄约为26岁，年龄最小的18岁。

这次赴京，阵容较以往有所不同，队员全都是男的，没有女队员。难道伴舞的荷叶女队员不用了吗？

百叶龙腾飞于荷花塘，怎么可以没有荷叶伴舞呢？由谁来跳荷叶呢？

原来，因为天安门广场太大了，如果跳荷叶的队员人数太少，根本盖不住。所以，这次演出不仅安排了跳荷叶的队员，还一下子安排了600人。人数太多，长兴很难安排，将由北京总导演组另外物色挑选。和以往不同的是，此次跳荷叶的队员无一例外全都是肌肉发达、身手矫健的武警战士。

一开始听到这种安排，谈小明有点蒙了。新中国成立以来，百叶龙从来都是男女合舞，这次为什么要让男生跳荷叶，女生跳荷叶不是更加漂亮吗？

后来大家才知道导演组的良苦用心。因为这次演出的地点在天安门广场，场地特别大，女孩子的体能无法适应如此大的场地。而且，平时演出用的龙和荷叶，在天安门广场上表演，就显得太小了，好比“小蛇闹春”，根本没办法看。为此，这次不仅龙的道具要加长加粗，荷叶也要比平时用的大，直径达到两米。这么大的荷叶，如果只是举起来，女生当然也可以做到，但万一来点风吹草动，或要举着荷叶奔跑，女生胳膊上这点小肌肉根本吃不消。

这是自新中国成立以来，百叶龙在表演时第一次由小伙子伴舞。

6月18日，长兴县文广新局领导、长兴县百叶龙艺术团负责人杨明珠和浙江省文化馆编导部小眉一行三人前往北京，参加首都国庆60周年联欢晚会各民族中心表演区参演节目第一次工作部署会议。会上，国庆演出指挥部对整体方案实施、排练计划、参加演出人员安全及政审要求、导演组与任务单位对接等具体事宜进行了布置。会上再次明确，长兴百叶龙以两条60米长的阵容参加演出，伴奏曲目为《祖国一片新面貌》和《祝酒歌》。

7月2日，长兴进京人员被编成9个组，其中演员组4个：天平组、职教组、武校组、综合组。后勤组5个：演员管理组、节目编排组、后勤保障组、服装道具组、安全保卫组。

随着省级指导专家抵达长兴，第一批排练道具制作完成，排练场地和各项后勤保障工作准备就绪，7月3日上午，长兴百叶龙参加首都国庆60周年联欢晚会演出全体队员动员会在大剧院百叶龙排练厅举行，全体赴京演职人员、各工作小组成员及舞龙队员所在单位的领导

2009年7月，长兴召开进京参加首都国庆60周年联欢晚会百叶龙全体队员动员会
长兴文旅集团 供图

参加了会议。

县领导要求演职人员统一思想、明确任务，要以全新的精神面貌展示长兴人民的新形象；要精心组织、严格排练，确保排练演出活动的有效进行；要发扬团结拼搏、开拓创新的百叶龙精神，队员之间、工作小组之间、演员和工作人员之间要拧成一股绳，形成一股劲，统一指挥与行动，才能众志成城、不辱使命。会上，谈勇、蒋大鹏、张伟等队员代表还做了表态发言。

根据晚会导演组的要求，从7月4日开始，百叶龙队员投入紧张的排练。全体演职人员除了要面对高温酷暑给排练和体力带来的挑战外，还必须尽快去适应全新的伴奏音乐和分量加倍的演出道具。

长兴的太阳过于热情，为避开这骄阳烈日，队员们白天只能在长兴大剧院百叶龙排练厅内苦练基本功和舞龙技巧，晚上则来到宽大的市政广场上排练队形。他们用了十天时间，基本完成了舞龙基本功训练和《祖国一片新面貌》伴奏版本的排练任务。

然而，到了7月14日，晚会艺术总顾问梁力生和导演组负责长兴百叶龙的编导杨佳佳匆匆赶到长兴，对百叶龙的编排又提出了新的思路。根据导演组的意见，百叶龙的伴奏曲目由之前的两首调整为一首，《祖国一片新面貌》曲目的演出由其他单位承担，长兴百叶龙只需承担《祝酒歌》曲目的演出任务，基本内容为：先由60朵荷花变成2条60米长的百叶龙，再由2条大龙变成6条小龙，演出时间为3分钟。

刚刚排出了一点眉目，现在又要调整，大家多少有点沮丧，个别队员情绪上也起了一点波动。当然，大家心里都明白这次演出任务的重要性，任何怨言都是不合适的，也就二话没说，在编导的安排下，他们在接下来的四天里根据新要求重新排练，抓紧完成《祝酒歌》伴奏下的新的编排任务。

谈勇和杨斌又一次作为两条大龙的龙头演员，接受了进京演出的任务。他们知道，这不是一次简单的舞龙任务。道具重量比原来加重了三分之一，龙身由16米延长至60米，表演场地从原来的270平方米扩大到现在的5000平方米，出场的荷叶由传统的30张小荷叶增至600张大荷叶。道具变重了，龙身变长了，音乐变短了，场地变大了，荷叶变多了，这一系列的变化，大大增加了表演的难度。以前在舞台上走一步的路，现在要走好几步甚至十几步。排练时，他们和其他队员一起，每天在市政广场上奔跑。7月份，哪怕是在晚上，室外的地表温度也有40摄氏度上下，每晚至少练习9遍，最多的一晚练了24遍，每一遍跑下来，队员们身上的衣服都能拧出水来，只要一听到“休息”二字，大家就会毫不迟疑地在滚烫的地面上仰天躺下来，因为体力消耗太大了。

结束了在长兴的排练，8月14日，全体演职人员在接受县领导的动员和安全教育后，转道杭州赴燕郊集训。

燕郊位于河北省三河市，距北京市区30公里。燕郊因春秋战国时期地处燕国城郊而得名，唐宋以来，借助潮白河（箭杆河）码头和京榆古道，商贾云集，店铺林立。清康熙初年，在镇北建造燕郊行宫，为帝后出京东巡，拜谒东陵第一站。

长兴百叶龙全体演职人员到达燕郊后，入住燕郊开发区思菩兰国际会议中心。那里，集中了国庆当晚要在各民族中心表演区演出的外省市进京的其他4000多名演职人员，加起来一共有5000多人。

从这天开始，百叶龙队员将在奥马羽网中心、华龙科技学院和亦庄体育中心三个排练场地，进行为期35天的封闭式合成排练，他们的主要任务是和北京的600名跳荷叶的武警战士进行合成排练。

燕郊的排练，更接近于实战。超大场地上的高强度训练和带着速度奔跑，使许多队员肌肉拉伤。在长兴排练时，速度相对温和，而且人数也不多，每天还有足够的随队医生跟班治疗，肌肉拉伤的情况并不严重，但到燕郊第一阶段与武警官兵合成排练时，最多的一天，长兴有9名队员因肌肉拉伤，晚上被送往医院紧急治疗。当然，第二天白天，这些队员又整齐出发前往排练场地。

尽管大家都腰酸背痛，双腿像灌了铅，但长兴的小伙子在排练场上生龙活虎，没有一人掉队。有的队员每天大腿绑着绷带坚持上场，实在坚持不住的，只好由替补队员上。杨斌说："哪怕有替补队员上，正式队员也是不肯离开场地的，眼睛死盯着排练现场，生怕表演线路和点位发生了变化，自己却不知道。因为大家在前面已经吃了那么多苦，到了北京，谁不想国庆之夜自己到天安门广场上去表演！"

2009年7月，进京参加首都国庆60周年联欢晚会的舞龙队员在邵小眉老师指导下进行排练
长兴文旅集团 供图

谈勇和杨斌两位龙头队员承受的压力最大，肌肉拉伤经常发生，但让别人当替身训练这种事一般不会出现在龙头身上。大家都明白，龙头的替补队员难找，即使有，也与谈勇和杨斌的能力相差甚远。如果真的要找替补队员，事情就尴尬了，整条龙就尴尬了。所以，他们实在疼痛难忍时，只能往身上喷点云南白药，或吃点止痛药，贴一贴

止痛膏。

这天临近中午时分，杨斌在河北大学体育馆排练时，因地面上有积水，他脚底一滑，顿感腰间有如刺扎进般一阵钻心疼痛。因为疼痛太过剧烈，他放下龙头，向导演请求休息片刻。

中午，燕郊难得下起了一场瓢泼大雨。豆大的雨珠击打在屋顶上，发出“啪啪”的巨响，屋面上顿时升起了一层白色的雨雾。很多树叶被无情击落，树枝也被风吹得东倒西歪。而此时，杨斌正躺在体育馆外的屋檐下睡得香甜。因为太累了，水泥地上的冷，他感觉不到；雨水顺着风飘在他脸上、身上，他也感觉不到。看到他睡得这么香甜，正在休息的其他人都没有去打扰他。

突然，杨斌被一阵歌声惊醒，等他坐起时，看到整个体育馆外的操场上、台阶上，4000多名演员正站在雨中齐声高唱《祝福祖国》：

都说你的花朵真红火
都说你的果实真丰硕
都说你的土地真肥沃
都说你的道路真宽阔
祖国　我的祖国
祝福你　我的祖国
我把壮丽的青春献给你
愿你永远年轻
永远快乐
……

他知道，这是国庆之夜在天安门前的演出内容之一，之前就看到过其他队员排练。但是今天在这场大雨中，只有很少的人穿着雨披，大部分人就这么站着，高昂着头放声歌唱。歌声冲破了乌云和雨水传得很远，汗水、雨水、感动的泪水从他们的脸上倾泻而下。

杨斌被震撼到了，一个骨碌就站了起来，也加入演唱者的队伍。一曲歌罢，他神奇地发现，自己腰疼似乎减轻了。

就这样，长兴的百叶龙队员凭借顽强的意志，坚持着每一个小时，坚持着每一天。半个月过去后，队员们的体能已经完全适应了要求的强度，可以说，最大的难题被克服了。

然而，民以食为天，在燕郊，他们遇上了吃饭的难题。早晚两餐，外省市进京的5000名演职人员被安排在同一个酒店的数个餐厅内，先吃后吃本身就是一大难题。酒店吃的是自助餐，去得太早了人头攒动，队伍排出三条龙那么长，去晚了只剩一点素菜，要等很久才能上新菜，还有南北饮食习惯的口味差异也是众口难调，真是苦了来自江南的小伙子。北方人嘴里的美味佳肴，长兴的小伙子不太吃得惯。当时的伙食标准并不低，每人每天达到278元，但依然吃不好，吃不下。营养不足，导致体力跟不上，是队员们面临的大困境。

为了疫情防控，领队也不敢放队员随意在外用餐。刚入驻时，很多队员还出现了水土不服，拉肚子。因为排练场地离驻地较远，中午返回酒店吃饭太浪费时间，所以，中餐基本上就是给大家发一个面包加矿泉水的餐包。但北方的面包和长兴的面包不一样，长兴的面包，放上几天都是软软的，北方的面包一冷，就变得石头般硬邦邦，实在难以下咽。为了给队员增加营养，后勤组的同志想方设法，每天给队员们增加方便面、火腿肠、榨菜、八宝粥、水果等食品。

结果，一部分队员竟然将中午补发的加餐食品当成了晚上的正餐，不愿意进餐厅吃晚饭。这可又急坏了演员管理组的同志，为了让体能消耗已经很大的队员及时补充能量，管理组不得已增加了一条“吃饭点名”的纪律，并耐心细致地做好队员的思想工作，要求他们调整好心态，无论你在家是开饭馆的，跑运输的，还是当老师的，无论你在家吃的是八菜一汤还是山珍海味，或每天由爸妈宠着吃香喝辣，在这里都必须尽快适应环境，入乡随俗，有啥吃啥。后来，大家总算慢慢地适应了当地的菜品，包括那里的大馒头、大煎饼、硬面包。

长兴人的脑筋特别好使，有些队员竟然在跳荷叶的武警战士中发现了湖州兵的身影。部队有一句俗话：老乡见老乡，两眼泪汪汪。能够在这种地方遇上老乡，简直是前世修来的缘分啊！马上握手拥抱，成了兄弟。是兄弟当然要有苦共担，有乐共享。部队的饭菜都是自己买，自己烧，这段时间伙食标准比平时部队的餐标要高出很多，烧出来的饭菜品质肯定不错。长兴几个机灵的小伙子，每次饭点就到部队里面去蹭一点好菜吃吃，穿军装的湖州老乡也非常乐意和长兴小伙分享他们的美食，因为他们自食其力做的饭菜根本吃不完。

当然，这一切都是在队员和战士之间悄悄进行的，双方的领导哪怕知道了，也当不知道有这事，或把这种事理解为军民鱼水情的生动体现。

吃的问题解决了，但为了提高舞龙技术，大家也经常会吵得脸红脖子粗。

89名正式舞龙队员来自长兴27个单位，被编排成4个小组。天平组的队员出自百叶龙的根据地，舞龙技术当然是最棒的，但这个组老同志居多，体能并不强；职教组和武校组除了老师、教练就是学生，有一定的舞龙基础，队员管理也较为方便，技术不是最强但较为均衡；综合组大多为各校的体育老师，尽管个个身强体壮，但舞龙对他们来说是老革命遇上新问题，经常会有劲使不上、使不对。

尽管在两条大龙组队时已经根据队员的能力、体力不同进行了合理的搭配，但在训练磨合期，队员之间还是经常会因为舞龙技术的高下、配合的默契度等问题争得面红耳赤。两个大龙头，后来变成六个

2009年9月，百叶龙队员在北京燕郊某体育场进行合排训练　　长兴县文广旅体局 供图

小龙头，无论是两个大龙头还是六个小龙头，要求在舞的时候高度基本一致，幅度基本相同，而且，要求在同一个音乐节奏点上全部到达同一个位置，这既有速度要求，又有技术能力要求，还要有乐感节奏要求。只要有一两个队员的技术不到位，就会直接影响到整条龙甚至是多条龙的表演质量。

开始时，一遍奔跑下来，有的龙已经冲出了线，有的龙却还在路上。难！

大家心里都着急，先到达的队员们顾不上大汗淋漓、气喘吁吁，大声指出后到队员们存在的问题："你们看看，你们看看，音乐都快停了，你们还没到！"

后来者不服气："明明你们快了一秒，我们是踏着音乐的尾声到达的。"

看到这些小伙子如此认真，谈小明笑了："是要吵，吵吵记得住。快的慢点，慢的快点，百叶龙因你们而漂亮。"

谈小明这次可是一家祖孙三代齐上阵，儿子谈勇舞龙头，孙子谈强伟舞龙尾。年岁不饶人，谈小明尽管不用再舞龙，但他肩上的担子却不轻，除了担任舞龙队技术总指导，他还是服装道具组的成员，要负责6条龙道具的维修，要保证每一条龙不出任何问题。

那段时间正值夏收夏种，谈小明家里有十几亩稻田需要打理，无奈，他只能把这些农活全部托付给邻居。队员谈树根也是一位种粮大户，他自掏腰包将20多亩田里的活承包给了别人。

赴京参演首都国庆60周年联欢晚会，对每个人来说都是一件至高无上且特有荣誉感的事，但要为此离开长兴去外地住上一个多月，对每个人来说都不容易。

舞龙珠的队员徐建忠入选时，正赶上爱人临产，他第一阶段在燕郊排练时，儿子呱呱坠地，带着对爱人的愧疚，他经常在排练间隙打开手机，看看妻子传给他的儿子的照片。等到他回到家时，儿子正好满月。教师队员李继峰入选前，已经将10月1日结婚的请柬发给了亲朋好友，为此，他只好推迟了婚期，并向朋友们一一解释。学生队员毕海峰，被宁波一所大学录取，因演出排练，他向学校请假，推迟了去大学的报到时间。

这次进京，还有很多为队员们提供各项保障的工作人员，他们是无名英雄。

邓佳玮，36岁，是百叶龙团队中的年轻“元老”，她22岁那年被邵小眉和杨明珠相中，进入百叶龙演出公司工作，后任办公室主任、副总经理，一直干了14年。用她自己的话来说，“我全部的青春年华都献给了一条龙”。

邓佳玮是演员管理组和服装道具组的成员，除了舞龙，她几乎什么都要干。她是管钱的“账房先生”，是上传下达的关键人物，是整天要跑商店的采购员。她的包里装满各类应急药品和生活用品，口袋里塞满针线工具，像婆婆妈妈一样随时准备为舞龙队员解决各种生活问题……

因水土不服和工作量太大，邓佳玮到燕郊没多久就因扁桃体发炎引发了低烧，经常要外出就医。当时，正值甲流防控期间，有一天，她协助后勤保障组组长周淑娟从市区采购物品回酒店，因体温超标被酒店工作人员拦在了门外，怎么解释都不让进。后来，周淑娟通过北京的朋友买到退烧药，才算解决了问题。

邓佳玮不是领导，但她熟悉业务，身兼数职，很多工作无人能够代替，她必须有求必应，不厌其烦。她说："没人要求我这样干那样干。但大家都很忙，我的活无法叫别人帮我干。哪怕发烧、挂'盐水'，也必须硬撑着干，把工作干好。"

后勤保障组组长周淑娟是一位十分细心的女同志，餐券的发放、食品的采购、营养的合理搭配和及时补充，训练服和训练鞋的准备等，无一不细致入微，她还利用过去在北京当兵时战友的关系，为百叶龙队员购买生活物资提供了不少方便。为使队员们枯燥的排练生活和紧绷的精神状态得到很好的调整，她还利用休息时间带领队员参观国家大剧院、故宫、鸟巢和水立方。

安全保卫组的纪永干暂时放下单位繁忙的公安工作，每天身穿警服随时应对安全问题，使每个队员心里多了一份踏实。

演员管理组组长甘宏伟每天总是最早起床，最晚休息。每天早上出发前的人数清点，晚上队员入睡前的查房及车辆的安排、道具的转场、人员出入的请销假，都离不开他奔波的身影。

还有天平组、武校组的几位替补队员，明知道自己大概率不会有在天安门广场上舞一把的机会，但他们每天都默默地在候场区待命，随时补位，还要负责为大家整理搬运道具，看管个人物品。

天安门广场上的高光时刻

首都国庆60周年联欢晚会，是一个由6万人共同参与表演的庞大工程，仅在中心表演区演出的就有5000人，导演组不仅要考虑到焰火、“光立方”的效果，还要考虑群众联欢的整体效果。在服从导演组整体安排的前提下，百叶龙的团队负责人从细微处为百叶龙争取最佳的表演效果。在排练中，杨明珠和节目编排组组长部小眉发现，荷花出场时，由于600片荷叶太多且举得太高，简直要把荷花给淹没了。他们马上让队员调整动作，让长兴的队员把荷花举得高一点，让武警队员把荷叶降低一点。荷花变龙时，荷叶演员的动作由站立变成下蹲，使百叶龙在出龙的瞬间有一定的高度，形成气势。

两条大龙变成六条小龙后，原来的安排是从三个方向分别退场，杨明珠、邵小眉后来与导演组反复争取，让六条龙齐头并进舞向金水桥的方向，使整个画面有了更强的冲击力。

在最后的排练阶段，导演组本打算在出龙后将荷叶翻过来变成五彩荷叶，但杨明珠发现这样处理会冲淡百叶龙整体的表现力，她及时与导演组乃至指挥部的领导沟通，还是将五彩荷叶换回绿色的荷叶，保留了百叶龙原汁原味的意韵。

2009年9月，百叶龙队员在北京燕郊某体育场训练　　长兴县文广旅体局 供图

在此之前，这支百叶龙表演团队已经“折腾”了两个多月。从7月2日在长兴举行开排仪式那天起，一直练到8月13日。8月15日起，团队开始在燕郊进行35天的高强度的排练。

8月29日，长兴百叶龙第一次进入天安门广场中心表演区进行了实地演练，演练效果得到了国庆活动指挥部和导演组的肯定。

各路记者看到实地演练中变化多端的百叶龙时兴奋不已，纷纷举起长枪短炮一顿“咔嚓”，记录下精彩的表演瞬间。不少记者更是跟随团队来到燕郊的排练基地，深挖采访。几乎每一场排练，百叶龙都是各家媒体关注的焦点。中央电视台、新华社、新华网、人民网、北京电视台、《人民日报》、《北京日报》等媒体多次报道百叶龙，浙江卫视、浙江经视、《浙江日报》、《今日早报》、《都市快报》等省级媒体也专门赶赴北京，进行专访。记者们无不对荷花变大龙、大龙变小龙的过程赞叹而好奇。

结束燕郊的排练后，团队回到长兴，稍作休整。9月20日，长兴百叶龙再次赴京参加合练彩排做最后冲刺时，又吸引了很多新闻媒体的关注。负责外宣的同志也算是先知先觉，携带了专门印制的百叶龙宣传折页、光盘及相关文字资料，因为他们深知此行是宣传长兴的极佳机遇。入驻北京第二天，就陆续有指挥部介绍的记者前来采访，开始每天三五个，后来几天已经多到应接不暇了，带去的资料发完了又印，百叶龙的故事说了一遍又一遍。

2009年10月1日下午1时，当载着5000名演职人员的100辆大巴排成长龙整齐地驶入天安门广场时，道路上所有的车辆和人员都为他们让行。长安街上难得如此空旷，只有英俊潇洒的交警站在道路边向车队行注目礼。长兴百叶龙队员的每一张脸都紧紧贴在车窗玻璃上，看着窗外陌生而熟悉的一切，内心无比激动。

此时，谈小明表情凝重地看着车窗外。所谓日有所思，夜有所梦。他做了一个梦，在荷花变龙的时候，扣子怎么也接不上，从梦中惊醒的时候，他已经浑身大汗淋漓。扣子接不上这种事情，在他几十年的舞龙生涯中几乎没有发生过，但不知道为什么，自己会梦到这种事。其实，他最担心的不是接不上，而是在舞龙的过程中活扣脱开。当然，这个奇怪而可怕的梦，他没有告诉任何人。他不停地告诉自己，梦是反的，梦是反的！

到了天安门广场以后，别的队员都在休息。但他一刻都不敢停下来，仔仔细细地把百叶龙道具检查了一遍又一遍，还将每一个活扣摸了好几把。

谈小明在关心龙的连接扣子，杨明珠却在关心舞龙队员的鞋子。舞龙队员穿的是鞋面上涂着蓝色颜料的白色回力鞋。在全球亿万观众的注视下，万一有队员在天安门广场上奔跑表演的过程中鞋子脱落，或是被后面的队员踩上一脚鞋子掉了，这将成为舞龙史上一件难堪的糟糕事。所以，在大会上，在小组会上，在车上，关于鞋带的事情说了一次又一次。杨明珠最后补充说："万一万一万一鞋子掉了，你就光着脚继续奔跑吧，千万别停下来捡鞋子……"

当大巴车停靠在天安门广场后，周淑娟、邓佳玮等很多工作人员的眼睛都死死盯着从车上下来的每一位舞龙队员的鞋子。

杨斌笑着对邓佳玮说："美女，别看我的鞋啦，我打了死结，自己都解不开啦！"

10月1日20时，全国人民和全世界华侨翘首以盼的首都各界庆祝中华人民共和国成立60周年联欢晚会在天安门广场举行。当晚，中央电视台、中央人民广播电台、中国国际广播电台对晚会进行现场直播。

曾经，长兴百叶龙演出队进京演出过7场，还获得了国务院特别奖。50多年后的今天，百叶龙的英姿将再一次出现在天安门广场上。

"当，当，当……"伴随着北京电报大楼上悠扬的《东方红》报时钟声响起，晚8时整，党和国家领导人陆续登上了天安门城楼。

广场上的民族团结柱开始喷射出缤纷的焰火。

在高耸入云的国旗杆下，一名少先队员轻轻举起号角，吹响了一曲嘹亮的《我的祖国》。顿时，天安门广场变成欢乐的海洋。

伴随着欢乐的笑声、欢庆的舞蹈、欢跳的心儿，沸腾的天安门广场发出深情祝福——祖国，我亲爱的祖国！愿您永远充满希望，愿您永远青春美丽……

你看！这一刻，共和国的画卷如此壮丽——广场上空升起的焰火组成了金色的数字"60"，在夜空中璀璨夺目。一只只焰火花篮满载56个民族儿女对祖国的美好祝愿，正竞相绽放。60簇绚丽缤纷的礼花腾空而起，为共和国点燃了生日的"烛光"。

你看！空中滚滚流泻焰火瀑布，"锦绣河山图"在广场中央的烟花绘画网幕上舒展流淌：层层叠叠的山峦那边，一轮旭日冉冉升起，阳光照在大河之上，泛起粼粼波光。雄伟的雪域天路上，和谐号列车正在飞驰……

你看！在由4028棵“发光树”组成的“光立方”上，摇曳的绿色橄榄枝幻化成了张张笑脸，“笑”出了“祖国万岁”。今天，一个刚满6岁的小朋友站到了“光立方”的中心，用画笔“绘”出了圣洁的白鸽。国旗杆如巨笔，在“光立方”上画出巨幅的鸽子图案，企盼振翅翱翔……8000多块鸽子板亮起来了，翘首迎接从东长安街向天安门广场翩翩飞来的那一羽烟花幻化的和平鸽。

盘鼓、太平鼓、背鼓、手鼓、长鼓、铜鼓、竹鼓……急促的鼓点响起来了，震天撼地，让人感受到中国的激越奔腾，一往无前。听吧！这是怎样的挥洒风情啊——《新疆好》《阿里山的姑娘》《翻身农奴把歌唱》《花儿与少年》《山歌好比春江水》《我们的祖国是花园》……在一首首充满民族风情的歌声中，各族群众在广场上舞姿翩跹，如痴如醉！

尽情听吧！是谁在且舞且诵这国泰民安的喜乐年华，《在希望的田野上》《祖国一片新面貌》《中国进行曲》《好日子》……是这些歌声把祝福传递到祖国的田野乡村，是这些歌声把希望播撒到祖国的山山水水，是这些歌声向全世界传递着今日中国的自豪之情。

伴随着《北京喜讯到边寨》的激扬旋律响起，身披五彩节日盛装的各族群众在广场上载歌载舞，尽情狂欢。此时，天安门广场上霓裳丽影，集体舞、交谊舞、拉手跑圈舞……翻飞的红绸舞出了此刻最美的云霞。

这台联欢晚会以“礼赞祖国、讴歌时代、振奋民心”为主题，突出了群众狂欢、焰火燃放、盛世中国等几大元素。各民族中心联欢区位于天安门金水桥前，是国庆联欢晚会的重点区域之一，依次表演的是“这是伟大的祖国”“是我生长的地方”“在这片辽阔的土地上”

“到处都有明媚的阳光”四大乐章。

长兴百叶龙的表演区域最靠近天安门城楼，无疑是整个晚会的焦点。

时间接近9点，广场上响起了李光羲深情演唱的《祝酒歌》：

美酒飘香啊歌声飞
朋友啊请你干一杯
请你干一杯
胜利的十月永难忘
杯中洒满幸福泪
来来来来，来来来来
来来来来来来来来
十月里响春雷
八亿神州举金杯
舒心的酒啊浓又美
千杯万盏也不醉
手捧美酒啊望北京
豪情啊胜过长江水
胜过长江水
锦绣前程党指引
万里山河尽朝晖
……

随着这熟悉悠扬的歌声响起，天安门广场前的中心表演区瞬间变成了江南水乡的千亩荷塘。长兴百叶龙和重庆铜梁大龙、南狮、北狮马上就要登场了。

此时，谈小明的内心有一种按捺不住的激动，他想起了老书记王长根，想起了曾经在北京参与比赛的日日夜夜和在中南海的表演，他对即将上场的小伙子们大喊一声："长兴的小伙子们，是龙还是虫，是龙就使劲舞起来！"

小伙子们大声回应道："是龙，我们是龙！使劲舞起来！使劲舞起来！"

在欢庆的歌声中，一朵朵荷花飘进池中，一对彩蝶紧紧尾随，嫣红的荷花，碧绿的荷叶，美不胜收。

你看！金水桥前俨然已经成为千里荷塘的江南水乡，在600多张迎风摇曳的绿色荷叶映衬下，一朵朵娇艳的荷花随波漂浮，数只粉色蝴蝶穿梭其间。"静则荷塘月色，流光溢彩；动则蛟龙腾空，气势磅礴"，霎时，荷塘内跃出两条60米长的巨龙。两条彩龙时而在荷叶间翻滚，时而在空中腾跃。翻飞的巨龙，欢腾的舞狮，在天安门广场交相辉映，精彩表演令人叫绝。

不经意间，百叶龙再一次变身，从两条巨龙即刻间变成六条精巧灵动的小龙。小龙可不小，每条长度达到20米，较平时在舞台上表演时还要长得多，但在天大地大的天安门广场上，20米长的百叶龙变成了欢快活泼又灵巧可爱的小龙……

2009年首都国庆60周年联欢晚会，百叶龙在天安门前表演　　马毅行 摄

《祝酒歌》即将结束，长兴的队员们没有丝毫松懈，因为他们知道，只要这个篇章的音乐不结束，百叶龙的表演就不能停止，在接下来的《好日子》音乐接近尾声时，六条小龙被高高举起，舞向了金水桥……

那一刻，被列入首批国家级非物质文化遗产代表性项目的最美丽最神奇的长兴百叶龙离天安门最近；那一刻，天安门城楼上，党和国家领导人露出笑容，为精彩的表演热情鼓掌；那一刻，天安门广场上掌声雷动，歌声飞扬。

此时，谈勇、杨斌和全体舞龙队员看到，党和国家领导人已经从天安门城楼上走了下来，走过了金水桥，离百叶龙只有20多米远，他们将和广场上的群众进行大联欢。

尽管谈小明多次进京表演，但这次表演却让他心潮澎湃。谈勇虽然多次来天安门广场旅游，但国庆60周年表演的分分秒秒对他来说都特别有意义。后来，他和很多人说起当时的感受，提到最多的一句话就是“太激动了，浑身是劲，用400米的速度，跑1000多米，还要舞动10公斤重的龙头，但一点都不觉得累”。

演出还在继续。尽情歌吧，跳吧！广场上的群众联欢区里，歌声、欢呼声与绚丽多姿的礼花一起升腾在广场上空。当晚，在国庆演出第四乐章“到处都是明媚的阳光”中，彭丽媛演唱了歌曲《阳光路上》，然后是千人大合唱歌曲《走向复兴》。

接近尾声时，党和国家领导人来到天安门广场上，与各族群众同跳拉手舞《青年友谊圆舞曲》。

满天再次闪亮金色的焰火，国庆演出在烟花主题秀《锦绣中华》中圆满结束。

2009年10月1日，在首都国庆60周年联欢晚会“是我生长的地方”乐章中，长兴百叶龙激情演绎，完美亮相，为浙江、为湖州、为长兴争得了荣誉，展示了“团结拼搏、无私奉献、开拓创新、追求卓越”的百叶龙精神。

长兴百叶龙出色的表演是整个晚会的亮点，不仅得到了经久不息的欢呼与掌声，而且成了全国各主流媒体争相报道的热点，成功的演出还得到了中央和有关部门的高度评价。

三个多月的艰苦与努力，长兴百叶龙最终不辱使命，在国庆盛典上完美呈现。当百叶龙全体演职人员和全场的演员一起高呼“祖国万岁”时，那份作为长兴人的骄傲、作为中国人的骄傲的心情是无与伦比的。他们无愧于长兴人民的期望，他们每个人都是一条龙！他们是真正的龙的传人！

首都国庆60周年联欢晚会圆满结束后，谈小明一家祖孙三代被接到了中央电视台接受访谈。采访结束他们三人回到燕郊开发区思菩兰国际会议中心时，已经是后半夜2点多了……

2023年秋大，在谈小明家中，他笑着对我说：“那天晚会一结束我们就上了车，到了中央电视台后马上化妆，因为我的皮肤比较黑，他们在我脸上涂了不少白粉。我说我喜欢黑，我儿子和孙子喜欢白，给他们多涂一点吧。化妆师都笑了起来。接着，就是几盏灯和几台摄像机照着我们。”

我问他：“在中央电视台接受采访紧张吗？”

“反正比舞龙要难一些，对着摄像机讲话我真的不擅长。而且，以前的采访都会事前告诉我们接下来会问什么问题，让我有个思想准备。但这次来不及做任何准备，一上来就采访。还好，采访结束后主持人说我们讲得非常实在，是他们最爱的原汁原味……”

国庆演出结束后，首都国庆活动指挥部向浙江省委发出了《关于表扬长兴百叶龙艺术团参加“首都国庆60周年联欢晚会”演出的函》，

荣誉证书

浙江省长兴百叶龙艺术团：

祖国庆典 创造辉煌 贡献突出

首都国庆60周年北京市筹备委员会联欢晚会指挥部

二〇〇九年十月一日

首都国庆60周年北京市筹备委员会联欢晚会指挥部颁发给长兴百叶龙艺术团的荣誉证书

长兴县文广旅体局 供图

浙江省副省长葛慧君做出重要批示："百叶龙艺术团的成功演出，为我省赢得了荣誉，值得总结表扬。"后来，首都国庆活动指挥部的领导还专程来到长兴参加了庆功表彰大会。

第四卷

龙行天下

为龙远谋

百叶龙在成长的过程中历经了四个重要节点，1957年首次进京、进中南海，属于初出茅庐；1980年再次进京、进中南海是渐入佳境；2000年在全国大赛中摘得“群星奖”金奖为再振雄风；2009年国庆在天安门广场表演，之后多次出国访问，无疑是进入了巅峰时刻。

从在田间地头表演，到在灯光璀璨的舞台上以舞蹈形式进行表演，再到能够适应各种舞台、各种广场的多形态、大阵容表演，百叶龙已经成长为一条全天候的能驾驭各种演出环境、演出要求的神龙。

尤其是在2000年全国第十届“群星奖”舞蹈大赛中摘取金奖后，其知名度暴增。接下来的日子，百叶龙可以说是精彩不断，遍地开花。

2001年2月，在文化部民族民间文艺发展中心主办的“城隍阁杯”优秀社火节目邀请赛上，百叶龙舞蹈又获金奖；4月，参加“莫干山·中国首届登山节”开幕式；6月，文化部民族民间文艺发展中心、中央电视台联合摄制组专程赴天平村，摄录了电视系列片《风》，重点介绍百叶龙，并于6月26日在央视四套播出；7月，浙江省第五届田径运动会在天台举行，特邀百叶龙舞蹈参加开幕式表演；9月，参加上海旅游节开幕式表演。

2022年11月，百叶龙参加第五届中国国际进口博览会演出　　长兴文旅集团 供图

2002年3月，百叶龙舞蹈参加“长兴与世界同行”大型文艺晚会演出；10月，参加第二届中国国际湖笔文化节“笔墨江南”大型文艺晚会；11月2日，应中国上海国际艺术节组委会邀请，参加上海世纪广场“南京路世界艺术风情一条街”暨“艺术节天天演”活动，与世界各国文化艺术同台献艺；11月，为庆贺党的十六大召开，百叶龙舞蹈参加文化部主办的全国“群星奖”优秀节目进京展演。

2003年3月，长兴县林城镇被文化部授予“中国民间艺术之乡”称号，百叶龙的出演依然繁忙。2月12日至2月20日，应新西兰亚洲2000基金会之邀，随浙江省民间艺术代表团出访新西兰；8月至9月，中央电视台《走遍中国》栏目组摄制完成专题片《走遍中国·湖州百叶龙》，于9月24日、25日分别在央视一套和四套连续播出；10月20日，应第五届中国上海国际艺术节组委会邀请，参加在上海豫园中心广场举行的“天天演，长兴民间艺术展演”，同时进行踩街活动。同月，央视三套现场直播“同一首歌”大型文艺晚会，百叶龙舞蹈与众多明星联袂演出并作为压轴节目……

百叶龙不仅红遍大江南北，甚至还红出了国外。

东汉哲学家王充在《论衡·别通篇》中说："德不优者，不能怀远；才不大者，不能博见。"意思是，德行不优秀的人，不会胸怀远大理想；才能不大的人，不会具有渊博的见识。

其实，从百叶龙摘得"群星奖"金奖之日起，长兴就开始站在更高的位置，着手传统民间艺术行之有效的传承、保护、发展，并谋划未来。表演形式上，尽管已经解决了舞台表演与广场表演的变化要求，但还未解决城市与乡村舞台、国内与国际舞台展示的变化要求。在团队建设方面，既要重视"天平血统"的嫡系传承人之培养保护，还要顾及其他龙舞组织团队的建设培养和对青少年的普及教育，更要打造一支有专业水准的表演团队，以适应更高的演出要求。只有这样，才能让百叶龙这一优秀的民间文化传承落到实处，为百姓所享所用，才能让百叶龙走向全国，走向世界，受到更广泛的欢迎。

2003年8月，长兴县制定了《长兴百叶龙民间艺术资源保护与发展规划》。2004年，长兴县委下发了《长兴县百叶龙艺术培训基地建设实施方案》，决定在全县范围内建立百叶龙艺术培训基地，选择具备百叶龙艺术传承条件的12个单位作为培训基地，还选择了有经济实力和资源优势的13个企业和部门作为基地建设成员单位，制定了基地建设的各项保障措施。以长兴县人民政府的名义，为各基地和成员单位举行了隆重的授牌仪式，并对各相关单位提出明确要求，要求各基地和成员单位在明确任务、各司其职的基础上精心组织、全力保障，精心排练、全力投入，精益求精、全面提高。

为了加强领导，长兴成立了百叶龙艺术培训基地建设领导小组，由县委、县政府分管领导担任正、副组长，基地和各成员单位主要领导分别作为领导小组成员，领导小组办公室设在文体局，对各基地的建设工作进行日常管理、指导、协调和督查。领导小组每年都会召开专题会议，总结一年的工作经验，下达新一轮的传承发展任务。

长兴还召开了由民间舞蹈艺术专家、长兴百叶龙民间艺人以及市、县文化部门领导、业务人员参加的研讨会，就百叶龙的传承与发展、普及与提高及其演出形式、辅导培训办法、道具制作工艺更新、演出服装设计风格、伴奏音乐制作版本等相关问题进行了探讨，提出了可行性意见。研讨会所提出的加工创新方案付诸实施后，取得了可喜的成果。如2000年版金奖演出形式原貌的保持、少儿舞蹈《百叶龙》的全新出炉、九龙组合的闪亮登场、白色圣洁之龙浪漫艺术形式的科学运用、辅导培训方式方法的多元化、小龙龙杆制作工艺的更新、演出服装融入时代特色的设计制作等，均在原有的基础上实现了较大的突破。

长兴县人民政府还对参与百叶龙建设并做出成绩的专家及幕后工作人员进行了表彰和奖励。同时，聘请梁力生、孙红木、邵小眉等专家为百叶龙艺术培训基地的艺术顾问。国家级非物质文化遗产百叶龙代表性传承人谈小明，更是受到队员们的尊敬和爱戴，还得到了相关部门的奖励，每年可享受国家级奖励2万元，省级奖励0.8万元，若年度考核优秀，每年还可增加0.5万元奖励。

2004年，谈小明被长兴县人民政府聘为百叶龙艺术培训基地的艺术总顾问，并被长兴县人民政府授予“百叶龙艺术培训基地特别贡献奖”。

中国民间文艺家协会副主席郑一民曾指出：“与物质文化遗产不同的是，非物质文化遗产的产生、传承和发展始终由其载体——‘老艺人’来完成。他们掌握并传承着古老的民间文化知识和民族技艺的精髓，既是非物质文化遗产活的宝库，又是非物质文化遗产代代相传的代表性人物。如果没有了传承人，就丧失了非物质文化遗产；没有传承人坚持非物质文化的生态延续，其保护与传承也就成了一句空话。”

2019年6月，百叶龙参加央视《音乐公开课》节目录制

长兴百叶龙的龙舞技艺有其自身的传承“秘籍”，其中舞龙技巧只有发祥地的龙头传人才能掌握要领。为了得到真传，各基地争相邀请谈小明、谈勇进行指导。谈小明和谈勇，这两位长兴土生土长的龙舞专家，奔波于各基地或艺术总团，将道具制作和舞龙技巧毫无保留地传授给学员们。

在邀请专家辅导的同时，各基地和艺术总团的常规培训也常抓不懈。常规培训由长兴县文体局制订培训计划，再交付给各个基地组织实施，长兴县文体局作为百叶龙传承培训基地建设的政府职能部门，承担起了各基地艺术人才的选拔、培训和辅导工作，包括百叶龙节目的创新、编排，服装、道具、音乐等设计制作的联系、对外交流和演出的组织等相关业务工作。长兴县文化馆派出舞蹈干部开展日常辅导，各基地分别有一名擅长音乐或舞蹈的人员负责跟踪排练，在此基础上再由专家辅导，加工提高。

在13个长兴百叶龙艺术培训基地建设成员单位中，林城镇政府负责发祥地天平村一大一小两个基地的建设；长兴县公安局将基地建设作为丰富公安民警文化生活和磨炼意志的有效途径，积极参与；长兴县卫生局负责牵头卫生系统有关单位，共同扶持长兴卫校基地建设；李家巷镇政府将此项工作作为当地军民共建的载体，将基地设在辖区内的解放军某部队；长兴县教育局负责协调落实了教育系统所属8所学校8个基地所承担的各项建设任务；长兴县文体局承担了各基地人才的培训辅导等相关业务工作，还承担了基地建设领导小组办公室的日常事务；其他7个成员单位（长兴县工商局、长兴县国土资源局、长兴县交通局、长兴县供电局、长兴县烟草局、长兴县华能电厂和长兴发电有限责任公司）筹集了首批专项资金。

一条龙，在长兴像一棵树，伸枝展叶，根深叶茂，开花结果。

需要舞台，更需要平台

说到长兴百叶龙，少不了要提一下杨明珠。王长根、谈小明、池文海是把百叶龙从田间地头舞上国家级舞台的人，而杨明珠则是多次带着百叶龙漂洋过海，向全世界展示中国龙风采的人。

2023年9月26日，我在太湖龙之梦的一个外形像超级面包的建筑二楼见到了杨明珠，这里是大马戏团的演出场所。从退居二线到退休，她一直以“指导员”的身份在这里工作，现在是龙之梦大马戏团的负责人，手下有演职人员近500人，包括外籍演员100多人。

这天，“浙江省民间文化艺术之乡数字资源库长兴百叶龙专题资源库建设”的专业人员要采访杨明珠。因此，我也相约共同采访，以便彼此节约时间。

杨明珠说：“浙江百叶龙文化发展股份有限公司成立于2006年3月，成立之初的主要职能是对国有资产——长兴大剧院实施经营和管理，同时还承担了百叶龙的传承、发展和弘扬工作。那些年，公司通过商标保护、文化交流、产业拓展等一系列举措，使百叶龙这一民间艺术瑰宝的品牌价值得到了很好的保护、传承和利用。”

长兴百叶龙演出有限公司挂牌在长兴大剧院，属长兴大剧院、长兴百叶龙演出有限公司、长兴百叶龙艺术团三位一体。这样的安排，

长兴百叶龙橙天影城（东鱼坊店）　　长兴文旅集团 供图

可以说是当年长兴为百叶龙这一品牌的保护、利用找到的最佳运作模式。

长兴大剧院占地70亩，建筑面积16500平方米，总投资1.2亿元，是长兴迄今投资最大、功能最完善、设施最先进、环境最优雅的标志性文化设施。公司配有1000平方米的百叶龙专业排练厅，能满足不同版本百叶龙演出阵容的排练需要，同时还设有专门的服装间、道具间和艺术团日常管理办公室。一流的设施，为百叶龙的传承和发展提供了硬件保障。

作为单位的负责人，杨明珠充分利用百叶龙这一文化品牌的价值，同时用好手上的人员资源和公共文化设施资源，大胆探索，推陈出新，参与市场竞争，为进一步传承、创新百叶龙民间艺术，做大做优做强百叶龙文化品牌，发展百叶龙文化产业注入了新活力。该公司人员全部实行聘任制，通过向社会公开招聘、择优录用，并按照一专多能的要求，实行岗位兼职制，杨明珠是当时唯一一名在编人员。

长兴百叶龙演出有限公司成立后，准确定位自己的运营特色，立足演出、会议和电影三大主业，先后邀请中国东方歌舞团、中央民族歌舞团、法国巴黎交响乐团、俄罗斯国立芭蕾舞团等演出团体到长兴演出，使当地百姓足不出户就能欣赏到国内外高水准的演出。在完成演出主业的同时，公司还利用自身的品牌效应承接大型会议，如长兴国际投资贸易人才洽谈会、茶文化节等。

为了使百叶龙艺术得到不断的创新发展，公司建立了一套健全的传承保护机制，负责对全县12个百叶龙艺术培训基地进行日常辅导和排练，并成立了百叶龙艺术团，实行"业余团体、专业管理"的模式，参加对外的商业性演出活动，使传统艺术精品有了充满活力的团队和载体。

2014年7月，长兴百叶龙演出有限公司派出70多人的演出团队赴瑞士参加巴塞尔军乐节，获得了巨大成功：近20万人次观演，演出纯收入超100万元。与以往不同的是，这次演出并非由政府买单，而是一次对方主动找上门来的地道的商业性演出。

2014年7月，瑞士巴塞尔，长兴百叶龙亮相莱茵河畔　　　长兴县文广旅体局 供图

百叶龙的演出收入，又反哺固定资产的投入，如增加舞台电脑灯、舞台软硬景等。2014年1月，公司投入150万元将影城放映模式由胶片放映改造成数字化放映。8月，又自筹资金投入450万元，将影厅数量由3个增加到5个，还按照国家五星级影院的标准进行了升级。

2017年，长兴文旅集团成立后，百叶龙在长兴的大本营——长兴大剧院也划归文旅集团管理。现任长兴文旅集团副总经理、浙江百叶龙文化发展股份有限公司董事长甘宏伟在长兴文广局工作时，就多次带着百叶龙参加大型演出活动。据他介绍，集团在县文广旅体局、县文化馆和林城镇的支持下，长期以来对百叶龙进行挖掘、提炼、加工，突出百叶龙区别于一般舞龙的特色，使百叶龙青春永驻，拥有持久的生命力和感染力，在新时代展现应有的艺术价值。

在用好百叶龙这一品牌方面，长兴文旅集团和浙江百叶龙文化发展股份有限公司近年来主要做了以下几件事。

打造一支专业的百叶龙艺术团，继续把龙舞好。在长兴，不仅有少年百叶龙、青年百叶龙、老年百叶龙，还有萌宝百叶龙。每年由公司辅导的百叶龙演员达1000多人，有500多人能参加各类演出活动。从2010年至今，百叶龙艺术团每年参加省市以上演出活动50余场，包括参加2010年上海世博会浙江周开幕式演出；参加中华人民共和国第八届残运会开幕式演出；参加中国舞龙展演暨第十一届中国民间文艺山花奖民间艺术表演奖评奖活动，获“山花奖”金奖；参加“大运河文化带”龙舞精英赛，获得龙舞精英奖；参加浙非文旅交流合作大会演出；参加由浙江省文化和旅游厅主办的“非遗薪传”——浙江传统舞蹈展演展评活动，获薪传奖；参加第二届至第七届中国国际进口博览会开幕式演出；参加在省人民大会堂举行的《富春山居图》合璧十周年纪念活动演出；参加第十九届亚运会开幕式仪式前演出等。特别是近年来，百叶龙成功出访了多个国家和地区，成为对外文化交流的金名片。

全类注册“百叶龙”商标，使百叶龙的知识产权得到有效保护，开创了非物质文化遗产以商标形式进行传承保护的先例。近年来，“百叶龙”商标陆续荣获浙江省著名商标、浙江省金牌老字号、浙江省知名商号、中国驰名商标、湖州市老字号等称号。

整合优秀民间艺术资源，创编群众喜闻乐见的精品节目。百叶龙艺术团在对外大力宣传传统文化的同时，对内积极服务基层百姓。近年来，打造了以非遗《百叶龙》为主，兼容《长兴花龙船》《蚕匾上的婚礼》《水墨江南》等特色节目为一体的民俗文化演出一台戏，通过“文化走亲”“文化下乡”“文化进景区”等方式，每年开展惠民演出50余场，丰富群众业余文化生活。

浙江百叶龙文化发展股份有限公司自成立以来斩获多项荣誉，先后荣获浙江省文化产业示范基地、浙江省服务业重点企业、首批浙江省成长型文化企业、浙江省文化和旅游领域新锐企业、浙江省青年文明号、湖州市成长型文化企业、湖州市服务业优强企业、长兴县现代服务业龙头企业等称号。

百叶龙来自人民，将非遗文化财富通过国有公司运作，再以多种形式回馈给人民、服务于人民。这一模式，其实也是被很多专家认可的一种社会文化团体职业型非物质文化遗产传承和人才培养模式。社会团体职业型传承人培养模式是指在非物质文化遗产的传承过程中，一些民间文化演艺团体或组织为了职业演艺发展，将一些文化演艺技艺传承给该团体或组织的成员，使这些民间文化演艺团体或组织的文化技艺后继有人。一直以来，我国民间文化演艺团体或组织，在丰富人们的精神文化生活、传承民族民间文化等方面做出了积极的贡献，而这些文化团体或组织也以独特的团体职业型传承人培养模式，续写着各自的文化辉煌。

让非遗项目如鱼入水

为了积极有效地促进非遗和旅游融合发展，按照“宜融则融、应融尽融，以文促旅、以旅彰文”的总体思路，以“科学保护，提高能力，弘扬价值，发展振兴”为主要任务，长兴积极推动非遗项目进入市场，融入旅游，走入生活。2020年初，长兴县文化和广电旅游体育局出台了《长兴县非物质文化遗产项目点单扶持办法》，鼓励非遗项目保护单位和传承人积极发挥带头作用，引导县级以上非遗名录项目参与市场点单。年终，由文化主管部门根据展示展演、文创开发、创新营销、宣传推广、赛事评选等情况，对积极参与各级政府、企事业单位、社会团体等举办的展览、演出、讲座、培训等展示展演活动的项目进行考评，用以奖代补的方法，给予相关项目0.2万至2万元的扶持补助。三年来，当地已投入奖励资金60多万元，有效推动了非遗项目的活化利用。

长兴县文广旅体局局长黄文娟告诉我，这一扶持办法的出台，可谓是用小钱办大事，让长兴的非遗项目像鱼儿入水，一下子活泛起来。

长兴的具体做法是：一、不断优化管理，持续推进工作。主管部门召开了多次专题研讨会议，听取参与“非遗点单”项目传承人对扶持办法的意见和建议，并结合考评小组在实施中发现的问题，以规范管理、方便操作、市场满意为导向，每年在上年实施的基础上修改完善《长兴县非物质文化遗产项目点单扶持办法》，使该考核办法更科学、导向更明确、操作更简便、实施更有效。二、提升项目质量，迸发非遗活力。长兴坚持把“非遗点单”项目推向市场，让市场选择项目。通过“非遗点单”的激励作用，一批非遗项目积极推进产业创新，取得显著成效。2020年以来，长兴县创建首批省级非遗主题民宿1家，第二批浙江省非遗旅游产品2项，浙江省文化和旅游IP培育名单2家，品牌注册商标50余个，文创产品8个，非遗项目通过“非遗点单”直接创收50余万元，满足了市场的部分需求，实现非遗项目与市场双赢的良好态势。百叶龙、紫笋茶制作技艺、乌梅制作技艺、梅花焦等项目被新华社、中央电视台、浙江卫视、《钱江晚报》等媒体宣传推广。2022年，紫笋茶制作技艺列入人类非物质文化遗产代表作名录，鸳鸯龙入选省级非物质文化遗产名录。三、让非遗深度融入百姓生活，助力共富。长兴依托“非遗点单”，广泛开展非遗“五进”活动，以“文化和自然遗产日”、传统节日、村晚等活动为载体，近三年来进景区80余个，进文化礼堂200余家，进学校10余所，进企业20余家，开展其他非遗宣传展示活动1200余场，参与群众达20万人次。仅2020年，通过“非遗点单”到省外参加活动3场、市外参加活动11场。

同样，浙江百叶龙文化发展股份有限公司以百叶龙为品牌核心，不断开拓多元化产业版图，先后成立了7家子公司。公司旗下有4家星级影院——长兴大剧院影城、长兴百叶龙电影大世界、泗安百叶龙电影大世界、长兴明悦电影院，是长兴市民休闲娱乐的首选之地。其中3家位于城区，1家位于乡镇。每年放映国内外大片200余部，观看人次超60万。旗下3家体育连锁店——百叶龙体育俱乐部、百叶龙嘉乐体育公园、百叶龙健身（东鱼坊店）是市民休闲健身的主要场所，其中百叶龙嘉乐体育公园是目前长兴面积最大、功能最完善的综合性体育俱乐部，内设篮球场、羽毛球场、泳池、健身房、瑜伽房等，可满足群众的多样化需求。由百叶龙体育开设的暑期游泳培训班每年培训游泳学员5000余人。同时，体育公司在引进和承办大型体育赛事上持续发力，成功运营了2019—2023中国围棋甲级联赛、2019太湖图影国际马拉松赛、浙江省第十七届运动会、浙江省社区运动会、2023全国女子排球冠军赛等大型体育赛事。

传统非遗在长兴如鱼入水，既“娱人”，又“育人”，在文旅融合中发挥了十分积极的作用。

沈佳文，现任长兴县委常委、宣传部部长。她短发，身着黑色的便西装，眉梢眼角间蕴藏灵秀，一派利落清新的形象，在采访中她告诉我：“长兴县非物质文化遗产门类繁多，灿如星河。非物质文化遗产活在人民中，是广大民众生产生活的重要组成部分，我们不能将这些前人传下来的非物质文化遗产束之高阁。人民的文化遗产应该让人民共享，只有让这些宝贵的传统文化财富更加紧密地融入文旅，融入生产生活，融入时代的发展，才能获得更加持久的生命力。”

萌宝龙和少年龙

近年来，百叶龙故乡林城镇以建设“山水林田共生 产城农旅融合”的绿色共富为目标，凝心聚力，争先创优，各项工作呈现稳中有进的态势。2023年，全镇实现税收收入2.89亿元，同比增长13.5%；完成固定资产投资8.84亿元，同比增长70%；投入研发费用1.17亿元，同比增长19.2%；完成合同外资8444.56万美元，实到外资1873.26万美元；村集体经济经营性收入增长10.9%；农村居民人均可

林城镇　　林城镇 供图

支配收入增长10.5%。同时，林城镇持续提升农文旅融合发展水平，成功创建4A级景区镇，举办了乡村歌手大赛、排舞大赛、第十七届红梅节、第六届蜂旅文化节、第四届龙虾节等活动。

让百叶龙走出去的同时，林城镇还扎实深耕发源地的传承工作。将百叶龙文化纳入学校教育，在镇中心幼儿园和天平中心小学都建立起舞龙队，还开设了相关课程。

林城镇中心幼儿园有400多个孩子，三楼的非遗手工坊宽敞明亮，里面摆满了孩子们制作的琳琅满目的旱船、狮子、窗花等非遗作品。最可爱的是师生共同制作完成的两条精致的手工布龙和一条孩子们用油烟机管道做成的很有现代感的百叶龙，非常有创意。

该园不仅有一支女教师舞龙队，还有一支萌宝舞龙队。萌宝舞龙队队员年龄只有六七岁，由8个舞龙男孩和12个荷叶女孩组成。据萌宝舞龙队辅导老师谢安介绍，幼儿园舞龙队队员以大班孩子为主，中班孩子作为培养梯队。舞龙训练能培养孩子们的肢体协调能力和乐

2020年6月，林城镇中心幼儿园举办非遗文化日活动　　林城镇 供图

感，很受孩子和家长的喜爱。萌宝舞龙队参加表演用的迷你百叶龙道具是由谈小明爷爷亲手为他们量身定制的。这支萌宝舞龙队还参加过长兴县庆祝教师节文艺节目会演。

长兴县天平中心小学有一支少年舞龙队。这所学校有100多年的办学历史，王长根、谈小明、谈勇等百叶龙传承人都曾在这里求学。学校的后面，泗安塘像一条长龙，在此转了三个弯，便不再回头，一路向东流去。

学校占地面积20余亩，建筑面积4000多平方米。尽管面积不小，但目前只剩101名学生，这所规模袖珍的乡镇学校，却拥有“全国中小学中华优秀传统文化传承学校”“全国乡村温馨校园”两个“国字号”荣誉，这在全国乡镇学校中也不多见。

万物都有其两面性，人多力量大，但人少了，天地就宽了。走进校园，感觉那里的天特别蓝，操场跑道的红绿白三色特别鲜艳，校园内的空气也特别新鲜。现在，很多城里学校因为室外的活动空间太小，为了安全，连下课都无法让学生到操场上尽情玩一把。但是在这里，哪怕全校的学生同时出来舞龙，操场上也不会显得拥挤。我也知道，随着学生人数的不断减少，天平中心小学与林城中心小学合并是早晚的事，但百叶龙的传承并不会因为学校的合并而弱化。

那天，我在林城镇副镇长饶本杰和镇文化站站长卢学杰的陪同下前往天平中心小学采访。走进校园，看到校园内充满着百叶龙的元素：百叶龙文化公园内筑有巨幅的百叶龙石雕和六幅百叶龙传说故事浮雕；大气美观的百叶龙文化长廊，记录着学校传承和弘扬百叶龙文化的历程；学校围墙上的瓦也是龙的造型，远远看去，如一条巨龙在墙端蜿蜒曲折，奔腾向前；200平方米的百叶龙训练场用优质塑胶铺设而成，背景为绘有百叶龙和荷叶的文化墙，处处彰显浓郁的百叶龙感恩的文化气息，为学校开展非遗传承提供了优质的阵地；学校各班的班牌也以百叶龙的相关信息命名。

学校三楼的百叶龙文化展览馆更是展示和弘扬百叶龙文化的重要阵地。展览馆分外展厅和内展厅两个部分，展陈着大量关于百叶龙的实物、奖证、图片等珍贵资料，其中很多展品我也是第一次看到，包括1957年天平舞龙队在北京北纬饭店前训练的照片，1980年6月由文化部举办的全国部分省、市、自治区农民业余艺术调演节目单。1980年6月天平舞龙队在中南海表演的那条功勋百叶龙也在此陈列，这无疑是镇馆之宝。

据校长戴涛介绍，作为百叶龙故乡的一所学校，我们当仁不让成了少儿层面传承和弘扬百叶龙传统文化的重要阵地。早在1983年，学校就走上了百叶龙特色学校的创建之路，从那时起，谈小明老师就担任母校少年百叶龙舞龙队的编外教练。而李一丁、夏菁两位老师则专门负责舞龙队的日常管理，节目编排。

目前，学校已基本形成三大特色：一是百叶龙特色与学校环境建设相融合；二是百叶龙特色与学科课程相整合；三是百叶龙特色与学生德育教育相结合。

围绕百叶龙文化元素，学校积极开发和创设活动内容和平台，将百叶龙文化渗透到教育的各个方面，以此来丰富整个百叶龙乡土文化建设体系。如学校创编了校歌《“百叶龙”之歌》，编排了校操《“百叶龙”韵律操》。学校图书馆藏有大量关于百叶龙文化的书籍、刊物，为学生进一步了解百叶龙提供帮助；学校创设了“百叶龙好少年”评价体系，该体系是以德、智、体、美、劳“五育”为评价标准，以“争卡”的形式对学生的“五育”素养进行评价，形成了以百叶龙身体各部位命名的个性卡，即“龙珠卡”代表德育，“五育”并举，德育为先，符合龙珠的引领之意；“龙头卡”代表智育，点亮和激活学生头脑中的智慧；“龙身卡”代表体育，热爱体育，锻炼强健身体；“龙鳞卡”代表美育，精致绝伦的龙鳞是美的象征；“龙爪卡”则代表劳育，龙爪为龙之手脚，劳动需要有一双勤劳的手。学校还围绕百叶龙特色开设各类教学活动，包括“舞龙”“刻龙”“荷叶舞”“百叶龙操”“说非遗故事比赛”等，并通过“快乐星期五”社团活动，结合课后服务时间段，开展百叶龙非遗传承的教学活动；学校还积极为校园舞龙队搭建校外实践平台，如联同县里、镇里、村里开展各类展示活动。在一些特殊节日节气，学校还会带舞龙队外出，在大自然中进行舞龙训练，让孩子们感受春日的油菜花开，秋日的稻谷金黄，欣赏龙在田野里腾飞的壮美。

通过几代教育人的不懈努力，这所学校在弘扬和传承百叶龙非遗传统文化工作领域颇有建树，先后获评“第三批全国中小学优秀传统文化传承学校”“浙江省非物质文化遗产传承教学基地”“浙江省百叶龙民间特色艺术学校”“湖州市百叶龙民间艺术特色学校”，经常受邀参加各级各类传统文化展示活动，多次被中央电视台等权威媒体报道。2019年9月，《中国教育报》策划“传统文化进校园”专题开学季，报道了学校的百叶龙。同年，学校的百叶龙登上央视《生财有道》年味栏目组，为春节献礼，还接受了央视委托的美国国家地理电视台采访，并制作了《记住乡愁》国家版的宣传片，向全世界宣传长兴百叶龙。2021年，学校的百叶龙参与了央视乡村振兴建设公益广告拍摄，向全国人民再次展示百叶龙风采。

那天正是周五下午，操场上有很多学生在锻炼，学校舞龙队的孩子们正在排练。我发现其中有一群孩子手举舞龙棒舞的并不是龙，而是一条很粗的麻绳。今天给孩子们辅导的是谈勇，他告诉我，孩子们平时训练比较费龙，五年级组的同学在训练时就以一条粗麻绳来代替道具龙。

尽管只是一条绳子，但孩子们一样舞得很欢。而六年级组的孩子舞的可是一条小学生版的漂亮的道具龙。

601班的韩辰长得要比同龄孩子壮实，他手擎龙头站在那儿，很

百叶龙省级传承人谈勇在辅导少年百叶龙队 林城镇 供图

有点“龙头老大”的架势。他告诉我：“舞龙很辛苦，一开始学习舞龙的时候手上都起了泡。因为动作掌握不好，经常有队员被后面队员的舞龙棒子敲到脑袋，或因为步子走错让龙打了结。”韩辰还说：“谈小明爷爷说，这是因为我们舞龙的节奏把握不好，节奏也就是时间与速度，是音乐的点，每个人的动作都要和着音乐的点来进行，不能迟也不能早。”我问他：“舞龙有什么收获和体会？”他想了想告诉我：“舞龙不是一个人的事，是一个整体，每个人既要舞好自己，还要照顾他人。”

陈伟豪是一名龙珠队员，他长得机灵可爱，把龙珠舞得行云流水。他告诉我:“百叶龙是我们天平村的文化传统，尽管我们舞龙要付出很多的时间和汗水，但很光荣，班上其他同学都羡慕我们。我们是龙的传人，我希望长大以后也能像谈小明爷爷那样去北京舞龙，去国外舞龙。”

水岸之上

龙喜水，人也喜水。依水而居，为上上居。水有一种独特的魔力，能让人的心灵得到洗涤，让人变得更为清爽、安静。因此，长兴把水岸边最好的位置给了文化。

长兴县文化馆，面朝护城河，暂寄空山傍水居，清风朗月伴窗虚；长兴县图书馆，紧依和睦塘，书香多在藕花中，枕水窗开面面风；而长兴（太湖）博物馆，距太湖只有几步之遥，每天可以看太湖日出，云帆济天，揽“震泽朝朝涛潋滟，滩簧岁岁曲玲珑”之气韵。

长兴县文化馆地处闹中取静的台基路，馆前，古老的护城河缓缓流过，汇入太湖。深秋，护城河两岸的银杏树叶像一盏盏金色的灯，点亮了河中的涟漪。护城河对岸，就是市民广场，每天早晚，都有大批市民在这里散步或锻炼身体。

长兴县文化馆为国家一级文化馆，是党和政府文化惠民，开展非物质文化遗产保护的重要窗口，是全县群众文化活动的中心，更是百叶龙创作、推广、发展的文化平台。这个曾经只有500平方米的文化馆，现在总建筑面积达11000多平方米。主体建筑共分三层，内部设置小剧场、非物质文化遗产展馆、培训教室、视觉艺术展厅、录音棚、声乐器乐培训室、公共文化阳台等免费开放的公共场所。文化活动场所集多功能区域一体，馆外还设有“全民艺起来”大舞台，实行全免费、全天候开放。

金芸，一位年轻的基层文化馆馆长，为中国舞蹈家协会会员、湖州市舞蹈家协会副主席，她创作的《当银杏飘落的时候》《紫笋流香》等舞蹈作品曾获得省舞蹈比赛金奖，辅导的多件音乐、戏剧类作品曾获省级金奖，个人撰写的多篇论文获省级奖项并在核心期刊发表。她向我介绍，近年来，长兴县文化馆创新打造“全民艺起来”惠民品牌，还推出了“非遗点单”“周末剧场”“紫茗雅集”“长艺课堂”公益培训等一系列文化惠民活动，吸引和带动广大群众广泛参与、享受生活、提升素养。真正让艺术无界、让群众有感、让生活添彩，这是每一位文艺工作者的共同愿望。

2023年的一个深秋上午，我在长兴县文广旅体局副局长池明丽和金芸的陪同下参观了位于文化馆大楼内的长兴县非物质文化遗产展示馆。

在二楼的第一展馆入口处外墙上，有一段习近平总书记对非遗工作的重要指示：“要加强非物质文化遗产保护和传承，积极培养传承人，让非物质文化遗产绽放出更加迷人的光彩。”

进入展厅，聚光灯下有诗一般的文字：

> 长兴，背山面湖，一百万年生生不息，带着太湖的风，多元民俗融合七彩遗风。领着龙山的雨，文化县域唱响天地人和。龙吟、狮舞、马跃、舟行、刺绣、刀刻、陶冶、酥糖、米酒、糍粑、梅花焦……
>
> 100多项，11个门类，有故事、有记忆、有戏剧、有舞蹈，在圩埂、在㚘里、在山岗、在船上，在百姓的生活中，或歌或舞，或品或饮，浓墨重彩大写民族风华。

非遗是根，非遗是魂，乘着文明实践的东风，演绎不朽的传承诗篇，春华秋实。

长兴县非物质文化遗产展示馆内部

池明丽告诉我，截至目前，长兴县成功申报人类非遗项目1项，国家级非遗项目2项，省级非遗项目9项，市级非遗项目71项，县级非遗项目191项，国家级传承人2名，省级传承人14名，市级传承人74名，县级传承人107名，形成了相对完整的国家、省、市、县四级非遗名录体系。

进入展示厅内部，映入眼帘的是一幅"长兴县市级以上非物质文化遗产名录项目分布示意图"。图中列出了包括民间文学、传统音乐、传统舞蹈、传统戏剧、曲艺、传统体育游艺与杂技、传统美术、传统技艺、传统医药民俗等共191个非遗项目，仅龙舞一类就有长兴百叶龙、青草坞鸳鸯龙、白岘布龙、三涧村白龙、五庄白龙、方山乌龙、双联黄龙、上泗安青龙等8项。其中青草坞鸳鸯龙先后出访过意大利、西班牙。

展厅右侧，由石玉楼生前制作的两条粉色的百叶龙正在满塘荷叶中戏珠。国家非物质文化遗产专家委员会委员、北京舞蹈学院客座教授梁力生对百叶龙道具一直是赞不绝口，他表示："长兴百叶龙另一为人称道的特点，体现在精湛奇绝的龙具制作上。其一是缘物寄情，集清雅高洁的荷花和吉祥平安的蝴蝶于一身，隐喻着百姓良好的祝福；其二是结构精巧，一瞬间的荷龙变幻，展现出高超的制作工艺和令人称绝的表现手段；其三是造型华美，硕大的龙体由绚丽的花瓣连缀而成，动则流光溢彩，静时娇艳可人，显示了百叶龙独有的工艺价值和审美价值。"

眼前这两条百叶龙金丝缠绕、身姿曼妙，让整个展厅光彩熠熠。在这里，你可以和百叶龙零距离接触——灵动的双眼，头顶的莲蓬和荷花，洁白的牙齿，细腻的发须，自信上扬的龙角和粉色的片片龙鳞……一切都栩栩如生，你一定会为石玉楼这位老艺术家精湛的手艺折服。而一旁的电视屏幕上，播放着百叶龙在各个时期的表演录像，整个展厅内回响着百叶龙舞蹈的曼妙音乐。

随后呈现的是长兴紫笋茶。该茶全名为顾渚紫笋，是创制于唐代的名茶，自唐大历五年（770年）至清顺治三年（1646年）常为贡品，被誉为中国历史上作为贡品时间最久的茶。

时代在发展，但紫笋茶最古老的制茶方法在长兴完好保存下来，并延续至今，形成了茶界绝无仅有的"一茗七法"（团法、饼法、凌霄法、周氏炒青法、许氏炒青法、北山僧法和大叶蒸青法），是茶叶手工制作技艺中的一朵奇葩，已列入第三批国家级非物质文化遗产名录。

再往展厅里面走，看到的是长兴的狮舞和旱船。长兴狮舞有阙家双狮、刘井狮舞、林城青狮、塔上狮舞。狮舞在长兴县的林城、吴山、虹星桥、泗安等十几个乡镇广泛流传，其中林城狮舞于2007年被列入浙江省第二批非物质文化遗产保护名录。

传统上，长兴众狮主要在正月期间调弄，以挨家“拜门子”、讨吉利为主要形式。随着锣鼓的伴奏，动作有翻滚扑跃、嬉闹逗趣，其中叠桌登高最具难度。林城狮舞可依次周旋，腾跃而上，直至三桌半，三桌半即三张桌子，再加上一条凳子。

长兴旱船，俗称花龙船、八仙船，广泛流行于长兴河南籍人口众多的农村中。以龙山旱船、泗安旱船最为活跃，是一种以旱船为道具，集歌舞和手工扎制技艺为一身的岁时节令舞蹈。旱船扎制工艺精细，舱顶是三层红楼金穗，全身贴满了民俗画和剪纸，船头船尾或扎荷花或呈龙形，美轮美奂。长兴旱船已被列入第四批浙江省非物质文化遗产保护名录。

池明丽告诉我：“前面就是我们的压轴分馆——浙北小梅兰芳池文海的展示馆了。”该馆分“艺缘花鼓戏”“情系百叶龙”“功业照千秋”三大部分。馆内最醒目的位置张挂着浙江省原文化厅厅长、浙江省政协常委，著名剧作家、书法家钱法成题写的“飘飘欲仙”四个大字。这几个字苍劲有力、矫若惊龙，上款为“赞池文海同志表演艺术”，下款为“钱法成题写于1991年12月”。寥寥数字，对池文海的表演艺术给予了高度评价。

馆中还陈列有池文海半身塑像和他演艺生涯各个时期的部分获奖证书、代表性照片，有1955年池文海与参加安徽省首届群众文艺骨干训练班同学的合影；有20世纪60年代初池文海出演《洛神》和《拥军花鼓》的剧照；有1978年池文海带领百叶龙舞蹈队参加嘉兴地区业余文艺调演获一等奖的照片；有1990年，池文海与著名越剧表演艺术家王文娟同台献艺前，王文娟亲自为池文海梳妆的珍贵照片；有20世纪90年代，文化部拍摄《中国风》专题片时池文海在《天女散花》舞蹈中的造型；有1994年在浙江大学邵逸夫体育馆举办的舞蹈专场中，池文海表演民间舞蹈《恨大脚，恨小脚》的剧照。《恨大脚，恨小脚》

是池文海的代表作之一，戏中，他采用了独特的化妆绝活：从头饰直至脚部，身体的两侧呈现两个不同人物的装扮。表演时，身体两侧轮流对着观众，一人同时扮演大脚、小脚两个角色。其奇特的构思、绝妙的化妆、优美的唱腔和幽默的表演动作，令观众拍案叫绝。

长兴县文化馆内浙北小梅兰芳池文海的展示馆　　田家村 摄

这些图片和文字，精彩地呈现和回顾了池文海的艺术人生。

而位于三楼的第二非遗展馆被命名为“七彩遗珍”，展馆中不仅用大幅图片展示着国家级非物质文化遗产项目龙舞（长兴百叶龙）代表性传承人谈小明、国家级非物质文化遗产项目（紫笋茶制作技艺）代表性传承人郑福年和省级非物质文化遗产项目（百叶龙制作）代表性传承人石玉楼等人物的风采，还用文字、图片、实物，对槐坎的陶器制作技艺，长兴的红酒制作技艺，泗安酥糖，图影滩簧，夹浦剪纸，白岘端午服饰，书画揭裱修复，洪桥千张，长兴走马灯，吠桥武术，蒋家提线木偶，青草坞双龙，林城双偶摔跤，胥仓雪藕种植管

百叶龙卡通形象　　长兴县文化馆 供图

理，长中根雕，乌梅制作，仰峰麦芽糖制作，锅糍麻糍制作技艺，雉城西河大鼓，泗安皮影和南蒋、新民、涧塘马灯等长兴丰富的非遗项目进行了专门介绍。

在长兴的非遗宝库中，属于林城镇的非物质文化遗产就多达五大类超20项。其中国家级1项，省级2项，市级9项，县级8项。传统舞蹈有：长兴百叶龙、方山乌龙、长兴马灯、洋和马灯、长兴旱船、龙山旱船、长兴狮舞、林城狮舞。传统体育、游艺与杂技有：畎桥武术、成龙棋、双偶摔跤。传统美术有：林城刺绣、林城竹刻。传统技艺有：箬下春制作技艺、长兴红曲酒酿造技艺、青梅加工技艺（青梅酿）、林城汤鸡制作技艺、蚕丝被制作技艺、古法制蜜、百叶龙黄酒酿造技艺、卢记猪头糕制作技艺。传统医疗有：蜂毒透骨疗法、邱氏骨科疗法。

林城镇不愧是非遗文化的“大户”。

普罗旺斯薰衣草田吹来的浙江风

漫漫5000年的历史长河，中华民族创造了灿烂浩瀚的文化，铸就了璀璨耀眼的文明。我国的非物质文化遗产是人类文明的重要组成部分，是中华文明绵延传承的生动见证。习近平总书记对非物质文化遗产保护工作曾作出重要指示："要扎实做好非物质文化遗产的系统性保护，更好满足人民日益增长的精神文化需求，推进文化自信自强。"在新的时代和征程中，我们有义务推动非遗文化走出国门，讲好非遗故事，用喜闻乐见的形式，激发国际友人的情感共鸣，增强中华文化的影响力，让中国的非遗文化在世界舞台上绽放出绚烂夺目的光彩。

法国尼斯亚洲艺术博物馆，一直是推介亚洲当代艺术最重要的艺术平台。2005年10月17日晚，"感受浙江——法国·中国浙江文化周"在此开幕。在喜庆的鼓乐声伴奏下，百叶龙艺术团成员在馆内入口处热情迎接每一位前来参加开幕式的嘉宾。

开幕式上，时任浙江省人大常委会副主任徐志纯在致辞中说："文化是人类共同的财富，对增进各国人民的交流和理解具有很大的作用。'法国·中国浙江文化周'活动，向法国人民打开了一扇了解中国浙江的窗口，为双方今后更广泛的联系和合作架起了桥梁、铺设了平台……”

阿尔卑斯滨海省副议长阿兰·弗莱尔在致辞中表示：“这一活动是中法文化年的延续和深入，为未来双方的交流和合作架起桥梁。中国龙勇敢可爱，中国古代丝绸‘薄如云烟，飘忽天地’，在西方难得一见。法国观众通过这一展览，可以看到不同文化的璀璨光辉。”

开幕仪式结束后，一阵锣鼓声骤然响起，徐志纯和阿兰·弗莱尔共同为百叶龙点睛。然后，这条来自中国的百叶龙时而是盛开的荷花；时而是活泼的蛟龙，翻滚跳跃，闪转腾挪；时而静卧荷塘，美不胜收；时而流光溢彩，气势磅礴。它用舞蹈的形式，在异国他乡讲述了一个在江南满塘荷花中诞生的古老传说，表达了中国江南水乡人民对美好生活的赞美和憧憬。

百叶龙在上千名观众的掌声和喝彩声中，为“法国·中国浙江文化周”揭开了欢腾的帷幕，倾倒了参加开幕式的所有嘉宾。

很多外国朋友以前只是在电影或电视上看到过中国龙，这一次能亲眼看到中国龙的表演，感到新奇无比。百叶龙表演结束后，当地官员和观众纷纷上前，争相和百叶龙队员一起合影。

文化周期间，还举办了“天上人间：中国浙江丝绸文化展”，展示了从良渚文化时期到清代的65件文物，包括3件国家一级文物，即北朝的舞人纹锦、唐代的联珠对鹿纹锦和辽代的刺绣小幡。在展室一角，还有茶道表演，清新的浙江茶品，为展览增添了诗的韵味。

与承载着厚重历史文化意蕴的丝绸展不同，另一个展览——“水乡烂漫——浙江农民、渔民画展”，则以其浓郁的水乡气息受到与大海为伴的尼斯人喜爱。40幅画作出自浙江嘉兴农民和舟山渔民之手，他们将清新芬芳的水乡风物、对赖以为生的大海的深情以及充满生机的现代生活融入绘画之中，创造出了造型夸张、色彩明快、构图饱满的现代民间艺术。

早在2005年8月，长兴百叶龙就接到了浙江省人民政府新闻办、浙江省文化厅和浙江省人民政府外事办发出的参加10月13日至26日在法国南部城市尼斯市举行的“感受浙江——法国·中国浙江文化周”演出活动的邀请。

接受出访任务后，湖州市委、市政府和长兴县委、县政府高度重视，要求以一流的表演艺术水平和严密的组织纪律，在西方主流社会展示中国民间艺术的独特魅力，并制作了4套百叶龙演出道具，为队员专门设计制作了40套演出服，还为全团人员配备了统一的行李箱。

此次出访演出的艺术团20名队员来自长兴三所学校，其中教师7名，学生共13名，学生中年龄最小的只有15岁。

根据此次出访演出的任务特点，在省专家的精心编导下，百叶龙艺术团针对演出阵容、演出场地和演出时间的要求，专门编排了40分钟时长的包括《百叶龙》《荷花灯》《蝶恋花》《龙的传人》等四个篇章的节目，将江南水乡十里荷塘的美丽传说展现给法国人民。

10月14日，全团人员抵达法国尼斯市后，百叶龙艺术团按照总团的要求，马上开展演出前的各项准备工作。根据安排，艺术团在整个出访行程中，将在尼斯市的凤凰公园、CAP3000购物中心和英国大道三个不同的地点共演出16场。

在CAP3000的多次表演中，每当悠扬的中国民乐响起时，专门赶来观看演出和在此购物的法国市民都会有序地在演出场地围成一个观众区，热切而又专注地观看表演。节目接近尾声高潮时，全场观众则报以持久的掌声，现场气氛热烈，艺术氛围浓厚。阿兰议长还专程到CAP3000观看百叶龙表演，称赞百叶龙表演十分精彩，并与全体演职人员合影留念。在一次表演结束后，团员准备上车离开时，却被大批热情的观众拉住要求合影留念，迟迟无法脱身离开。

此次出访，艺术团第一次采用了摇滚乐配乐，让龙舞动作更加狂放。在英国大道、天使湾畔的表演中，百叶龙和着《龙的传人》的音乐和地中海的浪涛声，腾空而起，精彩无比。当全体团员唱起《龙的传人》时，现场的许多华侨忍不住热泪盈眶，甚至失声哭泣，场面非常感人。

尼斯中法交流经理、华人卓维珍女士感慨地说："我在异国他乡打拼了很多年，但我心依然是中国心。当听到《龙的传人》这熟悉的音乐时，当看到来自中国的百叶龙在面前欢腾时，我就会想到祖国母亲，就会以自己身为中国人而感到自豪。"

在"感受浙江——法国·中国浙江文化周"的六天中，百叶龙的每一场演出都受到法国观众的热烈欢迎，现场掌声、赞誉声不断。演出间隙，许多法国人还通过翻译主动和演职人员交流、合影，他们纷纷称赞百叶龙表演是"完美无缺的艺术""是中国最美、最好的龙舞"。一些市民感叹道："真是太美了！我生平第一次亲眼见到如此完美的龙舞！""这么漂亮，在天使湾畔，让普通市民都可以随意地观看，只有中国艺术家才做得到！"

"感受浙江——法国·中国浙江文化周"于10月17日在尼斯开幕后，吸引了众多法国观众参与。在一周时间里，前往尼斯的亚洲艺术博物馆、CAP3000购物中心和库土力耶画廊的参观者络绎不绝，约有10万人次参与了浙江文化周的各项活动。

百叶龙在尼斯的表演受到了当地媒体和国内媒体的广泛关注，法国电视二台、《欧洲时报》、《尼斯晨报》和新华社、中央电视台、《浙江日报》、浙江电视台等都对百叶龙在尼斯的精彩演出进行了及时、充分的报道。

法国当地媒体报道称：来自中国浙江省的百叶龙的龙头由一朵大荷花精制而成，怒放的朵朵荷花构成龙躯，艳丽的蝴蝶组成龙尾，在中国民乐和荷叶姑娘的衬托下，显得美丽而矫捷。美丽神秘的中国文化之美，让法国人如痴如醉。

此次出访，长兴民间艺术从天平村来到了法国蓝色海岸，在世界舞台上展示了中国龙的风采，百叶龙艺术团经受了考验，锻炼了队伍，开阔了视野，增长了见识，强化了修养，为开展中外文化交流活动积累了丰富的经验。

埃菲尔铁塔下的奥运火炬

三年后的春天，长兴百叶龙又一次来到法国。2008年，第二十九届夏季奥运会将在北京举行，应中国驻法国大使馆的邀请，长兴百叶龙于当年4月5日赴法国参加火炬传递相关活动。

4月7日，奥运火炬从境外传递到法国巴黎，百叶龙先后在奥运圣火传递活动的起点埃菲尔铁塔前和终点夏莱蒂体育场精彩亮相，为奥运圣火传递加油助威。

北京奥运火炬在巴黎的传递全程为20公里，火炬手由80人组成。第一棒由法国黑人运动员史蒂芬·迪亚加纳担任，这位400米跨栏前世界冠军，从巴黎著名的地标埃菲尔铁塔出发，手举“祥云”沿塞纳河奔跑。

当地时间4月7日中午12点30分，迪亚加纳在埃菲尔铁塔二层的埃菲尔厅，从巴黎市政府代表手中接过火炬，标志着北京奥运圣火环球传递第五站巴黎的传递活动正式开始。

当高举圣火的迪亚加纳从铁塔上下来，从大道两侧迎候舞动的两条百叶龙中间穿行而过时，圣火传递现场的气氛达到了高潮。

在巴黎夏莱蒂体育场门口举行的圣火传递终点站庆典仪式上，长兴百叶龙又进行了由荷花变龙的完整表演。“静则荷塘月色流光溢彩，

百叶龙在巴黎夏莱蒂体育场门口举行的圣火传递终点站庆典仪式上表演

长兴县文广旅体局 供图

动则蛟龙腾空气势磅礴”，长兴百叶龙——这朵中华民间艺术奇葩的独特魅力深深吸引了巴黎市民，博得了全场的阵阵喝彩，将现场的气氛燃向高潮。体育场前的广场上，挥舞的五星红旗成了红色的波涛，兴奋的华人华侨和中国留学生，骄傲而自豪地唱起了同一首歌——《龙的传人》。

救世主塔楼

俄罗斯国际军乐节也称俄罗斯“救世主塔楼”国际军乐节，是世界三大军乐节之一。

救世主塔楼即斯巴斯克塔楼，因塔上悬挂着救世主圣像而得名，“斯巴斯克”意为救世主。这一莫斯科的标志性建筑，建于1491年，高71米。1851年，斯巴斯克塔楼安装上一座时钟，每15分钟报时一次。自鸣钟的构造复杂庞大，占据了三层楼的高度。四面的四个钟与天文台的校时钟相连，是俄罗斯最准的钟，“克里姆林宫钟声”就源于这里。

“救世主塔楼”国际军乐节从2009年起开始在莫斯科红场举办，演出采用大型会演形式，各参演团体除了庆祝9月1日“莫斯科城市日”外，还可以在军乐节期间就军事文化和民间艺术相互交流。中国人民解放军三军仪仗队、中国人民解放军军乐团、陕西西安社火、少林寺武术等曾亮相于该项活动。

2012年，来自俄罗斯、奥地利、德国、希腊、意大利、哈萨克斯坦、中国、波兰、新加坡、法国的军乐队以及欧盟的综合管乐队，应邀参加在红场举行的第五届“救世主塔楼”国际军乐节。

第五届“救世主塔楼”国际军乐节的主题为纪念俄罗斯1812年卫

国战争胜利200周年。在这场空前盛大的军乐节中，嘉宾不仅可以欣赏到行军音乐与古典音乐的完美结合，军乐队、仪仗队的精彩演出，更可以观赏到绚烂夺目的灯光秀及烟火表演。

这一年，百叶龙受到俄罗斯邀请，作为中国唯一的代表团参加第五届“救世主塔楼”国际军乐节，与30多个国家的50多个乐团同台表演。军乐节开幕前，当地媒体对百叶龙的介绍是，“中国长兴县的百叶龙，由朵朵荷花拼接而成。表演时，融舞龙与舞蹈于一体，以祈‘国泰民安、五谷丰登’。长兴县风景秀丽，‘接天莲叶无穷碧，映日荷花别样红’，而百叶龙的传说也正是起源于当地流传甚广的民间故事”。

为了确保长兴百叶龙圆满完成赴俄演出任务，文化部专门下拨了30万元的活动补助款给予支持。我国驻俄大使馆除了专门派文化参赞到现场看望百叶龙演职人员，还积极帮助团队就接待工作与当地有关部门沟通协调。浙江省文化厅不仅为百叶龙艺术团办理出访手续提供帮助，还抽调了浙江省文化馆知名编导邵小眉担任本次演出活动的艺术指导。长兴县委、县政府领导对百叶龙更是关怀备至，在出访期间，县领导一直与艺术团领队保持紧密联系，不时送去亲切的问候。

长兴县委办、县政府办、县委宣传部以及县外事办、县财政局等各个相关部门，都为百叶龙的成功出访出谋划策，竭尽全力。

长兴县教育局从职教中心、清泉武校各抽调了2名教师和10多名学生，并选派一名分管领导随团负责活动的安全工作。长兴传媒集团则抽调了一名分管领导负责此次活动的宣传工作。长兴县文化部门当然更是责无旁贷，局长亲自带队，并从长兴县文化馆和大剧院各个岗位上抽调了30多名职工作为队员，负责出访的报批、演出的联络以及道具、服装的制作和运输等繁杂工作。

为了确保演出质量，百叶龙艺术团从8月初就开始了新版的排练工作。为了适应在红场演出，演出阵容和形式都做了大胆创新，由传统的单龙独舞或双龙戏珠变为四龙共舞，舞龙和配舞队员人数达61人。

为了在红场上完美呈现百叶龙多次神奇变幻的场景，队员们在国内已连续艰苦排练了一个多月，反复练习每一个动作，紧密衔接每一个环节，不断提升每一个技巧。许多小伙子因为长时间反复练习同一个动作，手掌都磨破了，为了不影响舞龙技术练习，简单包扎后，他们忍着痛带伤坚持。荷叶姑娘们因为经常需要跪在冰冷坚硬的石板上，膝盖都磨破了皮，但她们没有委屈抱怨，依旧忍痛坚持。在那些日子里，百叶龙队员们哭过、累倒过、虚脱过，但为了共同的美好愿望，他们没有退缩！

为了确保长兴百叶龙圆满完成任务，很多来自学校的师生队员放弃了暑假的休息，还有人隐忍着失去亲人的悲痛。因为出访团从大剧院抽调了大量人手，其他留守员工则开始了每天工作12小时、三个礼拜没有休息日的“艰苦岁月”。但是他们都无怨无悔，执着地默默前行。

红场惊艳

俄罗斯的秋季如冬。飞机一落地，队员们就感受到了寒气逼人。因为阴雨连绵，当地的气温已经下降到8摄氏度左右。好在冬天的衣服大家带得很充足，只是一下子仿佛从夏末来到冬天，都感到有点不适应。

开始几天，尽管受到红场演出场地条件以及节目与节目上下场的限制，但百叶龙队员争分夺秒，抓紧排练。他们在阴冷的风雨中，一遍，两遍，三遍，四遍……不停地排练，无情的雨水湿透了所有队员和工作人员的衣服，还泡肿了一些人的脚。坚硬的地面岩石磨破了队员们柔软的演出鞋，一些人还扭伤了脚。空旷的红场上，艺术指导的大嗓门也变得苍白无力，只能用声音加肢体动作进行指挥。红场太大，从这头到那头，更是让一些工作人员跑到了腿抽筋。

用龙头杨斌的话来总结就是：“台下，我们紧裹着毛毯在寒风中瑟瑟发抖，当轮到百叶龙上场时，我们把毛毯掀开，让自己神采飞扬，激情四射。”

表演正式开始，终于轮到百叶龙队员们上场了，军乐节总导演、苏沃洛夫军事学校音乐队队长、克里姆林宫宫长、莫斯科市文化局局长欣然为百叶龙点睛。

那天，莫斯科的气温依然刺骨冰冷，但阻挡不了长兴百叶龙艺术团团员表演的热情。每当神奇的百叶龙出现时，观众席上立马刮起一阵掌声、喝彩声和尖叫声的风暴。焰火绽放下的圣瓦西里大教堂周围五彩缤纷，礼炮声中，千万观众的欢呼声震耳欲聋，美轮美奂的百叶龙让童话般的莫斯科城锦上添花！

散场了，许多观众望着百叶龙恋恋不舍，久久不肯离去。当百叶龙艺术团的队员们走出演出场地时，他们被团团围住，要求合影，热情的俄罗斯观众频频向长兴的小伙子和姑娘们竖起大拇指："China龙！"

这次去莫斯科的66名演职人员中，有来自长兴大剧院的普通员工，有来自职教中心、清泉武校的部分师生。在俄罗斯的这段日子里，演职人员吃在红场东北面的俄罗斯国家百货商场餐厅，休憩在红场北面的俄罗斯历史博物馆，候场在红场南面的帐篷区，演出在莫斯科红场中央区，下榻在列宁大街花火旅馆，离红场有2小时车程。他们每天四处奔波，晚上演出结束后回到花火旅馆，往往已经是深夜12点多了。白天频繁的排练、踩街或者专场演出，让每一位队员都耗尽了能量，大家一见到床，就像看到了亲人，再也不肯离开。

俄罗斯人和长兴人的饮食习惯可谓是大相径庭，他们每天的当家饭菜是土豆泥加水煮牛肉。长兴的姑娘小伙一看就直摇头，很多人都悄悄地躲到一边去啃起了自己从国内带来的方便面和榨菜丝。

因为天气变化多端，很多队员患上了感冒，但没有人埋怨，没有人叫苦，没有人退缩，每次呈现给俄罗斯观众的，都是一支精神抖擞的百叶龙队伍。

出门在外，团队就是一个温馨的大家庭。促膝谈心，交流思想，个别的心理咨询，陪护看病，集体的"民主生活会"，一句不经意的"你好点了吗"，一句"国际惯例"的"注意早点休息"，一句耳熟能详的“多穿点”，让每个成员感受到家的温暖。这一切，还得感谢尽心尽职、无私奉献的小组长和老师队员蒋大鹏、杨斌、顾圆、王琳、冯茜茜、朱新平、任加平。

长兴的团队是一座纪律如铁的小军营。近乎军事化的管理，出发点名，吃饭点名，睡觉点名，到达目的地点名……“稍息，立正，向右看齐！——报数！”组长一声令下，组员迅速集合，真有点“军令如山”的味道。不管穿着演出服还是工作服，不管是男演员还是女演员，不管在大街上还是宾馆里，长兴百叶龙的队伍始终代表着长兴形象、中国形象。

这个团队还是一个高手如林的群英会。音乐、舞蹈、武术、相声、小品、口技……只要你报得出的表演项目，团队里都有人会。还有道具师、服装师、化妆师、影像师、翻译官，甚至治病救人的“大夫”，团队里也有！道具的频繁取放、清点、修理，服装的增减、变化、整理，演员每天雷打不动的化妆，演出间隙的自娱自乐，感冒、胃痛、过敏、擦伤等“急诊”，让闵从庆、周芳芳、顾越、俞跃等自学成才的各路“大师”忙得不亦乐乎！

团队里有一个沉默寡言的人，他就是负责宣传的王晓伟。每次工作通报会开始前，他总是第一个进会场，会后又是最后一个离开。队员们演出时，他在观摩、采访，队员们在休息时，他又躲到某个角落里去写新闻稿了。

团队里最严厉的人肯定是艺术指导邵小眉。别看她平日里亲切可爱，笑容满面，但一到排练时就“六亲不认”，只要发现谁的动作不够完美，就立即要求改进。精益求精，也许这四个字就是她的真实写照。

长兴教育局副局长罗民强负责安全。安全是最大的事，出发前，出发后，他要随时检查；房间里，汽车上，他要随地检查；早检查，晚检查，他每天几乎重复同样的话，做同样的动作，却丝毫不知疲倦。

团长陈亦祥身上的担子不轻，大到与主办方、导演组以及中国驻俄大使馆的沟通联络，节目的改进，行程的安排，活动的组织，信息的宣传，小到演员吃得饱不饱，睡得踏实不踏实，水土不服的，身体不适的，他事无巨细，凡事必问。同时，他还是随团的编外“摄影师”，场内场外，总是闪现他为捕捉精彩瞬间而飞奔的身影。

还有全力以赴、一丝不苟地默默做着幕后工作的杨明珠、林健、邓佳玮；自我加压、刻苦排练的费沁、李跃跃、吴舒薇、余春节；随时提供热心服务的朱强、周天仪、丁宇超、杨伟龙……不管是团队领导，还是普通一员，不管是老师还是学生，大家都是甘于奉献的最可爱的人！

9月1日是莫斯科城市日，普京总统亲临庆祝莫斯科城市日的文艺演出现场。那天，各国表演团在红场附近的特维斯卡亚大街游行。大街无比宽阔，洁净漂亮，当然，现场也是戒备森严。如潮的观众在大街两边观看，把人行道挤得水泄不通。

游行中，各国的大部分表演团队伍都整齐划一，步伐高度一致。只有长兴百叶龙似乎可以不受任何约束地自由游走。百叶龙时而向前，时而向后，时而向左，时而向右，时而疾驰飞奔，时而蜿蜒缠绵，时而静如处子，时而腾空跃起。前前后后各国军乐团嘹亮的演奏乐曲，似乎都成了百叶龙舞蹈的伴奏音乐。

百叶龙每到一处，观众热情的鼓掌声、喝彩声与演员们激扬的歌声汇成一片热情的海洋，为这条冰冷、美丽的大街注入了一股无穷的暖流。

莫斯科红场、特维斯卡亚大街、萨哈罗夫院士大街……共15场演出，百叶龙激情狂舞，惊艳俄罗斯，毫无悬念地收获了一路的喝彩声和掌声。那些天，莫斯科红场的夜晚群星璀璨，来自各个国家的艺术

2012年9月，百叶龙参加俄罗斯莫斯科城市日大街游行　　长兴县文广旅体局 供图

表演风情万种，中国的荷叶在劲风中翩然起舞，荷花在寒气里纵情绽放，百叶龙更是以势不可当的豪气激情冲天，在群星中光彩夺目。

2012年8月28日至9月11日，长兴百叶龙圆满完成了第五届俄罗斯国际军乐节的演出任务，赢得了俄罗斯主办方和导演组的高度评价，获得了俄罗斯观众和各国代表团的广泛赞誉，成为媒体和民众关注的焦点，并得到了中国驻俄大使馆的大力表扬，还收到了德国、意大利、欧盟等代表团的盛情邀请。演出结束后，演出导演组还邀请长兴百叶龙艺术团全体成员参观克里姆林宫，参加了庆功晚宴。

俄罗斯国家电视台、莫斯科电视台以及当地的一些新闻网站记者多次在现场采访长兴百叶龙团员，并及时给予报道和赞誉。中央电视台国际频道多次报道了百叶龙参演军乐节的盛况。北京、杭州、湖州等地的新闻媒体，先后以“长兴百叶龙舞向俄罗斯”“惊艳俄罗斯”“百叶龙载誉归来”等为主题进行了报道，搜狐、网易、优酷等知名网站也争相转载。

这是一次成功的文化之旅、文明之旅、友好之旅！长兴将百叶龙出神入化的身影留在了红场上，留在了美丽的莫斯科，留在了奔流不息的莫斯科河畔。

提升中华文化感染力，加强文明的交流互鉴，需要我们走出去，讲好中国故事，传播好中国声音，展示可信、可亲、可敬、可爱的中国形象。百叶龙无疑是一位可亲可爱的中国文化的传播者。

苏格兰不能错过

在英国，有一句流传甚广的话：如果苏格兰有什么不能错过，那么我一定会告诉你——爱丁堡皇家军乐节。

爱丁堡城堡是英格兰最古老的城堡之一，它耸立在一块巨大的独立的死火山岩顶上。从6世纪一直到16世纪，这里都是苏格兰重要的皇室城堡之一，著名的爱丁堡军乐节就在此地举行。

夏夜的爱丁堡，火红的晚霞正在天边燃烧。高亢而苍凉的风笛，让风也变得缠绵，吹得人心里酥痒。这天，大街小巷人头攒动，城中各种肤色的来客摩肩接踵，有的穿着各种颜色的苏格兰裙子，有的戴着夸张的帽子，他们如一条快乐的河流，从四面八方汇聚在一起，向城堡方向涌去——一年一度的爱丁堡军乐节，马上就要火热上演了！

爱丁堡军乐节始于1950年，当时只有八个表演项目。1952年，第一支海外乐团乐队应邀参加该节，同年还有来自加拿大和法国的表演者参与。在接下来的多年中，参与军乐节的队伍不断发展壮大，观众也不断增多。每年，来自全球各地的20多万名观众相聚爱丁堡城堡，与这一活动"零距离接触"。当然，想要进入军乐节举办的核心地带——爱丁堡城堡内观看表演却殊为不易，提前很久谋划，也未必能订到一张入场票。

令苏格兰人津津乐道的是，在漫长的历史中，即便是遇上最恶劣的天气，他们也从未取消过军乐节的表演，可谓是风雨无阻。

随着时间的推移，至今已经有超过30个国家的表演团队在军乐节上亮相，当中不乏世界上最著名的乐队，如英国皇家军乐队、英联邦国家军乐队、阿曼军乐团、澳大利亚警察乐队、塔斯马尼亚警察乐队、新加坡军乐团暨警察演出队、马耳他军乐团、印度那家兰勇士歌舞团、南非祖鲁歌舞团、新西兰毛利勇士团、特立尼达和多巴哥军队合唱团等。

70多年间，有超过1400万名观众在爱丁堡城堡大广场欣赏过军乐节的精彩演出，如今每年大约有22万名观众实地观看军乐表演，同时，世界各地约有1亿人通过电视收看军乐节的现场直播。

2004年，爱丁堡军乐节首次邀请中国人民解放军军乐团参加表演。2015年，爱丁堡再次邀请中国人民解放军军乐团参加表演，并举办中国日。军乐节上，各国乐团共同演奏了中华人民共和国国歌。

2014年6月，李克强总理访英时，中英两国政府发表联合声明，宣布2015年为“中英文化交流年”，下半年将在英举办“中国文化季”活动。为此，长兴百叶龙受国家文化部委派，作为参加2015“中英文化交流年”重要活动的使者，为8月开始在英国举办的“中国文化季”系列活动拉开序幕。在活动中，百叶龙将与国家京剧院、国家话剧院、解放军军乐团等国内艺术团体，郎朗等著名艺术家一同演出，助力中英关系持续深入发展。

其实，早在2014年2月13日，英国爱丁堡军乐节主席奥弗雷先生就亲自来到长兴实地考察，并在长兴大剧院观看了百叶龙的演出。所谓百闻不如一见，经验丰富的奥弗雷先生欣赏完百叶龙的表演后非常满意，马上把这件事给定了下来。2014年3月17日正式发函，邀请百叶龙参加2015年爱丁堡皇家军乐节演出。

之后，文化部将百叶龙列为2015中英文化交流年中国文化季的重要表演项目，并在国家大剧院召开新闻发布会，对外正式发布了这一消息。百叶龙这一土生土长的长兴民间艺术受到了国内外的极大重视，文化部还拨出专款，承担了百叶龙艺术团出访的所有国际旅费和道具运输费。

这是我国首次在西欧国家举办以展示我国非遗文化魅力、当代文化创意、促进我国文创产业国际合作为特点的国家级文化交流。在出访之前，中国文化季新闻中心向外发布宣传片、宣传册，在首都国际机场候机大厅内，都可以看到百叶龙演出的视频和图片。长兴人意识到，能参与这次盛会，是百叶龙的荣幸，更是长兴的机遇，要积极争取机会，将百叶龙最精彩的一面更多地展示在西方观众面前，为扩大中国民间艺术的知名度和影响力不懈努力。

赴英前，浙江省委书记夏宝龙专门听取了省文化厅关于百叶龙赴英演出的情况汇报。湖州市领导亲自批示，要求相关部门落实好百叶龙艺术团行前教育和境外管理职责，圆满完成演出任务、确保安全。

为了确保长达一个月的艰巨演出任务能顺利完成，百叶龙艺术团此前已经精心准备了两个月，除了组织队员刻苦排练、锻炼技艺之外，还制作了全新的团队服、排练服、防雨服等出行装备，并制定了详细的演员、道具管理方案，来自长兴9个单位的67名演职人员排除了工作、家庭、学习等各方面的困难，完成了出发前的全部准备工作。

2015年8月7日，长兴百叶龙艺术团全体队员从上海登机前往英国。

经过长达14个小时的飞行，抵达爱丁堡的那一刻，热情似火的演职人员第一感受就是气候上的巨大反差：“天哪，我们从夏天空降到了冬天……”

出发时，长兴是37摄氏度的高温，但目的地最低温度只有7摄氏度。而且，因为受到场地限制，演出前的排练只能安排在气温较低的清晨和傍晚，队员们穿着单薄的演出服，在等待上台排练时，个个冷得直跺脚。

在短暂休整后，全体队员便投入紧张的现场排练中，而领队则根据场地状况和演出流程，快速灵活地调整演出细节：最初按照组委会要求，考虑到军乐节的总时长，百叶龙演出的开头和结尾音乐都要剪掉一部分，艺术团在反复考虑和预演后，与演出总监沟通争取，想方设法将演出开始部分只剪去30秒音乐，并灵活利用前一个节目也就是解放军军乐团退场曲目尾声，让跳荷叶的女队员提前上场，确保了7分钟的完整表演时间。另外，为配合军乐节对时间的控制和全场的效果，百叶龙更改了最后回到荷花池塘的情节，保留了四条龙并排成两行队形再次舞动的动作，确保了与现场的氛围相融合。

但是，还没有正式参加演出，就有数名队员病倒了。随后，中西方饮食习惯的不同又让很多人肠胃不适，其他乐团突发的水痘疫情更让大家十分紧张。

“病痛”还没有来得及解决，队员们的“伤痛”就接踵而来：四名龙头演员之前就有不同程度的伤痛，到了爱丁堡，由于天气突然变冷，再加上紧张的训练，加剧了他们腰部的不适和疼痛感。

因场地有坡度，舞龙队员体力消耗太大，龙珠翻腾时膝盖很容易受伤，荷叶女队员重复着跪地动作，让膝盖红肿疼痛。身体上已经不堪重负，心理上的负担也给艺术团团员造成不少压力。演出半个月后，年轻团员们日益浓重的思乡之情开始相互影响，饮食问题和单调的演出环境，让部分演员滋生了消极情绪，远在万里之外的家人生病住院等情况的不断发生，更是让一些演员心急如焚、手足无措……

面对接踵而来的困难，艺术团领队想方设法加以克服。受了伤及时处理，咬紧牙关坚持演出。天气太冷就加衣，远在重洋之外的百叶龙公司以最快的速度将羽绒服邮寄到英国。生了病立刻吃药，其他演职人员也马上采取预防措施，以防传染。水痘疫情一出现，除了加强预防措施之外，艺术团还想办法买来了大蒜头，放在每个人的身上、宿舍和化妆间，用土办法进行预防。为了保持体力，每个组长在用餐时多了一项监督任务——保证每个队员食用一定量的牛奶、鸡蛋和牛肉，有时还带大家前往中餐馆吃一顿或叫来中餐改善一下伙食。为安抚演职人员的思乡之情，团队每隔两三天就会安排一次集体出行观光活动。为调节演员们的消极情绪，艺术团管理人员细心地对他们进行开导，将影响演出的负面情绪一一调整了过来。

在军乐节媒体见面会上，来自中国驻英大使馆文化处的公使衔参赞项晓炜先生特意向大家介绍了此次百叶龙出演的深刻含义，并看望了全体演员，驻爱丁堡总领事潘新春随后面见了艺术团团长，表示使馆会尽全力为演出提供方便和帮助。

当地媒体对这条来自东方的龙寄予厚望，军乐节尚未开始，8月4日，百叶龙初次亮相就登上了爱丁堡当地主流媒体《苏格兰人报》的头版头条。随后，百叶龙在军乐节首演的信息登上浙江省人民政府网

百叶龙艺术团成员合影　　张杰 摄

最受关注的信息板块和文化传通网。中央电视台新闻联播、中文国际、新华网、浙江卫视和《浙江日报》也都对百叶龙此次参演军乐节进行了专题报道。

风笛苍凉，让友谊地久天长

精彩的爱丁堡皇家军乐节即将开幕。晚上，古老而神秘的爱丁堡城堡内，魔幻般的灯光不断变换着色彩，营造出美轮美奂的意境。来自不同国家的陆海空军乐团和各色舞蹈团轮番上阵，美丽的苏格兰舞裙在眼前飞扬，悠扬的苏格兰风笛在耳边回荡。

不用说军乐的雄壮激昂之美令人振奋，不用说歌舞的灵动异域之美让人痴迷，仅仅看看现场上千名演出人员那一张张陌生而又光彩夺目的脸庞，就足以让你陶醉，足以让所有人“乐不思蜀”。那天，天空突然飘来一阵细雨，但丝毫没有影响场内8000多名观众的热情。

第六个出场的是中国人民解放军军乐团。随着中国人民解放军军乐团演奏的《歌唱祖国》乐曲响起，主办方用中文在古老的城堡上打出了“爱丁堡皇家军乐节欢迎来自中国的朋友们”的背景字幕。《歌唱祖国》乐曲告诉那些不熟悉这支年轻军乐队的外国朋友：我们是中国派出的友好使者、音乐的天使。

接下来，中国人民解放军军乐团又演奏了《征程》和《彭斯之夜与半个月亮》。《征程》是一首进行曲，其昂扬的旋律随着军乐团块状队形的推进而扩展，表现出中华民族的风范和气度。《彭斯之夜与半个月亮》由苏格兰民歌《彭斯之夜》和中国民歌《半个月亮爬上来》

改编，契合了本届军乐节“东方与西方的相会”的主题。《彭斯之夜》是苏格兰人为纪念平民诗人彭斯而经常演唱的一首民歌，美国电影《魂断蓝桥》中的著名插曲《友谊地久天长》就是彭斯的代表作。

每年1月25日是彭斯的生日，苏格兰人会彻夜狂欢纪念这位对自由、友谊、人性和美好爱情充满向往的伟大诗人。在《彭斯之夜与半个月亮》的演奏中，出现无伴奏合唱，我军歌唱家们以不逊于专业合唱团的音质、音准和完整表达，让外国观众起立鼓掌欢呼。

最后的结束曲《军人的荣耀》，则展现了中国军人昂扬向上的精神风貌，以及为国争光的自豪感、为荣誉而战的勇气和决心。

中国人民解放军军乐团除了带来具有震撼力的军乐以及十分壮观的行进表演，还献上了一首无伴奏合唱曲目，这是一首爱情歌曲，与之前的军乐表演形成了独特而且美妙的反差，是梦幻般的天籁之音。可以说，中国人民解放军军乐团的天之骄子们在这次“艺术远征”中，以东方的神韵、东方的风骨，在东西方之间搭起了一座用音乐理解和沟通的文化之桥、艺术之桥。

解放军军乐团的演出结束，百叶龙即将登场，现场的气氛再次被点燃。此时，龙头杨斌突然对即将上场的小伙子们大喊一声：“是龙还是虫，是龙就使劲舞起来！”像极了当年的龙头王长根。

小伙子们大声回应道：“是龙，我们是龙！使劲舞起来！使劲舞起来！”

一片片粉红娇艳的荷瓣组成一朵朵硕大的荷花，骤然间幻化成两条冲天而起的巨龙，瞬间照亮了夜色中神秘巍峨的爱丁堡城堡。一番令人眼花缭乱的舞动之后，两条巨龙顷刻间变成了四条龙，翻腾狂舞于碧荷之中。东方的内敛，西方的豪迈，此时此刻正精彩演绎。最后，当四条神奇美丽的百叶龙在荷叶的陪衬下昂首阔步完成演出退场时，全场爆发出持久的掌声和呐喊声……

这潮水般的赞美声背后，是百叶龙全体演职人员坚持不懈的努力付出。美不胜收的演出画面和江南水乡十里荷塘的意境，是每位队员冒着寒冷顶着风雨身着单薄的演出服所呈现的美丽。

表演中，艺术团除了快速灵活地改动演出情节，以配合军乐节整体要求的节奏外，荷叶女队员们还承担了一项任务：临时学习了一段节奏欢快的新舞蹈，全程参与了军乐节近半个小时的全场谢幕。在尾声部分最振奋人心的时刻，在整齐划一的集体舞蹈中，来自百叶龙艺术团姑娘们的那抹“中国红”和两条粉色的巨龙一起，无疑是全场最为吸人眼球的焦点。

无论是开幕式上，还是之后的每一次亮相，百叶龙都精美绝伦、气势磅礴。每一个看过表演的观众或工作人员在路上遇到百叶龙演职人员时，都会竖起大拇指，称赞这条来自东方的“神龙”让他们大开眼界，太美了！现场观众纷纷赞叹：“太不可思议了，真是无法想象的完美。”“中国的百叶龙表演，变化莫测、独一无二。”“我还要去中国看龙的表演。”

在军乐节媒体见面会上和“中国之夜”的组委会招待宴会上，本来没有展示百叶龙的环节，但通过事先的沟通争取，百叶龙又出现在这两个极为重要的场合，使更多媒体和要员能够近距离欣赏到百叶龙的美丽身姿。

在安排百叶龙前往苏格兰最大城市同时也是英国第四大城市格拉斯哥乔治广场巡演时，艺术团又事先积极争取，将原来的单龙表演变更为最经典的荷花变双龙的完整表演。为了这场巡演，百叶龙队员们还在繁重的演出任务间隙临时排练了一个新的演出版本。

在军乐节的谢幕环节，一开始演出总监史蒂文担心影响军乐节的重点和主题，考虑到上场的演员太多，不同意百叶龙的男演员上场。艺术团团长杨明珠与史蒂文进行了反复沟通，其执着的精神让史蒂文深受感动。从起初百叶龙男演员不能上场，到后来只同意两条小龙的男女团员上场，最后终于争取到了两条大龙全体团员全部上场。

《欧洲时报》是这样形容当时讨论的情景的：“看杨明珠团长和史蒂文总监互不相让的争执，更像两个小朋友，东方和西方文化的碰撞在这里更加明显……杨明珠的据理力争，让这个胖胖的苏格兰的老头子深刻地体会到了中国艺术家的执着。”

为了争取更多的百叶龙的展示机会，长兴人还在其他方面进行了努力。在当地时间8月19日晚举行的“中国之夜”演出中，在VIP观礼台就座的150名贵宾中，有我驻英大使等使馆要员、大使馆专门邀请的40位在英华人领袖以及英国的各界名流，他们都收到了一份百叶龙的宣传折页和印有百叶龙卡通形象的礼品丝巾。这是百叶龙艺术团与组委会沟通后争取到的一次进一步宣传长兴、宣传浙江、宣传中国民间艺术的宝贵机会。

上半年中英文化交流年在中国举行时，英国文化季的卡通形象是小羊肖恩，在得知中国文化季有意向以“龙”元素作为卡通形象的信息后，长兴县文体局第一时间从国内将百叶龙的卡通形象和寓意设计稿发到驻地，并向观看演出的大使馆刘晓明大使、文化部杨志今副部长和军乐节主席奥弗雷等相关领导进行了推荐并获得同意。寓意着和平、和谐、和美的百叶龙最终作为中国文化季的卡通形象，这是此次出访演出的一个意外的巨大收获！

当晚，中国驻英国大使刘晓明、驻爱丁堡总领事潘新春以及来自英国各地的华人代表在贵宾席观看了“中国之夜”的演出，当整场演出进入尾声时，在解放军军乐团总指挥的指挥下，现场所有的来自各个国家的乐团齐奏《中华人民共和国国歌》，百叶龙全体队员和观众席上的所有华人齐唱国歌。那一刻，作为中国人的自豪和骄傲让每一个百叶龙人热泪盈眶！

表演结束后，刘晓明大使对百叶龙艺术团极具特色的精彩演出表

驻英大使刘晓明（右2）、军乐节主席奥弗雷（左3）、长兴县委副书记夏威（右1）、百叶龙艺术团团长杨明珠（左2）在军乐节开幕前合影 张杰 摄

示热烈祝贺，并亲切慰问了作为领队的长兴县委副书记夏威和艺术团团长杨明珠。刘晓明大使还请艺术团转达对夏宝龙书记和浙江省委、省政府的问候与谢意，感谢来自浙江长兴的民间艺术为中英文化交流做出的积极贡献。

百叶龙首场演出后，潘新春随即发来贺信，表扬百叶龙艺术团的出色表现。本次军乐节主席奥弗雷先生更是在不同的场合，多次介绍和称赞百叶龙，并称邀请百叶龙参与演出是自己作为制作人做得最成功的一件事，他为自己的执着邀请而备感欣慰。

当地时间8月20日晚，文化部党组副书记、副部长杨志今，文化部外联局党委书记、副局长蒲通到现场观看了百叶龙的演出，在演出结束后的酒会上，杨志今副部长对百叶龙的表演表示祝贺和感谢，他说："爱丁堡皇家军乐节是世界第一大军乐节，其影响力之广是任何艺术节都无法比拟的，希望长兴百叶龙能充分利用这次机遇，继续展示中国民间艺术的魅力。"

在英演出期间，百叶龙受到了各级领导的关注和关怀，让身处异国他乡的百叶龙艺术团全体成员感受到了温暖与慰藉。8月23日，中国驻爱丁堡总领馆还邀请了百叶龙艺术团和解放军军乐团的全体演职人员到领馆做客，140多名演职人员在享受丰盛中餐的同时，更感觉到了家的温暖、祖国人民的关心。

为及时宣传报道此次演出的有关情况，长兴县专门派出随行记者跟团采访，第一时间将演出盛况发回国内，中外各大媒体也纷纷聚焦这一中国民间艺术精品。8月19日，本次军乐节专门为“中英文化交流年”设置的“中国之夜”，百叶龙成了中国驻英国大使馆和中国外交部官方网站重要信息的主角之一。在英演出期间，“百叶龙”三个字成为《欧洲时报》、《光明日报》、《中国日报》、人民网、凤凰网、中国青年网、浙江在线等多家媒体最热门的关键词和新闻话题，他们称赞百叶龙“将东方传统文化之美展现得淋漓尽致”“最炫中国风”“最美中国龙”……媒体的聚焦关注，使百叶龙的知名度与日俱增，同时提升了中国民间艺术在世界的影响力。

8月17日至21日晚，英国最大的新闻广播机构BBC用14台摄像机的庞大阵容，将百叶龙的精彩表演全方位拍摄了下来，经后期制作后，于8月31日向全球播出。

在英演出期间，长兴百叶龙艺术团一行67人以4条龙的演出阵容，与来自23个国家的演出团体共同演出27场，现场观看人数达到24万人次，通过电视等各类媒体收看演出的人数更是达到了3亿人，为促进中英文化交流，推进中英两国关系做出了积极的贡献，为当年10月习近平主席访问英国营造了良好的氛围。

8月29日，爱丁堡城堡上打出了苏格兰国旗，军乐节即将圆满落下帷幕，最震撼人心的一刻终于来临。此时，风笛齐鸣，烟花升起，全场高唱苏格兰民歌《友谊地久天长》：怎能忘记旧日朋友／心中能不怀想／旧日朋友岂能相忘／友谊地久天长／我们曾经终日游荡／在

2015年8月，百叶龙参加爱丁堡皇家军乐节演出　　长兴县文广旅体局 供图

故乡的青山上 / 我们也曾历尽苦辛 / 到处奔波流浪 / 友谊万岁 / 朋友友谊万岁 / 举杯痛饮同声歌唱 / 友谊地久天长……

此时，中国人民解放军军乐团团员、长兴百叶龙的全体队员，现场所有人的脸上都已经挂满泪水。

长兴百叶龙参演爱丁堡军乐节，其历时之长、阵容之庞大、行程之繁杂、影响之广泛，都是百叶龙演出史上之最。百叶龙队员们克服了重重困难，不辱使命，为长兴、为浙江、为中国赢得了全世界的关注、掌声和赞誉。

近年来，百叶龙行走天下，不断在国际舞台展示来自长兴的最美龙舞，先后赴马来西亚、新西兰、韩国、俄罗斯、法国、英国、瑞典、卡塔尔、埃及等地出访演出。

百叶龙是一位展示浙江形象、传播浙江文化的特殊的形象大使，它为浙江非遗在建设中华民族现代文明上积极探索，屡建新功，担负起新时代浙江非遗走出国门、展示形象的文化使命。

后记

百叶龙故乡的非遗生活

2024年5月1日，多云，气候宜人，我又一次来到天平村。

在塘埂自然村的一条乡间小路旁，一栋被白墙护着的二层小楼正朝着青姥塘方向眺望。当我跨进王长根家的院墙时，一只正在小路上晒太阳的花狸猫为我让出了一条路。

在这栋小楼里，我已经见不到这位当年的天平大队党支部书记、“龙头老大”的身影。王长根生于1918年，1997年乘龙向天而去，享年79岁。

眼前的这一栋小楼是王长根的孙子王国平1989年建造的。在这块地盘上曾经生活过的两位老主人已经走了很久，现在只有王长根79岁的女儿王瑞娥一个人在此居住。王国平让母亲住到城里去，但她说城里各家各户整天关着门，没人可以唠家常，不习惯，还是住在乡下比较开心。这里有熟悉的邻居，有一小片菜地，她可以经常和包菜、南瓜、豌豆、莴笋、马兰头交流互动……

王瑞娥正在剥豌豆，我的造访没有令她惊讶，因为她在这里已经接待过无数记者，近有长兴本地的，远有来自《人民日报》、新华社的，或许，在她饱览人间风云变幻的双眼中，来访者只有男女之分，其他就没有什么区别了。

她已经剥了满满一小碗了。嫩绿圆润的豆子摆在雪白的瓷碗中，像一颗颗鲜活的翡翠。当听到“王长根”三个字时，老人的眼睛里有些闪烁，她手中那节已经剥开的豆壳中，数粒亮闪闪的豆子在微微颤动。她放下手中的豆子，慢慢和我讲以前的生活，讲父亲与百叶龙的故事。

2023年12月，本书作者采访王长根女儿王瑞娥（中）　卢学杰 摄

王瑞娥说，30岁前，我没有吃过一只完整的鸡，一年到头都在吃腌咸菜、腌萝卜。我家的咸菜缸很大，可以躲进两个人。那时两分钱一盒的火柴家里都买不起，我经常拿着绵纸卷起来，到隔壁人家去借火做饭。后来条件稍稍好些，我爸爸抽的烟还是最差的，他只抽1角8分钱一包的雄狮，连烟屁股都不舍得扔掉，要攒起来，用一小片报纸把烟屁股里的烟丝卷成一根烟再抽。但扎龙花钱，捐米，我爸从来不心疼。她说，现在的生活真好，我每个月可以领到4300块钱养老金，

想一个人吃一只鸡也可以，但是我现在喜欢吃蔬菜。

我问："在你眼里，你爸究竟是一个什么样的人？"

老人也许是第一次遇到这个问题，她想了一下说："我爸是个好人，他从来不贪图公家的便宜。那时，我爸不是在田里，就是和龙在一起。他说舞龙能让大家的生活越来越好……"

从老人那里我知道，王长根性格耿直，脾气大。当了20多年大队书记，舞了几十年龙，没有给自己家创造任何财富。1970年女儿王瑞娥结婚时，家里依然是三间泥墙茅草屋。女儿结婚的全部家当只有一张竹床，一条被子。买不起大衣柜，王长根只能向隔壁人家借了一个装装样子。第三天，王长根就把柜子还给了人家，当时女儿非常伤心，在家里哭了好久，还问爸爸："爸，我们家为什么这么穷？当书记一定要比人家穷吗？"王长根眉头紧锁，狠狠抽着劣质烟，站在窗前一句话都不说。王瑞娥说："可以看得出，我爸当时心里很难受，所以我就不哭了。"

王瑞娥对我说："我爸只有舞龙的时候才是高兴的。他在教年轻人舞龙的时候经常说：'是龙还是虫，是龙就使劲舞起来！'在生产队里集体干活的时候，他也经常会说一句话：'想不想舞龙？想舞龙就打起精神来！'我感觉如果没有龙，他就过不下去。"

我问："那时候生活非常困难，为什么长根书记和村上的年轻人都愿意花钱、花时间、花力气，甚至饿着肚子去做龙、舞龙？"

老人停下手里的活看着我，认真地说："龙很吉祥的……我爸爸如果当年不舞龙，现在还会有这么漂亮的百叶龙吗？在我们天平村，舞龙是一件很光荣的事。你知道吗？男人舞龙是很神气的，是很光荣的！"

我走的时候，老人让我等一等，她从楼上拿下一件与父亲有关的珍贵物品给我看，就是1982年浙江省委书记铁瑛送给王长根的《毛主席去安源》画像。我接过来端详，因年代久远，这幅画的画框油漆已

王瑞娥与浙江省委书记铁瑛赠送给父亲王长根的毛主席画像合影　　田家村 摄

基本剥落，看不出本来的颜色了。画像的颜色也不再光鲜，但玻璃却擦得一尘不染。

长兴人有一句频繁使用的口头语，当然，此话只说给男人听——你到底是龙还是虫？

此话不带有侮辱性，但属于灵魂拷问，能起到激励、鞭策的作用。是龙还是虫，很多男人都曾经在心里纠结过。这个问题只有“是”或“不是”两个答案，没有“你有点龙”“你比虫好一点，比龙差一点”之类模棱两可的说法，十分残酷。大千世界，芸芸众生，每个女人心里都有一个成凤的愿望，每个男人心中都有一个成龙的梦想。

传说孔子曾去周地拜见老子。一番长谈后，从老子的居所出来，孔子十分感叹，对身旁的弟子说：“以前我知道鸟儿能在天上飞，鱼儿能在水中游，猛兽能在陆上跑。但无论是飞的游的还是跑的，都有办法将其捕捉。只有龙，我不知道它是如何变幻万千乘风云上天，所以，龙是我最仰慕佩服的。今天，我有幸见到了老子，我深信，他就是一条龙！”

老子究竟是一个怎样的人？现在流传下来的关于老子的资料极少，太史公司马迁的《史记》说他当过周朝掌管文物典籍的官员。这位得道高人惜字如金，留下一部五千字的《道德经》，便骑着一头青牛，头也不回地走出了函谷关，从此不知去向。

这寥寥五千字，却流传了2000多年，还影响了全世界，并将继续影响下去。可见其思想、智慧的高度！

那天从王长根家里出来，我突然感到王长根也是一条龙。王长根没有留下五千字的《道德经》，没有为家人留下可观的物质财富，但他却在新中国成立后为长兴唤醒了一条冬眠的龙，并让这条龙在手中鲜活腾飞，从田野舞进了北京，还为年轻人留下了“是龙还是虫，是龙就使劲舞起来”的催人奋进的口号，在长兴形成了积极向上、实干争先的龙一般的精神！

从王长根家出来，我来到不远处的谈小明家。此刻，天气已经多云转晴，透亮的阳光照耀着大地。儿子、媳妇平时比较忙，今天“五一”过节休息，谈小明一家四代同堂，难得聚在家门口的晒场上喝茶聊天，做自己爱做的事。谈勇和儿子、儿媳正在修复一个龙头。谈勇说：“今年是龙年，从去年年末到今年年初，我们天平百叶龙艺术团的演出任务非常多。百叶龙每次外出演出就像飞机飞上天，返回机场后要进行一次认真检修，这些活平时主要是我爸在帮忙做，今天休息，我们就全家一起干。”

今天，谈小明没有参与修龙，他在一边饶有兴趣地教8岁的重孙制作一条迷你龙。我说：“谈书记，您这是在培养接班人啊。”谈小明笑着回答：“对！非遗传承这点事一定要从小抓起。小时候喜欢做的事，长大了不容易忘记，因为有感情了……”

谈小明正在教重孙制作龙道具　　林城镇 供图

告别谈小明一家，开车离开天平，从车窗向外望去，满眼尽是生机勃勃的景象。田野里，麦子已经泛黄，油菜籽颗粒饱满，黄瓜、南瓜的枝蔓正在努力向上攀爬。说实话，如今的长兴大地很美，长兴农村的乡风、村风、民风也很美。

文化兴则国运兴，文化强则民族强。习近平总书记强调，没有高度的文化自信，没有文化的繁荣兴盛，就没有中华民族伟大复兴；文化自信，是更基础、更广泛、更深厚的自信，是更基本、更深沉、更持久的力量；坚定文化自信，是事关国运兴衰、事关文化安全、事关民族精神独立性的大问题；有文化自信的民族，才能立得住、站得稳、行得远。

非遗的创造和传承，始终与中华文明历史的进程唇齿相依，为中华儿女构筑精神家园做出重要贡献。弘扬中华优秀传统文化，有助于整合新时代的中国社会，提升新时代中国的文化软实力。

有龙吗？当然有！龙在每一个中国人的心中，更在长兴人民的心中！

长兴地处长三角中心腹地、浙苏皖三省交界，位于太湖西南岸，是浙江的北大门。习近平总书记在浙江工作期间曾四次来长兴考察调研，就南太湖治理开发、产业转型升级等做出重要指示，为长兴做好工作提供了根本遵循和特别指引。党的十八大以来，长兴始终牢记习近平总书记的谆谆教诲，坚决贯彻落实党中央、国务院和省、市各项决策部署，坚定不移深入实施“八八战略”，大力发扬百叶龙精神，推动长兴大地发生了巨大变化，加快绘就“富美长兴”精彩篇章。

百叶龙在长兴是一种艺术形象，一种理想梦想，代表了“大气开放，实干争先”的长兴精神。百叶龙在发展中求变，焕发出龙之力量，呈现了龙之大美，而“长兴之变”则让我们看到长兴实现了从“最晚开放”到“全国百强”的赶超跨越。

因地理位置特殊，长兴于1999年才被国务院批准为对外开放县，是浙江省对外开放最迟的县之一。近年来，长兴牢记习近平总书记对浙江“干在实处、走在前列、勇立潮头”的殷殷嘱托，始终锚定“市保第一、省走前列、全国一流”的高杆追求，接续奋斗、真抓实干、奋勇争先，推动高质量发展不断取得新突破。党的十八大以来，全县地区生产总值连跨5个百亿级台阶，从2012年的370多亿元，到2023年达到893.98亿元，2024年将冲刺千亿大关；一般公共预算收入由35.5亿元，提升至87.2亿元，年均增速8.5%。连续跻身全国县域经济竞争力百强县、中国创新百强县、全国绿色发展百强县、中国营商环境百强县等榜单。

不仅如此，长兴还先后实现了从“传统制造”向“智能制造”的转型升级，从“环境整治”向“全域美丽”的华丽蝶变，从“总体小康”到“迈向共富”的整体跃升，从“传统管理”向“现代治理”的迭代优化。

生态优美是长兴，社会和谐在长兴。长兴社会事业协调发展，拥有全市、全省乃至全国一流的文教卫基础设施。国际花园城市、全国文明城市、国家生态文明建设示范区、中国人居环境奖、国家卫生县城、全国文化先进县，这些荣誉都属于长兴。这里的每一座山，每一条溪，每一棵树，每一座房，每一个村都是美的主角。长兴，绿水青山，宁静宜居，应有尽有，恰到好处。

物产富饶是长兴，文旅体验在长兴。久负盛名的银杏、吊瓜、板栗、青梅“长兴四宝”及紫笋茶、紫砂壶、金沙泉“品茗三绝”在长兴；闻名全国的银鱼、白虾、鲚鱼、大闸蟹“太湖四珍”也在长兴。来长兴，去中国扬子鳄村、十里银杏长廊、仙山湖、顾渚茶乡、世界级旅游综合体“太湖龙之梦乐园”、东方梅园和古森林博物馆走走看看，定能让你流连忘返。

铁军精神是长兴，龙的力量在长兴。长兴的崇山峻岭中，分布着18处新四军苏浙军区旧址，其中15处为全国重点文物保护单位。曾经，粟裕司令在长兴运筹帷幄，把握着正确的战争方向；王必成旅长指挥新四军英勇杀敌，夺取一场又一场战斗的胜利……回顾历史，几多艰辛，几多奋进。一路的风雨兼程，让长兴披上了“江南小延安”的英雄荣光。

75年来，长兴让非遗在当代创造性转化、创新性发展，充分展现了中国龙精神之雄风大气，彰显了中华文化精神内涵和文化自信。龙飞荷舞，百叶龙浓缩了中华历史之美、山河之美、文明之美。百叶龙与长兴经济社会的快速发展、人民群众的安居乐业同在，百叶龙与时俱进、不断向前的成长历程，让我们看到了中华民族的精神气质与文化品格，为我们全面建设社会主义现代化国家、全面推进中华民族伟大复兴提供强大的价值引导力、文化凝聚力和精神推动力。

甲辰夏月改定于田家村文学工作室

附录

长兴百叶龙1949—2024年大事记

1949年

长兴县天平村村民王长根组织本村青年，向姚申福、姚申林等老艺人拜师，恢复了当地已失传多年的民间传统艺术花龙灯。

1955年

花龙灯第一次走出天平村，到长兴县城演出。

1956年

为筹办浙江省第二届民间音乐舞蹈会演，浙江省群众艺术馆会同嘉兴地区群艺馆、长兴县文化馆，第一次对花龙灯进行重大改编，后在浙江省第二届民间音乐舞蹈会演中获一等奖。同年，这条龙有了自己的名字——百叶龙。

1957年

2月，在省群众艺术馆集训排练。

3月10日，进京参加全国第二届民间音乐舞蹈会演，获文化部颁发的特别奖，并选送到中南海汇报演出。朱德、周恩来、张澜、李济深、贺龙、陈毅、叶剑英、邓小平等国家领导人接见全体演员，赠送给每人刻有“参加第二届全国民间音乐舞蹈会演——周恩来赠”字样的钢笔一支。毛泽东闻讯后称赞百叶龙，并嘱咐“多扎两条百叶龙，到天安门广场演出去”。

7月，文化部选派由中国青年艺术团演员演出的百叶龙节目赴莫斯科参加第六届世界青年与学生和平友谊联欢节，获金质奖章。

1958年

文化部组织十条百叶龙（演员来自在京文艺团体）参加在天安门广场举行的国庆十周年大联欢活动。

1957年至1965年

首次进京演出获得极大成功，使百叶龙艺人们信心倍增，他们在王长根的带动下，克服困难，经常参与各类表演活动，成为当地一支非常活跃的文化队伍，影响力、知名度日益扩大。

1966年至1976年

被当作“四旧”和封建迷信而禁演。

1977年

政治形势好转，王长根等一批老艺人开始重新制作百叶龙，为庆祝长兴县第五届人民代表大会召开，在长兴街头和人民广场重展雄姿。

1978年

12月，经湖州市、长兴县文化部门改编后，百叶龙节目参加浙江省群众业余文艺创作节目会演，获优秀节目奖。被选定参加全国会演后，在省专家辅导下再次修改和提高。排练期间，时任浙江省委书记铁瑛看望全体队员。

1980年

6月1日，全国部分省、市、自治区农民业余艺术调演在北京市工人俱乐部开幕，百叶龙获一等奖，并再次在中南海汇报演出，受到国家领导人接见。

6月，参加中国农业电影制片厂彩色纪录片《泥土的芳香》的拍摄。

1983年

5月，上海市筹备第五届全国运动会，特派上海市文化宫舞蹈队到天平村学习百叶龙舞蹈和道具制作工艺。

9月，上海市组织九条百叶龙在第五届全国运动会上做开幕式大型文艺表演。

1985年

日本富士山代表团访问嘉兴市，百叶龙为日本客人表演。

1987年

2月，参加浙江省庆元宵舞龙大赛，获一等奖。

6月，日本岛田市与湖州市缔结友好城市，百叶龙参加大型欢迎晚会表演。

1988年

3月，参加浙江省“华星杯”龙舞大赛，获特别奖。

9月，参加北京市举办的国际旅游年舞龙大赛，获二等奖。

1989年

8月，由浙江歌舞团排练的百叶龙舞蹈应邀到马来西亚访问演出。

10月，百叶龙复兴被评选为“长兴县解放四十年来最有影响的十件大事”之一。

1990年

5月，参加“首届杭州·长兴农民文化节”开幕式和闭幕式文艺演出。

10月，百叶龙舞蹈被选入《中国民族民间舞蹈集成·浙江卷》。

1992年

应邀参加南京军区文艺会演，获一等奖。

1994年

4月9日，《人民日报》（海外版）发表通讯《舞出农民的智慧和荣耀》，专题报道百叶龙。

1995年

5月，赴京参加全国首届舞龙大赛，获二等奖。

10月27日，参加“95金华·全国民间广场舞蹈”展演，获优秀表演奖。

1996年

5月4日，参加在上海举办的“555国际舞龙邀请赛”，获最佳推广奖。

1997年

6月8日，参加浙江省首届舞龙大赛，获二等奖。

6月9日，参加浙江省全民健身活动启动仪式。

9月27日，在全国万里边疆文化长廊建设现场会暨浙江省东海明珠工程建设大型文艺晚会上表演，获金奖。

1999年

8月，参加全国首届极限运动大赛开幕式。

9月，参加“浙江省第二届国际友好城市大联欢”，获特等奖。

11月，参加中央电视台2000年《曲苑杂坛》栏目文艺晚会，于12月19日完成录制并在春节期间播出。

2000年

1月19日至22日，应北京电视台之邀，参加“恭喜龙年·北京2000年春节联欢晚会”。

12月4日，参加在浙江台州举行的全国第十届“群星奖”舞蹈大赛，获金奖。

2001年

1月，《舞蹈》杂志发表吴露生专文《叩击世纪门扉的璀璨群星——全国第十届“群星奖”舞蹈比赛述评》，高度赞扬百叶龙表演。

2月，参加文化部民族民间文艺发展中心主办的“城隍阁杯”优秀社火节目邀请赛，获金奖。

4月，参加“莫干山·中国首届登山节”开幕式。

6月，文化部民族民间文艺发展中心、中央电视台联合摄制组专程赴天平村，摄录电视系列片《风》，重点介绍长兴百叶龙，节目于6月26日在央视四套播出。

7月，参加浙江省第五届田径运动会开幕式文体表演。

2002年

10月，参加第二届中国国际湖笔文化节“笔墨江南”大型文艺晚会。

11月2日，应中国上海国际艺术节组委会邀请，参加上海世纪广场“南京路世界艺术风情一条街”暨“艺术节天天演”活动。

11月，为庆贺党的十六大召开，参加文化部主办的全国“群星奖”优秀节目进京展演。

2003年

2月12日至2月20日，随浙江省民间艺术代表团出访新西兰，在开幕仪式上，新西兰总理海伦·克拉克为百叶龙点睛。

3月4日，文化部授予林城镇“中国民间艺术之乡”称号。

8月，中央电视台《走遍中国》栏目组摄制专题片《走遍中国·湖州百叶龙》，于9月24日、25日分别在央视一套和四套连续播出。

10月20日，应第五届中国上海国际艺术节组委会邀请，参加在上海豫园中心广场举行的“天天演，长兴民间艺术展演”，同时进行踩街活动。

10月，央视三套现场直播“同一首歌”大型文艺晚会，百叶龙与众多明星联袂演出并作为压轴节目。

2004年

1月4日，参加2004年“唱响文明赞歌——浙江省文化下乡活动”启动仪式。

3月11日，《中国文化报》刊登报道《江南百叶龙》。

4月，参加第七届中国艺术节暨群众文艺系列展演活动“光明颂”。

6月，入编由文化部社会文化图书馆司编辑出版的《中国民间艺术之乡概览》。

9月12日，参加第七届中国艺术节开幕式大型文艺晚会“风从东海来”演出，被评为“七艺节”群众节目金奖。

10月，应国际龙舟协会之邀，参加第五届世界龙舟锦标赛暨第七届朱家角古镇旅游节开幕式文体表演。

11月8日，参加第五届中国越剧节大型文艺晚会。

12月，参加“春满华东2005年春节特别节目”电视录制，节目于2005年农历正月初一在华东六省市电视台播出。

2005年

1月23日，由长兴县第一小学舞蹈队编排的少儿舞蹈《百叶龙》荣获第五届全国校园春节联欢晚会节目征集评选一等奖。

2月12日，中央电视台国际频道直播春节特别报道《走近湖州》，百叶龙参加表演，向全世界华人表达新年祝福。

5月27日，浙江省人民政府发布公告，长兴百叶龙被列入浙江省首批非物质文化遗产代表作名录。

7月5日，出访韩国，参加中国长江三角洲投资环境说明会广场文艺表演。

7月16日，应北京奥组委文化活动部邀请，参加北京市第三届奥林匹克文化节闭幕式演出。

9月22日，参加2005“华夏一绝”民间表演艺术大赛，夺得金奖。

10月7日，赴澳门参加第三届澳门妈祖文化旅游节。

10月13日，参加在法国尼斯市举办的“感受浙江——法国·中国浙江文化周”活动。

10月28日，参加中央电视台《魅力中国》“全国十大魅力名镇”评选活动。

11月25日，参加浙江省农业博览会演出。

2006年

1月2日至8日，参加2006年中央电视台春节歌舞晚会。

1月9日，赴香港、澳门参加“2006港澳·浙江周”演出活动。

2月12日，参加在中国国家博物馆举行的“中国非物质文化遗产保护成果展”，这次成果展由文化部主办。

2月20日，被列入首批国家级非物质文化遗产代表性项目名录。

7月21日，《光明日报》发表长篇通讯《涅槃的百叶龙》。

9月5日，赴北京央视演播大厅参加《魅力湖州》央视节目拍摄。

9月17日，赴北京参加“CCTV2006全国十大魅力城市”大型展示活动。

10月18日，参加第五届世界女子金属地掷球锦标赛开幕式文艺晚会。

2007年

5月，参加第五届徐霞客开游节。

5月28日，赴杭州参加中俄两国部长论坛文艺演出。

10月25日，参加中国湖州市、日本岛田市缔结友好城市二十周年文艺晚会。

11月11日，赴青田参加世界华侨大会文艺表演。

2008年

4月5日至10日，赴法国巴黎参加奥运火炬传递活动法国站的起点和终点演出。

6月13日，参加“文化遗产日”浙江省系列活动展演。

6月，参加浙江电视台教育科技频道2008“十月的阳光”浙江儿女纪念改革开放三十周年大型电视文艺直播。

12月28日，参加华东六省一市小品比赛开幕式演出。

2009年

9月26日，参加杭州国庆60周年巡游活动。

10月1日，参加首都国庆60周年联欢晚会。

2010年

6月18日，参加2010年上海世博会浙江周开幕式演出。

2011年

7月12日，参加全国第八届残疾人自行车比赛开赛仪式演出。

10月11日，参加中华人民共和国第八届残运会开幕式演出。

12月12日，参加“温暖之春——2012年慰问全国农民工春节晚会”。

2012年

1月6日至8日，参与2012央视龙年网络春晚的录制，节目在龙年春节期间通过CCTV-1、CCTV-2、CCTV-3、CCTV-4、3D频道、高清频道和网络向全球播出。

9月1日至10日，应俄罗斯国防部的邀请，参加在莫斯科红场举行的第五届俄罗斯国际军乐节演出。

2013年

6月，参加第十一届中国民间文艺山花奖民间艺术表演奖评奖活动，获“山花奖”金奖。

2014年

7月，应瑞士联邦国防、民事保护和体育部的邀请，赴欧洲参加瑞士第九届巴塞尔军乐节。

2015年

8月，应英方邀请，受文化部委派，参加爱丁堡皇家军乐节演出。

2016年

11月2日至6日，赴卡塔尔参加2016中卡文化年“中国节”演出。

11月22日，参加中央电视台元旦特别节目《飞龙醒狮耀中华》录播，该节目于2017年1月1日在央视三套播出。

2017年

1月26日至27日，参演春节上泗安村央视节目录制。

6月17日，参加湖州奥体中心浙江省足球超级联赛开幕式。

2018年

2月，赴埃及参加“欢乐春节过大年”演出活动。

9月16日、9月26日，参加浙江省运动会开幕式、闭幕式演出。

12月29日，赴北京参加中央电视台2019春节戏曲晚会录制。

2019年

2月20日，应台湾南投县政府邀请，作为“诗画浙江”灯彩艺术巡演中的重要内容之一参加南投灯会巡演。

4月，参加“大运河文化带”龙舞精英赛，获龙舞精英奖。

5月10日，参加浙非文旅交流合作大会演出。

6月10日，在澳门参加2019年“根与魂——浙江省非物质文化遗产展演”。

6月27日，参加由浙江省文化和旅游厅主办的“非遗薪传”——浙江传统舞蹈展演展评活动，荣获薪传奖。

11月5日至6日，参加第二届中国国际进口博览会开幕式演出。

2020年

9月27日，参加全国消费促进月央视直播连线演出。

11月5日至6日，参加第三届中国国际进口博览会非遗展演。

2021年

5月，参加浙江省民间音舞大型广场展演展示活动，获民间舞蹈精品奖。

6月1日，赴省人民大会堂参加《富春山居图》合璧十周年纪念活动演出。

11月5日至6日，参加第四届中国国际进口博览会人文交流演出。

2022年

2月，参加杭州亚运会倒计时200天群众体育文化活动展演活动。

5月，参加首届海峡两岸禅茶交流大会演出。

11月，参加第五届中国国际进口博览会文艺演出。

2023年

3月7日，参加杭州亚运会倒计时200天“我们的亚运·我们的盛会·我们的村晚”主题活动。

3月25日，参加浙江省首届和美乡村农民龙狮大赛，获最佳展演奖、体育道德风尚奖。

9月23日，参加杭州第十九届亚运会开幕式仪式前表演。

11月6日至7日，在第六届中国国际进口博览会中心舞台连演2场。

11月12日，参加第八届沈家门渔港民间民俗大会全国特色舞龙展演，获最佳风采奖。

2024年

1月，参加中央电视台《非遗里的中国》第二季启动仪式录制、浙江省文艺赋美冬季主题展演“艺起过大年”活动、浙江省非遗保护发展年会、央视《传奇中国节·春节》录制。

2月，参加中央广电总台2024年全国村晚演出活动，赴广州参加舞动中国龙全国龙舞展演。

4月2日，参加全国美丽乡村旅游推介会。

5月1日，参加中央广电总台《非遗里的中国》第二季浙江篇录制。

5月10日，参加第五届长三角非物质文化遗产特展。

5月19日，参加第二十二届徐霞客开游节开幕式表演。

5月23日，参加2024中国国际茶日浙江主会场开幕式表演。

8月14日，参加央视中文国际频道中秋晚会录制。

8月20日至25日，参加首届中国新疆民间艺术季展演开幕式表演。

9月21日至25日，参加贺国庆75周年香港啬色园非遗荟萃彩灯节展演。

9月22日，参加2024年“行走大运河”——中国辉煌足迹大运河系列活动暨江苏省龙舟公开赛（江苏·宜兴站）表演。

10月11日，参加浙江省2024年国际女童日暨建设生育友好型社会宣传月活动表演。

11月5日，参加第七届中国国际进口博览会人文交流演出。